Die L

von Blue World

Band 2

Bettina Eylers

neobooks

Impressum

Verlag: Bettina Ehlers
Burgwedeler Straße 119a
30916 Isernhagen
Bettina.Eylers@web.de
Korrektorat Lektorat Hanke, Wismar
Bildmaterial Vecteezy.com
Druck: epubli, ein Service der
neopubli GmbH, Berlin
Printed in Germany

Riona und Marie trafen am frühen Nachmittag am Hamburger Flughafen ein. Die Stadt lag unter einer Wolkendecke, die das Tageslicht trübte. Mit einem Taxi und fuhren sie zu Rionas Wohnung. Das fünfstöckige Mietshaus lag in einer engen Seitenstraße, an der sich ein Haus an das andere reihte. In ihrer Einheit glichen sie einer grauen Betonwand. Die Abgase der vorbeifahrenden Autos hatten im Laufe der Zeit dunkle Schatten auf dem Putz hinterlassen. Mit einer Umarmung verabschiedete sich Riona von ihrer Mutter und stieg aus. Sie winkte dem Taxi hinterher, bis es um die Ecke bog. Dann klemmte sie sich das Mungobild unter den Arm und zerrte den Koffer über den Bürgersteig.

Nicht weit von ihr entfernt stand ein Taxi mit laufendem Motor am Straßenrand. Da sie ihm keine Beachtung schenkte, entging ihr auch, dass sie von einem Mann mit schneeweißen Haaren genau beobachtet wurde.

Sie fingerte den Schlüsselbund aus der Handtasche, öffnete die Tür und bugsierte das Gepäck durch den Eingang. Im Hausflur roch es nach Kartoffelsuppe und Reinigungsmittel. Der Fahrstuhl funktionierte ausnahmsweise einmal.

Wenig später stand sie in der Wohnung. Vom schmalen Flur gingen drei Türen ab. Ihr Mitbewohner belegte das kleinere Zimmer auf der linken Seite. Riona hatte beim Einzug vor zwei Jahren das gegenüberliegende Zimmer in Beschlag genommen. Es war zwar groß, doch die Küche ging davon ab. Somit musste sie Hagens tägliche Wanderungen durch ihren Privatbereich in Kauf nehmen. Aber sie hatte sich bereits daran gewöhnt und es machte ihr inzwischen nichts mehr aus. Sie wusste, er würde während ihrer Abwesenheit nicht herumschnüffeln.

Hagen war nicht zuhause, obwohl gerade Semesterferien waren. Sie wusste, wo er sich um diese Zeit aufhielt. Seit vier Jahren studierte er an der Uni Medizin, in einem Jahr hatte er sein Examen in der Tasche. Er hatte sich in den Kopf gesetzt, einmal eine Karriere als Pathologe zu machen. Diesen Plan verfolgte er mit einer Verbissenheit, die sie ihm anfangs nicht zugetraut hätte. Während sich seine Kommilitonen am Strand von Mallorca die Sonne auf den Bauch scheinen ließen, arbeitete er als Aushilfe in der Pathologie.

Riona betrat ihr Zimmer und stellte das Gepäck ab. Drei Farbtöne dominierten den Raum: Weiß, Schwarz und Rot. Vor der linken Wand stand ein schwarz-weiß lackierter Schrank und dem gegenüber eine Liege aus schwarzem Kunstleder mit roter Bettwäsche. Den schwarzlackierten Tisch zierte eine rote Kunststoffrose, die dekorativ zwischen den beiden Glasplatten lag. Die Flecken auf einem der Sessel zeugten vom täglichen Gebrauch. Der einzig grüne Farbklecks war eine Palme vor dem Fenster, die förmlich nach Wasser lechzte. Anscheinend hatte sich Hagen in den letzten zwei Wochen kaum Zeit für die Pflege genommen. Riona ließ sich in den Sessel fallen und starrte ein Loch in die Luft. So allein im Zimmer wurde ihr vollends bewusst, dass sie der Alltag eingeholt hatte. Minutenlang saß sie einfach nur regungslos da, dann stand sie auf und warf sich aufs Bett.

***

»Krass, wie braun du geworden bist.«

Riona öffnete die Augen und hob den Kopf. Hagen stand plötzlich vor ihr wie Aladdins Dschinn aus der Wunderlampe. Allerdings trug er keinen Kaftan, sondern Jeans und ein blaues Hemd.

»Hab ich dich erschreckt?«, fragte er grinsend.

Sie schüttelte den Kopf und richtete sich halb auf.

»Dann muss ich mich das nächste Mal mehr anstrengen.« Er ging zum Sessel und lümmelte sich hinein. Unter seinem 1,90 m langen Körper wirkte der zierliche Sessel wie ein Stück Puppenmöbel. Sein Blick wanderte über Rionas Gesicht und ihre nackten Arme.

»Du könntest glatt als Schokokuchen durchgehen«, war das Fazit seiner Betrachtung. »Noch nie was von Hautkrebs gehört?«

Sie ignorierte seine Frage. »Wieso bist schon da?« Mit einem Räuspern versuchte sie, den verschlafenen Klang ihrer Stimme zu beseitigen. Irgendwie hatte sie das Zeitgefühl verloren. »Wie spät ist es denn?«

»Kurz nach sechs.«

»Dann hab ich drei Stunden geschlafen.« Sie gähnte herzhaft und rieb sich den Schlaf aus den Augen. »Der Flug war echt anstrengend.«

Die Neugier stand Hagen im Gesicht geschrieben. »Erzähl mal, wie war es denn so auf Hawaii?«

Anstelle einer Antwort biss sie sich auf die Unterlippe.

»Und?«, hakte er nach.

»Es war nett.«

In Erwartung weiterer Erklärungen ruhte sein Blick auf ihr. Als diese ausblieben, hob er die Augenbrauen. »Nur nett? Das war es schon? Dafür hat dir deine Mutter einen zweitausend Euro teuren Urlaub spendiert, damit er nicht mehr wird als nett?«

Sie hockte sich in den Schneidersitz und begann, ihre zerzausten Haare mit den Fingern zu kämmen.

»Der Urlaub war speziell«, sagte sie, ohne ihn anzusehen. »Ich kann jetzt nicht darüber reden. Nimm es bitte nicht persönlich.«

Er musterte sie eingehend. »Du siehst ziemlich fertig aus. Ist irgendwas vorgefallen? Gab es wieder Zoff zwischen dir und deiner Mutter?«

»Nein, das war es nicht«, sagte sie kopfschüttelnd. »Wir haben uns super verstanden.«

Seine Stirn kräuselte sich. »Mein Hirn braucht Konkretes, mit Andeutungen kann es nichts anfangen. Also, was ist los?«

»Hagen, bitte«, sagte sie leicht gereizt. »Ich hatte eine schöne Zeit auf Hawaii. Soweit so gut. Aber jetzt ist es vorbei.«

Plötzlich wurde ihr furchtbar übel. Brechreiz setzte ein und der Magen begann zu schmerzen. Mit einem Stöhnen sank sie aufs Bett zurück und krümmte sich.

»Was ist?«

»Mir ist total schlecht«, stöhnte sie.

»Vielleicht hast du das Essen im Flieger nicht vertragen«, mutmaßte er.

Riona wälzte sich auf die andere Seite und presste eine Hand auf den Bauch. »Ich hab das letzte Mal auf Hawaii was gegessen«, gab sie nur widerwillig zu.

»Was? Du fliegst einen Tag lang um die halbe Welt ohne Essen? Kein Wunder, dass dir schlecht ist.« Er stand auf und ging in die Küche.

Riona kämpfte mit einem weiteren Brechanfall, während vom angrenzenden Zimmer das Klappern von Geschirr zu ihr herüberdrang.

»Ich kann jetzt nichts essen«, sagte sie, ohne sich von der Stelle zu rühren.

»Doch, kannst du. Es gibt was Gesundes«, rief er ihr zu.

Das ist mal wieder typisch für ihn, dachte sie. Seit er im Studium mit den schlimmsten Krankheitsbildern konfrontiert wurde, hatte er sich zu einem Gesundheitsapostel entwickelt. Er hatte sich einen Heimtrainer zugelegt, der jetzt in der Mitte seines vollgestopften Zimmers stand. Nun strampelte er darauf täglich seine zwanzig Kilometer ab. Nach etlichen gescheiterten Versuchen hatte er vor ihrem Urlaub einen erneuten Angriff auf seine Nikotinsucht gestartet. Er hatte sich eine neue Methode ausgedacht, um von den Glimmstängeln loszukommen: Lutscher. Im Internet hatte er ein buntes Sortiment eckiger, runder oder mit einem Motiv versehener Lollis gekauft und zuhause in Wassergläser gesteckt. Die Lutscher waren mit Colageschmack oder rochen nach exotischen Früchten. Die mit Salmiak waren seine Favoriten. Jeden Tag zog er drei heraus und lutschte daran herum. Dreißig Tage wollte er so durchhalten, dann hatte er seinen persönlichen Sieg errungen. Nach einer Weile duftete es aus der Küche nach frisch gedünstetem Gemüse. Riona rappelte sich aus dem Bett und schlurfte ins Bad. Ganz bewusst mied sie einen Blick in den Spiegel. Mit kaltem Wasser wusch sie Gesicht und Hände, trocknete sich ab und ging zurück in die Küche. Unterdessen hatte Hagen den Tisch mit Tellern, Besteck und einem Holzuntersetzer gedeckt, gerade presste er Orangen aus. Sie zog einen Stuhl vor und setzte sich.

»Willst du lieber Wasser trinken als Saft?«, fragte er.

»Ich nehme Wasser«, entgegnete sie, nur um ihm eine Antwort zu geben. Nach den Übelkeitsanfällen war es ihr vollkommen egal geworden, was sie essen oder trinken sollte.

Er stellte die Gläser auf den Tisch und platzierte eine gefüllte Schüssel auf den Untersetzer. Der Dampf verschiedener Gemüsesorten kräuselte sich in der Luft. Mit einem Küchenmesser begann er, einen Blumenkohlkopf zu zerlegen. Er machte es in einer Art, als ob er mit einem Skalpell eine Leiche sezieren wollte. Riona schob ihren Teller über den Tisch und erhielt eine Portion.

»Lass es dir schmecken«, sagte er.

»Danke für die Bedienung. Ich übernehme den Part dann morgen,«erwiderte sie. Er setzte sich und sie begannen zu essen. Während sie kaute, sah sie zu ihm herüber. Erst jetzt fiel ihr auf, dass er sich eine neue Frisur zugelegt hatte. Die blonden Haare waren so kurz geschnitten, sie standen wie Borsten von seiner Kopfhaut ab.

»Hat der chirurgische Eingriff an deiner Frisur etwas zu bedeuten?«, wollte sie wissen.

Grinsend fuhr er sich über den Kopf. »Gefällt es dir?«

»Wenn ich ehrlich bin, nicht wirklich«, gab sie zu und hoffte, dass er ihr die Wahrheit verzieh. Er nahm es gelassen.

»Mir gefällt es auch nicht«, sagte er. »Aber ich habe eine Wette verloren und der Einsatz waren meine Haare.«

»Mit wem hast du gewettet?«

»Mit einem Pathologen.«

»Und um was ging es?«

»Das ist für Außenstehende echt eklig. Ich sollte es beim Essen lieber nicht erzählen.«

Sie sah wieder auf ihren Teller, doch konnte sich nicht durchringen, noch mehr zu essen. Ihr Magen schmerzte und drückte, als ob sie einen Steinbrocken verschluckt hätte. Sie legte das Besteck zur Seite und atmete tief durch.

Hagen warf einen flüchtigen Blick auf sie. »Ich hab noch was anderes im Kühlschrank, wenn es dir nicht schmeckt«, sagte er.

»Nein, das ist es nicht. Ich hab überhaupt keinen Hunger.«

»Aber du musst essen, damit es dir besser geht.« Er stand auf und holte aus dem Kühlschrank eine Schale heraus, die in Folie eingewickelt war. Mit einem Griff entfernte er die Verpackung und stellte die Schale neben Rionas Teller. »Versuch das mal. Es ist noch von gestern übrig.«

Völlig entgeistert starrte sie auf das Essen. »Das ist Sushi«, stieß sie hervor. Unweigerlich trat der Abend mit Argon in dem Restaurant in ihre Erinnerung. Er hatte sich rohen Fisch bestellt und sie hatte dem Kellner erklärt, ihr Freund liebe Sushi.

»Ja und? Ich denke, du magst Sushi.« Er setzte sich und aß weiter.

Wie in Stein gemeißelt saß Riona auf den Stuhl und rührte sich nicht. Der seelische Schmerz war zurückgekommen, er brannte in ihrem Herzen wie Feuer.

Hagen bemerkte ihren veränderten Gesichtsausdruck und reagierte darauf mit einem verständnislosen Kopfschütteln.

»Ich kann das nicht essen«, sagte sie mühsam.

»Warum nicht?« Als sie nichts erwiderte, legte er das Besteck beiseite und musterte sie. »Du bist echt seltsam, seit du wieder hier bist. Willst du mir wirklich nicht sagen, was los ist?«

Wortlos stand sie auf, stellte ihre Schale in die Spüle und drehte sich zu ihm. Ihr Gesicht war inzwischen kreidebleich.

»Es tut mir leid. Dein Essen schmeckt bestimmt toll. Trotzdem krieg ich nichts runter. Frag mich nicht nach dem Grund. Es ist eben so.« Die plötzliche Übelkeit kam mit einer Intensität, dass sie die Hand vor den Mund nahm. Sie wankte ins angrenzende Zimmer und warf sich aufs Bett. Hagen bedrängte sie nicht weiter und sie war froh darüber. Später kam er zu ihr und setzte sich auf die Bettkante. Zwischen seinen Fingern klemmte der Stiel eines Lutschers.

»Geht es dir wieder besser?« Er klang aufrichtig besorgt.

Anstelle einer Antwort konnte sie nur nicken.

»Es wird wiederkommen, wenn du nichts zu dir nimmst.

»Ich esse später. Versprochen.« Sie bemühte sich um ein Lächeln. Allmählich ließ die Übelkeit nach, doch der seelische Schmerz blieb. Er war so stark, dass sie hoffte, ohnmächtig zu werden, nur um ihn nicht mehr ertragen zu müssen. Sie schloss die Augen und kämpfte gegen das Verlangen an, laut loszuheulen.

Hagen steckte sich den Lutscher in den Mund, um das aufkeimende Verlangen unter Kontrolle zu bringen. Noch vor einem Monat hätte er sich jetzt eine Zigarette angezündet. Riona hörte das Klirren, als der Lutscher gegen seine Zähne stieß.

»Vielleicht brauchst du etwas Ablenkung«, sagte er. »Ich gehe nachher auf eine Geburtstagsparty. Du isst jetzt was, erholst dich noch eine halbe Stunde und kommst mit.«

Als wäre es eine Bestätigung des Vorschlages, begann Rionas Magen zu knurren. Sie wusste, sie musste unbedingt etwas zu sich nehmen, sonst würde sie heute nicht mehr auf die Beine kommen. Aber das Letzte, worauf sie Lust hatte, war eine Feier mit Leuten, die alle gut drauf waren. Sie hob die Lider und sah zu Hagen.

»Das ist keine gute Idee. Ich würde dir nur den Abend vermiesen.«

»Ach, komm schon, das machst du nicht. Du könntest ein paar Leute kennenlernen. Ich schwör dir, davon sind einige ziemlich durchgeknallt. Du hättest deinen Spaß und kommst auf andere Gedanken.«

»Bemüh dich nicht weiter«, wehrte sie ab. »Ich hab wirklich keine Lust. Morgen bin ich bestimmt besser drauf.«

Er nickte zustimmend. »Wann musst du wieder arbeiten?«

»Übermorgen. Ich habe eine Viertagestour.«

»Dann sehen wir uns morgen Abend.« Er strich ihr freundschaftlich über den Arm, erhob sich und ging zur Tür.

Als er draußen war, stieg sie mühsam aus dem Bett und schlurfte in die Küche. Aus dem Kühlschrank nahm sie eine Gurke, Butter und zwei Scheiben Brot. Ihr kaum angerührtes Glas Wasser stand noch immer auf dem Tisch. Während des Essens überlegte sie, wie sie den nächsten Tag überstehen sollte, ohne depressiv zu werden. Hagen hatte Recht, sie brauchte dringend eine Ablenkung.

Sie stellte das Geschirr in die Spüle, ging in ihr Zimmer zurück und fingerte aus der Handtasche ihr Handy heraus. Einen Moment lang überlegte sie, mit wem sie sich für morgen verabreden konnte. Alle ihre Freundinnen waren Flugbegleiterinnen, die sie auf der Arbeit kennengelernt hatte. Es war fraglich, ob eine von ihnen gerade zuhause war.

In Gedanken ging sie die Reihe ihrer Freundinnen durch, dann wählte sie eine Nummer. Nach vier Klingeltönen hörte sie vom anderen Ende der Leitung Vanessa.

»Hallo Vanessa, hier ist Riona.«

»Hey, du bist wieder zurück. Wie war der Urlaub?«

Riona wollte gerade das Wort: Nett sagen, sagte aber stattdessen: »Er war toll. Ich hab viel gebadet und mir einiges angesehen. Das übliche Programm eben. Und bei dir?« Sie hörte, wie Vanessa lautstark aufjubelte.

»Ich hab jemanden kennengelernt. Wir treffen uns in zwei Tagen.«

»Du musst mir alles erzählen. Hast du morgen Zeit?«, fragte Riona hoffnungsvoll und war erleichtert, als Vanessa es bestätigte.

»Was wollen wir machen?«, fragte Riona schnell.

»Ich bin für Strand«, sagte Vanessa. »Wie wäre es mit einem Trip zur Nordsee hoch?«

In dem Moment wusste Riona, dass sie unter keinen Umständen an irgendwelchen Plätzen sein konnte, die sie mit Hawaii in Verbindung bringen würde. Sie würde unweigerlich an Argon denken.

»Ich hab vorerst genug vom Strand«, wand sie ein. Schnell überlegte sie, welcher Ort ihr völlig neutral erschien. »Wie wäre es mit dem Zoo?«

»Zoo?« Vanessa stöhnte auf. »Wer geht in unserem Alter noch in den Zoo?« An ihrer Stimme war zu erkennen, dass sie von der Idee wenig begeistert war. Auf Rionas Drängen gab sie schließlich nach und sie verabredeten sich für die Mittagszeit.

Das Gespräch war beendet und Riona atmete auf. Der morgige Tag schien gerettet. Aber was sollte sie jetzt mit dem Rest des Tages anfangen? Womit sich betäuben? Ihr Blick wanderte unschlüssig durch den Raum und blieb am Fernseher hängen. Sie holte die Fernbedienung aus einem Schubfach, setzte sich in den Sessel und schaltete das Gerät ein. Es lief gerade eine Komödie und wahrscheinlich hätte sie über die vielen Gags gelacht, wenn die Welt für sie noch in Ordnung gewesen wäre. In ihrem derzeitigen Zustand fand sie alles nur öde. Danach verfolgte sie einen Bericht über Ausgrabungen in Ägypten.

Gegen zwei Uhr schaltete sie ab. Sie fühlte sich wie gerädert und betete darum, endlich müde genug zu sein, um schlafen zu können. Hagen war noch immer nicht zuhause. Die Party schien ihm zu gefallen. Sie erhob sich, ging zum Fenster und öffnete es. Der frische Wind drang hinein und bewegte die Lamellenvorhänge. Als sie sich umdrehte, fiel ihr Blick auf das verpackte Mungobild. Mit einer Hand fuhr sie sich über die Stirn, als wollte sie eine aufkommende Erinnerung verscheuchen. Völlig mechanisch ging sie zum Bild, hob es auf und stellte es in die Lücke zwischen Schrank und Wand. Damit verschwand es aus ihrem Blickfeld.

Sie hockte sich neben den Koffer, öffnete den Reißverschluss und schlug den Deckel zur Seite. Obenauf lag der Pappkarton mit der Ukulele für Hagen, die sie ihm morgen geben würde. Sie griff zur Kosmetiktasche und ging ins Bad. Zehn Minuten später kam sie unbekleidet zurück. Vor dem geöffneten Schrank durchwühlte sie einen Stapel T-Shirts auf der Suche nach einem Nachthemd. In der Unordnung war auf die Schnelle nichts zu finden. Sie gab es auf, widmete sich wieder dem Koffer und kramte darin herum.

Plötzlich entdeckte sie Argons Hemd, das unter einem Shirt hervorlugte. Sie hatte es ihm an ihrem gemeinsamen vorletzten Abend abgeluchst. Der Schmerz kam zurück, krampfte ihren Magen zusammen und bohrte sich in ihr Herz. Sie zog das

Hemd heraus und führte es an die Lippen. In jeder Faser konnte sie den geliebten Zitrusduft riechen. Sie schloss die Augen, um nicht das Gefühl zu verlieren, Argon würde sie jetzt umarmen. Minutenlang hockte sie auf dem Boden und rührte sich nicht. In einer plötzlichen Eingebung streifte sie sich das Hemd über. Es war viel zu groß, sie versank förmlich darin. Kurz nachdem sie im Bett lag, fiel sie in einen tiefen Schlaf.

***

Als Riona gegen zwölf Uhr am Zoo eintraf, war Vanessa schon da. Dem heißen Julitag entsprechend war sie mit einer kurzen Jeans und Shirt bekleidet. Ihre blonden Haare waren zu einem Pferdeschwanz gebunden. Die Freundinnen umarmten sich.

Vanessas Blick streifte Rionas nackte Arme und Beine und blieb an ihrer Taille hängen.

»Du meine Güte, bist du braun gebrannt. Hast du abgenommen?«

Riona bemühte sich um einen gelassenen Gesichtsausdruck. »Das hat nichts zu bedeuten. Ich hab in den letzten Tagen nur zu wenig gegessen.«

»Dein Kleid sieht toll aus, ist es neu?«, fragte Vanessa.

Riona trug ein hellblaues Sommerkleid, es betonte die Farbe ihrer Augen.

»Das hab ich schon länger. Es ist das Einzige, das sauber war. Meine anderen Sachen liegen noch in der Wäsche.« Riona fiel auf, dass Vanessa in bester Laune war. Wahrscheinlich lag es an ihrer neuen Männerbekanntschaft. Vanessa würde ihr gleich alles erzählen.

»Wie war dein Urlaub?«, fragte Vanessa. »Ist Hawaii so traumhaft, wie man immer sagt?«

Riona zögerte kurz und sagte dann: »Hawaii ist wirklich schön. Super Wetter, tolle Strände und so weiter.«

Völlig mechanisch kam es ihr von den Lippen, ohne eine Spur von Emotion.

»Was hast du abends gemacht?«, bohrte Vanessa weiter.

Anstatt zu antworten, hob Riona den Kopf und sah einen Moment lang zu den Schleierwolken am Himmel. Die Fragerei passte ihr ganz und gar nicht. Natürlich hätte sie damit rechnen müssen. Es war doch normal, dass sich ihre Freundin danach erkundigte. Sie sah wieder zu ihr und sagte: »Ich war mit meiner Mutter zusammen. Wir haben viel unternommen.«

»Nur mit deiner Mutter?« Vanessa machte ein Gesicht, als könnte sie es nicht fassen. »War das nicht langweilig?«

Riona presste für einen Moment die Augen zusammen, um die aufkommenden Tränen zu vertreiben. Es gelang ihr. »Es hat schon gepasst.« Um weiteren Fragen aus dem Weg zu gehen, deutete sie schnell auf den Eingang des Zoos. »Wollen wir reingehen?«

Sie gingen zur Kasse, kauften Tickets und betraten den Zoo. Etwas später stoppten sie an einer Weggabelung.

Riona breitete den Plan aus, den sie am Schalter gekauft hatte.

»Links geht es zu den Affen und rechts zu den Greifvögeln«, sagte sie daraufhin.

»Ich bin für die Affen«, sagte Vanessa und Riona stimmte zu.

Allmählich füllte sich die Anlage. Es war gerade Ferienzeit und viele Eltern kamen mit ihren Sprösslingen. Einige Väter zogen Holzkarren hinter sich her, in denen sie Decken und Proviant verstaut hatten. Die Kinder hüpften aufgeregt herum, konnten es kaum abwarten und liefen voraus. Wenn ihre Eltern ihnen etwas zuriefen, blieben sie kurz stehen und drehten sich nach ihnen um, dann liefen sie weiter.

Riona und Vanessa schlenderten den Weg entlang, blieben ab und zu vor den Gehegen stehen und setzten plaudernd ihren Weg fort.

»Wie geht es Hagen?«, erkundigte sich Vanessa.

»Ganz gut«, erwiderte Riona. »Ich hab ihn gestern nur kurz gesehen. Er wollte zu einer Geburtstagsparty.«

Riona wusste, ihre Freundin stand auf ihn. Kein Wunder bei seinem Aussehen. Er hatte bei den Frauen ein leichtes Spiel und nutzte es schamlos aus. Seine Beziehungen wechselte er wie andere ihre Unterwäsche. Seine längste Liebelei hatte zwei Monate gedauert, dann war bei ihm die Puste rausgewesen und der Kick verebbt. Riona hatte Vanessa gewarnt, sich mit ihm einzulassen, er sei noch immer nicht an einer festen Bindung interessiert. Allerdings war sie selbst einmal mit ihm zusammen gewesen und sie war es auch, die Schluss gemacht hatte. Hagen hatte das anfangs nur schwer verkraftet, es hatte sein Ego verletzt.

Trotz alledem hatte sich zwischen ihnen eine tiefe Freundschaft entwickelt.

»Will er immer noch Pathologe werden?«, wollte Vanessa wissen.

»Er geht davon nicht ab«, sagte Riona. »Aber ich verstehe es noch immer nicht, warum er sich diesen Gruseljob ausgesucht hat. Warum wird er nicht Zahnarzt?«

»Oder Gynäkologe«, sagte Vanessa. »Täglich neue Frauen, die alle freiwillig zu ihm kommen.«

»Er wäre gar nicht fähig, sie als Patientinnen zu sehen«, wand Riona ein.

Vor dem Schimpansenkäfig herrschte der meiste Betrieb. Vier Affenkinder hatten zahlreiche Besucher angelockt. Die Tiere hockten mit den Müttern auf Baumstämmen oder turnten an aufgespannten Seilen herum. Die Zuschauer brachen jedes Mal in Begeisterungsrufe aus, wenn ein Affe irgendwelche Mätzchen veranstaltete.

Riona ließ sich mitreißen. Das Beisammensein mit ihrer Freundin verdrängte für eine Weile die Trauer um das Verlorene. Die Ablenkung wirkte wie ein Pflaster, das sich auf ihre Wunde legte und den Schmerz stillte. Sie drehte sich zu Vanessa.

»Mit wem triffst du dich eigentlich morgen?«

»Er heißt Remo und ist Halbitaliener.« Vanessas Augen begannen zu leuchten.

»Habt ihr euch im Flugzeug kennengelernt?«

»Ja. Er hat seine Großeltern in Rom besucht und war auf dem Rückweg. Seine Eltern leben in Hamburg und er natürlich auch.«

Riona bemerkte, wie Vanessa übers ganze Gesicht strahlte. Es freute sie, dass ihre Freundin so glücklich war. »Wie bist du mit ihm zusammengekommen? Hast du ihn einfach angesprochen?«

Während sie weitergingen, schilderte Vanessa in lebhaften Worten das Erlebte. Sie sprühte förmlich vor Glück.

»Wir treffen uns morgen Abend. Ich bin schon total aufgeregt«, gab sie zu. »Was sagt man zu jemandem, den man kaum kennt?«

»Dir wird schon was einfallen. Außerdem ist er in der gleichen Situation wie du. Lass ihn doch den Anfang machen.«

»Ich ruf dich danach an und erzähl dir alles«, sagte Vanessa

»Das geht leider nicht«, erwiderte Riona. »Ich arbeite morgen wieder und übernachte in Stockholm. Du kannst mir eine Nachricht schreiben.«

»Das mach ich auf jeden Fall«, schwor Vanessa.

Inzwischen waren sie in einen Bereich des Tierparks gelangt, in dem Füchse, Wölfe und Erdmännchen lebten. Vor einem eingezäunten Gelände machten sie Halt und ihre Blicke schweiften über das Gehege. An einigen Stellen war die Erde zu Hügeln aufgeschüttet, zwischen denen Äste und Baumstämme lagen.

Völlig entgeistert starrte Riona zu den herumtollenden Tieren. Urplötzlich war der Schmerz wieder da. Die Wunde in ihrem Herzen brannte langsam und intensiv, während sie den Blick nicht von dem Geschehen im Gehege wenden konnte.

»Kennst du die Tiere?«, fragte Vanessa. »Die sehen aus wie zu groß geratene Ratten.« Als Riona nicht antwortete, ging sie zu der Infotafel und begann laut zu lesen: »Herpestes edwardsii.«

»Es sind Mungos«, sagte Riona tonlos.

»Stimmt, eine Zeile tiefer steht es«, rief Vanessa ihr zu, las weiter und erklärte: »Es sind indische Mungos.« Sie stellte sich wieder neben Riona, beobachtete die Tiere und brach in Gelächter aus. »Die sehen echt lustig aus. Sieh mal, wie sie rumtoben.«

Während sich Vanessa zu amüsieren schien, war Riona zu einer Statue erstarrt. Ich muss hier weg, durchfuhr es sie. Vor ihrem geistigen Auge sah sie ihren Tenzing auf der Couch hocken. Argon stand neben ihr und hatte seinen Arm um sie geschlungen. Krampfhaft versuchte sie, das Bild im Kopf zu löschen. Es glückte nur für Sekunden, dann war es wieder da.

Ich muss hier weg, dachte sie erneut. Abrupt drehte sie sich um, hastete ziellos den Weg entlang und ließ sich auf die nächste Bank fallen. Sie spürte einen aufkommenden Weinkrampf und sie schluckte und schluckte, bis er sich aufgelöst hatte. Würde es jetzt immer so sein, fragte sie sich. Würde sie ab sofort jede Kleinigkeit mit Argon in Verbindung bringen?

»Was hast du?« Vanessa saß plötzlich neben ihr und berührte ihre Schulter. Als Riona nur abwehrend die Hand hob, bedrängte sie ihre Freundin nicht weiter.

In einem nicht enden wollenden Strom zogen die Besucher an der Bank vorbei, ohne den beiden Beachtung zu schenken. Plötzlich verkrampfte Riona das Gesicht und legte eine Hand auf den Magen.

»Oh mein Gott, ist mir schlecht.«

»Hast du was Falsches gegessen?« fragte Vanessa besorgt.

»Nein, das ist es nicht«, sagte Riona und sie brachte die Worte kaum heraus. Mit einem verständnislosen Gesichtsausdruck sah sie zu ihrer Freundin. »Ich weiß nicht, was mit mir passiert. Irgendetwas stimmt nicht. Ich spüre es aber ganz deutlich.«

»Vielleicht solltest du zum Arzt gehen.«

»Nein, ich arbeite morgen. Ich brauche dringend Ablenkung.« Sie senkte den Kopf und starrte geistesabwesend auf den Boden. Nach einer Weile sah sie wieder zu ihrer Freundin. »Die Übelkeit kommt und verschwindet. Jetzt geht es mir schon wieder besser.«

»Wollen wir weitergehen?«, fragte Vanessa.

»Ich möchte lieber nach Haus«, sagte Riona. »Hast du was dagegen?«

»Nein, natürlich nicht.«

Sie erhoben sich. Während sie den Weg zum Ausgang zurücklegten, sagte keine von beiden ein Wort. Wenig später passierten sie die Schranke und blieben stehen. Riona sah schuldbewusst zu ihrer Freundin.

»Es tut mir leid, dass ich dir den Zoobesuch vermasselt habe.«

»Das hast du nicht«, beteuerte Vanessa. »Hauptsache, du wirst schnell wieder gesund.«

»Das nächste Mal geht es mir bestimmt wieder besser.«

»Na klar. Das wird schon wieder.« Sie verabschiedeten sich mit einer Umarmung.

***

Riona hatte den Koffer für die nächsten vier Arbeitstage gepackt. Nachdem ihr Hagen mitgeteilt hatte, dass er sich noch mit seiner neuen Bekannten treffen wollte, hatte sie allein in der Küche zu Abend gegessen.

Es war kurz nach zehn. Sie saß im Bett, hatte den Fernseher angestellt und sah sich einen Krimi an. Vom Korridor drang ein Geräusch zu ihr, anscheinend trudelte Hagen gerade ein. Gleich darauf kam er zu ihr. Wie gewohnt setzte er sich in den Sessel und streckte die Beine aus.

»Geht es dir heute besser?«

Sie stellte den Fernseher auf lautlos. »Es geht soweit. Und du?«

»Ich bin ziemlich k.o.«, erwiderte er. »Letzte Nacht hab ich nur drei Stunden geschlafen.« Er gähnte ausgiebig und betrachtete dabei ihr Outfit.

»Du trägst zum Schlafen ein schwarzes Hemd?«

»Das stammt aus dem Urlaub«, sagte sie so beiläufig wie nur möglich.

»Gab es kein typisches Hawaiihemd für dich? Ich denke, die tragen dort Hemden mit Papageien und Blumen drauf.«

»Ich wollte aber eins in Schwarz.« Ganz bewusst wechselte sie das Thema: »Du hast also mal wieder eine neue Affäre?«

»Ich hab sie gestern auf der Party kennengelernt. Sie ist wirklich süß.«

»Das hast du die letzten zehn Mal auch gesagt.«

Gelassen zog er aus der Hosentasche einen Lutscher hervor und befreite ihn aus der Folie. Nebenbei erklärte er: »Dieses Mal ist es anders. Sie ist intelligent und witzig und sieht dazu noch toll aus.«

»Ja, ja. Das absolute Superweib.« Als er amüsiert auflachte, schaltete sie den Fernseher ab und hockte sich in den Schneidersitz. Sie beobachtete ihn, wie er genüsslich an der Alternativzigarette herumlutschte.

»Wie war es heute in der Pathologie?«

»Gut«, sagte er, »ich war dabei, wie ein Schädel aufgemeißelt wurde. Ich kann dir sagen, der Typ hatte ein totales Matschhirn.«

»Das ist Leichenfledderei«, sagte sie.

»Das ist Wissenschaft«, sagte er. »Und was hast du heute getrieben?«

»Ich hab mich mit Vanessa getroffen.«

»Mit Vanessa?« Etwas übertrieben zog er die Augenbrauen hoch. »Stand sie nicht mal auf mich?«

»Du bist so ein Angeber.« Demonstrativ verzog sie das Gesicht. »Außerdem weißt du, ich hab sie vor dir gewarnt.«

Er lachte auf. »Schon gut, sie ist ohnehin nicht mein Typ. Viel zu lieb.«

Riona schälte sich aus dem Bett, nahm ihr Mitbringsel vom Tisch und überreichte es ihm.

»Für dich. Als Dankeschön, weil du meine Palme so gut gepflegt hast, dass sie fast draufgegangen wäre.« Sie krabbelte wieder ins Bett und schlug die Decke über die Beine.

Hagen warf einen Blick auf die Pflanze. »Wieso? Sie lebt doch noch.« Mit einer Handbewegung riss er den Karton auf und fingerte die Ukulele heraus.

»Wow, eine Ukulele«, sagte er. »Die fehlte mir noch in meiner Sammlung. Vielen Dank.« Seine Finger begannen, an den Saiten des Instrumentes herumzupfen. Zwar konnte er darauf nicht spielen, er brachte aber die vier Saiten zum Schwingen.

Auf einmal vernahm Riona den unverwechselbaren exotischen Klang. Er versetzte ihr einen Stich ins Herzen. Mit einem verzweifelten Gesichtsausdruck sah sie zum Instrument. Nicht auch noch das, dachte sie, nicht diese Töne.

»Kannst du bitte aufhören?« Ihre Stimme war fast flehend.

Sofort stoppte er. »Klingt nicht besonders gut, was? Aber ich werde üben.« Er legte die Ukulele zur Seite und sah wieder zu Riona.

»Ich verspreche dir, in ein paar Wochen kann ich so gut spielen, das haut dich glatt um.«

»Super.« Es hörte sich nicht überzeugend an.

Hagen erhob sich und gähnte. »Ich bin echt kaputt. Ich geh schlafen. Guten Flug für morgen.«

»Danke, wir sehen uns in vier Tagen«, erwiderte sie.

Als er draußen war, streckte sie sich im Bett aus und deckte sich zu. Einen Moment lang starrte sie in die Dunkelheit hinein. Dann seufzte sie schwer und kuschelte sich in Argons Hemd ein. Der vertraute Zitrusduft begleitete sie in das Reich der Träume.

***

In den nächsten Wochen hatte der Alltag mit seinen Aufgaben und Pflichten Riona voll im Griff. Jeder verstrichene Tag brachte sie weiter vom Urlaub und von Argon fort. Die Zeit ging über alles hinweg. Sie betäubte sich mit Arbeit. Sie sprach, wenn man es von ihr verlangte. Sie lachte, wenn man es von ihr erwartete. Ihr Körper hatte seine eigene Art zu funktionieren. Er war wie eine Maschine, die auf Knopfdruck reagierte. Doch die Traurigkeit in ihren Augen war nicht zu übersehen.

Nachts, wenn sie Argons Hemd am Körper fühlte, flüchtete sie sich in ihre Erinnerungen. Ein schwarzes Stück Stoff war alles, was von ihrer Liebe übriggeblieben war. Sein Duft war schon längst verflogen. Dennoch hatte sie das Gefühl, Argon auf diese Weise nahe zu sein. Sie hatte alle schrecklichen Ereignisse aus dem Kopf verbannt. In ihren Träumen gingen sie aneinandergeschmiegt am Strand spazieren, sie sah sein Lächeln und spürte seine Berührungen.

Es waren kurze Momente des Glücks. Nach solchen Nächten begann am nächsten Morgen, die Wunde in ihrem Herzen um so intensiver zu schmerzen. Sie wusste, sie musste ihre Erinnerungen loslassen, um wieder normal leben zu können. Doch ihr Herz konnte ihn nicht vergessen.

Anfang September schickte der nahende Herbst seine ersten Vorboten. Die Temperatur reduzierte sich auf siebzehn Grad. Tagelanger Regen trommelte gegen Fensterscheiben und auf Autodächer. Es war Freitag morgen und es regnete noch immer. Auf den Straßen Hamburgs spielte sich wie gewohnt das Treiben des anstehenden Arbeitstages ab. Passanten hasteten mit eingezogenen Köpfen zu den Haltestellen. Einen Regenschirm aufzuspannen, machte bei dem Wind keinen Sinn.

Riona lag im Bett und schlief. Letzte Nacht war sie von einem mehrtägigen Europaflug nach Haus gekommen und hatte sich fest vorgenommen, nicht vor Mittag aufzustehen. Das geschlossene Fenster dämmte die Geräusche der Stadt wie eine Schallmauer. Die zugezogenen Lamellenvorhänge trübten das Tageslicht im Zimmer.

Unruhig drehte sie den Kopf auf dem Kissen hin und her, als hielte sie ein schlechter Traum gefangen, von dem sie sich nicht befreien konnte. Ihre Bewegungen wurden hektischer. Mit einem Schrei fuhr sie hoch und saß kerzengerade im Bett. Es dauerte eine Weile, bis sie sich in ihrer Umgebung zurechtfand. Sie fuhr sich mit der Hand über die schweißnasse Stirn.

Die Vergangenheit hatte sie vollends eingeholt. Zum ersten Mal hatte sie von dem unheilvollen Tag geträumt, an dem sie Narla begegnet war. Die Meeresjägerin hatte auf der Verandatreppe gestanden und ihr alles erzählt. Du Närrin, hatte sie gerufen. Ihr raues, spöttisches Lachen war über die ganze Bucht geschallt. Auch jetzt noch, obwohl Riona den Alptraum längst abgestreift hatte, hallten die zwei Worte in ihr nach: du Närrin, du Närrin. Riona hielt sich die Ohren zu.

Plötzlich setzte ein Brechreiz ein mit einer Intensität, die sie aus dem Bett springen ließ. Sie rannte zum Badezimmer und riss den Toilettendeckel hoch, so dass er gegen den Spülkasten knallte.

Mehrmals erbrach sie sich im Becken. Dann setzte sie sich daneben auf den Boden. Sie fühlte sich wie ausgelaugt und es dauerte etwas, bis sie in der Lage war, ein Stück von der Papierrolle abzureißen und sich den Mund abzuwischen. Immer wieder schossen ihr die gleichen Wortfetzen durch den Kopf: das Experiment – ein Baby – du Närrin. Wie Schuppen fiel es ihr von den Augen. Instinktiv legte sie die Hände auf den Bauch. Sie war schwanger.

Oh, mein Gott. Bitte, bitte, lass es nicht wahr sein, flehte sie in Gedanken. Dennoch wusste sie, alle Anzeichen sprachen dafür. Die Meeresjäger hatten mit ihr ein Experiment vor und es war ihnen gelungen. In ihrem Körper wuchs bereits das heran, was sie wollten.

Auf einmal fühlte sich ihr Kopf völlig leer an. Sie wusste nicht, wie lange sie schon auf den kalten Fliesen zugebracht hatte, als sie endlich aufstand. Erst jetzt merkte sie, dass ihre Knie weich wie Butter waren. Sie betätigte den Spülkasten, wankte ins Wohnzimmer und setzte sich in den Sessel.

Eine halbe Stunde lang starrte sie mit leerem Blick zur Wand. Allmählich begann ihr Verstand wieder zu arbeiten. Er warf Fragen auf – ungeordnet, unvollständig, zusammenhangslos. Fragen ohne Antworten.

Und wenn sie gar nicht schwanger war? Ein Hoffnungsschimmer glimmte in ihr auf. Sollte sie nicht in der Apotheke einen Tester kaufen? Sofort verwarf sie den Gedanken. Das war nicht notwendig, sie musste der Tatsache ins Auge sehen.

Und jetzt? Wie sollte es jetzt weitergehen? Sie musste klar und logisch denken. Unbedingt. Wenig später traf sie eine Entscheidung. Gleich wollte sie ihren Gynäkologen anrufen und einen Termin für heute Nachmittag vereinbaren. Unter keinen Umständen würde sie sich am Telefon abwimmeln lassen. Irgendetwas würde ihr schon einfallen, um ihren Besuch besonders dringend zu machen.

***

»Herzlichen Glückwunsch. Sie sind schwanger.«

Die Stimme des Gynäkologen klang sachlich. Wahrscheinlich hatte er die Worte schon hundert Mal in seiner Praxis gesagt.

»Ich werde jetzt eine Ultraschalluntersuchung durchführen«, fuhr er fort.

»Sind Sie sich ganz sicher, dass ich schwanger bin?« Riona sah mit aufgerissenen Augen zu ihm.

»Wieso haben Sie daran Zweifel?« Als sie nicht antwortete, musterte er sie aufmerksam. »Wollen Sie das Baby?«

»Ja, ich möchte es«, erwiderte sie prompt. Im gleichen Moment staunte sie über sich selbst, wie schnell ihr die Worte aus dem Mund geschlüpft waren. Dann überkam sie ein Glücksgefühl, denn sie wusste, sie hatte die Wahrheit gesagt. Sie wollte dieses Baby – mehr als alles andere. Argon hatte sie für immer verloren, in dem Punkt gab sie sich keinerlei Illusion hin. Aber unwissentlich hatte er ihr etwas geschenkt. Ein Teil von ihm war nun in ihr. Es würde ihr allein gehören und sie konnte es bedingungslos und uneingeschränkt lieben.

Hoffentlich wird es ein Junge, dachte sie.

Während der Arzt seine Arbeit verrichtete, waren seine Augen konzentriert auf den Monitor gerichtet, was auch Riona veranlasste, den Kopf dorthin zu wenden. Mit wachsender Spannung verfolgte sie die grauschattierten Bilder, ohne wirklich etwas zu erkennen.

»Wissen Sie schon, ob es ein Junge oder Mädchen wird?«, fragte sie.

»Nein, Sie müssen sich noch einige Wochen gedulden.« Sein bislang oberflächlich freundlicher Gesichtsausdruck veränderte sich. Er wirkte irritiert, fast schon beunruhigt.

Riona hatte es bemerkt und instinktiv fühlte sie, dass es nichts Gutes verhieß.

»Stimmt etwas nicht?«

Der Arzt ignorierte ihre Frage und veränderte die Lage des Schallkopfes in ihrem Unterleib.

»Das gibt es doch gar nicht«, sagte er zu sich selbst.

»Was wollen Sie damit sagen?« Ihre Hände krallten sich regelrecht an den Stuhl, ohne dass sie es bemerkte.

»Hören wir uns mal seinen Herzschlag an.« Wieder hatte Riona den Eindruck, er würde zu sich selbst sprechen. In gleichmäßiger Abfolge waren dumpfe Töne zu hören mit einer konzentrierten Stärke, als ob jemand gegen eine Pauke schlug. Riona rang um Fassung. Der Morgen trat in ihre Erinnerung, als sie mit Argon im Bett lag und sie sich an seine Brust geschmiegt hatte. Das, was sie jetzt hörte, war eindeutig sein Herzschlag. Gewaltig, mächtig – der Herzschlag eines Meeresjägers.

Der Arzt beendete die Untersuchung, drehte sich zu ihr und sah sie mit einem merkwürdigen Blick an, den sie nicht deuten konnte.

»Ist mit meinem Baby alles in Ordnung?« Ihre Stimme zitterte leicht.

»Bitte ziehen Sie sich an und warten Sie, bis ich Sie rufe.« Er drehte sich um und ging in das angrenzende Zimmer.

Etwas unbeholfen glitt sie vom Stuhl und zog sich mit mechanischen Bewegungen an. Sie setzte sich auf die Kante einer Liege und wartete auf das, was nun folgen würde. Das Gesicht erstarrt, leer der Blick. Unfähig, einen klaren Gedanken zu fassen.

Aus dem Nebenraum scholl die Stimme des Arztes herüber. Wahrscheinlich telefonierte er gerade. Zehn Minuten später erschien er auf der Türschwelle.

»Bitte kommen Sie, Frau Gendt.«

Sie folgte ihm und nahm auf einem Stuhl vor dem Schreibtisch Platz. Er setzte sich ihr gegenüber und faltete die Hände auf der Tischplatte zusammen. Ernst und konzentriert sah er zu ihr.

»Die Entwicklung Ihres Babys scheint nicht so zu verlaufen, wie man es von ihm erwartet. Es gibt«, er suchte nach dem passenden Wort, »Unklarheiten. Mehr möchte ich jetzt nicht beurteilen.«

Riona war wie vor den Kopf geschlagen. Sie holte Luft und wollte etwas sagen, doch ihr fehlten die Worte. Sie starrte ihn mit großen Augen an.

Der Arzt fuhr fort: »Ich habe soeben mit einem Kollegen aus der Frauenklinik telefoniert. Er erwartet Sie morgen um neun Uhr. Er wird eine

Reihe von Untersuchungen durchführen. Wenn alles vorbei ist, vereinbaren Sie bitte wieder einen Termin bei mir.« Als er ihren bestürzten Blick spürte, beugte er sich etwas über den Tisch. Seine Stimme klang mitfühlend. »Haben Sie mich verstanden, Frau Gendt?«

Sie nickte.

»Wer ist der Vater Ihres Babys?«

Sie zögerte und sagte leise: »Hagen Kellermann. Er ist mein Freund. Wir wohnen zusammen.«

»Sollen wir ihn benachrichtigen, dass er sie abholt?«

»Nein, es geht schon.«

Der Arzt stand auf. »Im Vorzimmer wird man Ihnen die Papiere für die Klinik aushändigen.«

Riona erhob sich ebenfalls und nahm seine Hand.

»Alles Gute«, sagte er zum Abschied.

Wie in Trance ging sie aus dem Zimmer und zur Rezeption. Eine Arzthelferin überreichte ihr die Unterlagen und sagte irgendetwas. Ihre Stimme hört sich weit weg an.

Vierzig Minuten später saß Riona in der U-Bahn, ohne sich daran erinnern zu können, den Weg von der Praxis bis zur Station zurückgelegt zu haben. Nur langsam fand sie zur Wirklichkeit zurück. In ihrem Kopf begann es zu arbeiten. Anfangs ließen sich die Bruchstücke von Gedanken nicht ordnen. Irgendwann schaffte sie es, Punkt für Punkt die Fakten durchzugehen.

Punkt eins: Sie war schwanger. Ein Teil von Argon würde in ihr weiterleben. Es würde so sein, als hätte sie ihn nie ganz verloren. Sie hatte von ihm das wundervollste Geschenk der Welt erhalten.

Punkt zwei: Allem Anschein nach war nicht klar, was überhaupt in ihr heranwuchs. Konnte es sein, dass ihr Baby gerade die Entwicklungsstadien eines Amphibienmenschen durchlief? Oder war ihr Baby vielleicht eine Mischung aus Mensch und Meeresjäger? Riona spürte einen Anflug von Panik und musste mehrfach schlucken, um ihn zu bewältigen.

Punkt drei: Eine Untersuchung in der Klinik würde Licht ins Dunkle bringen. Aber was würde passieren, wenn die Ärzte herausfänden, dass ihr Baby tatsächlich anders war? Wie würden sie reagieren? Was würden sie ihrem Baby antun?

Die Fragen trieben ihr die Tränen in die Augen. Sie schwor sich, niemals würde sie zulassen, dass man ihrem Baby wehtat. Sie würde um sein kleines Leben kämpfen, weil es sich lohnte, zu kämpfen. Je länger sie darüber nachdachte, desto stärker wurde ihr bewusst: Sie konnte das alles nicht allein durchstehen. Sie brauchte einen Verbündeten. Jemandem, dem sie blind vertrauen konnte, der sie verstand und der ihr helfen würde. Sie brauchte nicht zu überlegen, auf wen das alles zutraf: Es war Hagen.

***

Als Riona die Wohnung betrat, hörte sie Hagen hinter der halbgeöffneten Zimmertür keuchen. Anscheinend strampelte er gerade sein tägliches Pensum auf dem Fahrrad ab. Sie klopfte an und trat sofort ein. Ihre Vermutung erwies sich als richtig.

Er streckte seinen nackten Oberkörper zum Lenkrad vor und trat dabei wie ein Irrer in die Pedalen.

Riona verschränkte die Arme und baute sich vor ihm auf.

»Willst du heute noch ein Rennen gewinnen oder warum rast du so?«

»Ich bin im Endspurt«, keuchte er. »Noch zwei Kilometer, dann hab ich's geschafft. Setz dich solange.«

Rionas Blick wanderte durchs Zimmer. Sie ging zum Sessel, entfernte einen Stapel Studienhefte und nahm Platz. Während ihre Finger nervös auf den Armlehnen trommelten, betrachtete sie Hagens Körper. Sein Rücken war muskulös und glänzte vom Schweiß, was ihn irgendwie verführerisch machte. Sie musste daran denken, dass es sie früher gereizt hätte, ihn so zu sehen. Aber das war schon lange her, über zwei Jahre. Heute sah sie in ihm einen älteren Bruder, der immer für sie da war, wenn sie ihn brauchte.

Hagen stieg vom Rad, wischte sich mit einem Handtuch das Gesicht trocken und legte es auf seine Schulter. Zwischendurch warf er ihr einen flüchtigen Blick zu.

»Du solltest endlich anfangen, Sport zu treiben«, sagte er. »Das baut Stress ab, erhöht sogar die Knochenmasse und schützt vor Brüchen im hohen Alter.«

»Vielen Dank für den kostenlosen Rat, Herr Doktor«, sagte sie forsch. »Aber ich habe keine Lust, wie ein Schwein zu schwitzen.«

»Du meinst, wie ein Schwein zu stinken«, korrigierte er. »Schweine können nicht schwitzen, denn sie haben keine Schweißdrüsen. Darum wühlen sie auch im Schlamm herum, um sich abzukühlen.«

Sie rollte mit den Augen. »Typisch Schlaumeier, studierst du neuerdings Tiermedizin?«

»Nein, du hättest nur im Unterricht aufpassen müssen.«

»An dem Tag muss ich krank gewesen sein«, erwiderte sie.

Er griff zur Wasserflasche, die am Boden stand, und trank den Inhalt in einem Zug aus. Danach rückte er das Handtuch auf der Schulter zurecht und war im Begriff, den Raum zu verlassen.

»Hast du nachher etwas Zeit für mich?«, fragte sie schnell. Er drehte sich zu ihr um.

»Wieso? Ist irgendwas?«

Sie stand auf und ging zu ihm. Ihr Gesicht wirkte angespannt.

»Ich brauche deinen Rat.«

»Klingt bedeutungsvoll.«

»Das ist es auch. Aber meine Angelegenheit lässt sich nicht in fünf Minuten regeln. Kannst du eine Stunde für mich opfern?«

Er verzog verdrießlich das Gesicht. »Eigentlich habe ich nachher ein Date.« Er überlegte kurz und seine Gesichtszüge glätteten sich. »Okay. Ich kann es auf später verschieben. Aber zuerst gehe ich duschen.«

»Einverstanden«, sagte sie, schon etwas erleichtert. Sie folgte ihm aus dem Zimmer, ging in die Küche und setzte sich an den Tisch. Sie wartete auf ihn, die Hände ineinander verschlungen. Ganz bewusst machte sie sich darüber keine Gedanken, was sie ihm gleich erzählen wollte. Es stand für sie fest, er sollte alles erfahren. Nur so konnte er sie verstehen. Vielleicht. Zum ersten Mal, seitdem sie Hagen kannte, war sie sich nicht sicher, wie er reagieren würde. Ihre Geschichte klang einfach zu irreal. Wer rechnete mit der Existenz von Amphibienmenschen auf diesem Planeten? So etwas gab es doch nur in Fantasiefilmen. Ganz gleich, wie Hagen sich auch verhalten würde, er musste nur bereit sein, ihr zu helfen.

Nach einer Viertelstunde erschien er mit nassen Haaren und in eine herbfrische Duftwolke gehüllt. Aus dem Kühlschrank holte er eine Flasche Bier und entfernte den Deckel mit dem Griff eines Messers. Dann nahm er aus dem Wandschrank ein leeres Glas und füllte es mit Wasser. Mit beiden Getränken in den Händen trat er an den Tisch und stellte die Cola vor ihr ab.

»Ich denke, deine Einstellung zu Bier hat sich nach dem Urlaub nicht verändert«, sagte er, was sie mit einem Kopfnicken bestätigte. Er setzte sich und streckte die Beine unter dem Tisch aus.

»Schieß los. Worum geht es?«

Sie atmete einmal tief durch. »Können wir uns zuvor darauf einigen, dass du mich ausreden lässt? Es ist mir wichtig.«

»Du machst es wirklich spannend. Aber kein Problem, ich schweige wie ein Grab.«

Der Satz kam ihm übertrieben dramatisch von den Lippen, und normalerweise hätte Riona mit einem lockeren Spruch reagiert. Das war jedoch das Letzte, worauf sie jetzt aus war.

In klaren Sätzen begann sie zu berichten, wie sie Argon zum ersten Mal am Strand gesehen hatte und wie sie ihm später im Jazzclub begegnet war. Darüber, wie sie seine wahre Identität herausfand und wie wundervoll die Tage mit ihm waren. An jede Einzelheit versuchte sie sich zu erinnern und sparte nichts aus. Eingehend schilderte sie den Kampf zwischen Argon und Narla und wie dann alles zerbrach. Ihr Bericht endete an der Stelle, als das Flugzeug von der Insel Maui abhob. Sie sagte, sie habe damit die Hoffnung für immer begraben, Argon jemals wiederzusehen.

Die ganze Zeit über hatte Hagen mit regungslosem Gesichtsausdruck zugehört. Nur seine Augen spiegelten wider, wie ihn die Geschichte bewegte. Anfangs wirkten sie neugierig, später überrascht, zum Schluss geschockt. In der Küche herrschte eine angespannte Stille. Über den Tisch hinweg sahen sie sich an, ohne dass einer von beiden etwas sagte oder sich bewegte.

»Das ist krass. Das ist echt krass.« Er stieß den Atem hörbar aus. Verständnislos schüttelte er den Kopf. »Nimm es mir bitte nicht krumm, Riona. Eins begreife ich einfach nicht: Wieso bist du nicht selbst darauf gekommen, dass die Meeresjäger es waren, die die Morde begingen?«

Abrupt löste sie die Finger, die sie die ganze Zeit über krampfhaft verschlungen hatte. Sie schmerzten und die Kuppen waren blutleer.

»Es waren nicht die Meeresjäger. Es war diese Narla. Die Meeresjäger töten nicht aus Rache.« Ihr Gesicht verdunkelte sich. »Ich habe Argon geliebt.« Sie machte eine Pause und sagte dann mit leiser, trauriger Stimme: »Ich dachte, er würde mich auch lieben. Aber so war es nicht.«

Hagen beugte sich über den Tisch, umfasste ihre Hände und drückte sie leicht.

»Warum hast du es mir nicht sofort erzählt?«, wollte er wissen.

»Weil ich damals etwas nicht gewusst habe, was ich jetzt weiß.« Sie holte tief Luft. »Ich bin schwanger.«

»Oh mein Gott.« Unwillkürlich ließ er ihre Hände los. Dann fragte er: »Bist du dir ganz sicher?«

Sie nickte. »Ich war heute beim Arzt.«

Er ließ sich gegen die Rückenlehne fallen und machte ein Gesicht, als würde die Welt untergehen. Sein Blick fing ihren entschlossenen Gesichtsausdruck ein und eine Vermutung stieg in ihm auf. »Sag jetzt nicht, du willst es behalten.«

Sie hob beschwörend die Hände. »Hagen, verstehst du es denn nicht? Ein Teil von mir wird Argon immer lieben. Trotz allem, was passiert ist. Mein Baby ist von ihm, es bedeutet mir alles.«

Sie musterte ihn schweigend in Erwartung einer positiven Reaktion. Als nichts dergleichen folgte, setze sie fort: »Ich bin mit meiner Geschichte noch nicht am Ende.«

»Was?«, stieß er aus. Sein Gesicht zeigte ganz unverkennbar, dass er sich auf das Schlimmste gefasst machte.

Sie ließ sich davon nicht beirren und schilderte das Gespräch mit dem Arzt. Fast im selben Moment beteuerte sie, dass sie unter keinen Umständen in die Klinik gehen würde. Sie wusste nicht, was genau in ihr wuchs, sagte sie. Aber sie würde es niemals hergeben – niemals! Bei den letzten Worten war Hagen vom Stuhl aufgesprungen und begann, in der Küche herumzuwandern.

»Das ist Wahnsinn«, rief er aus. »Du weißt nicht, was du dir damit antust. Lass dir dieses Ding rausnehmen.«

In dem Moment fühlte sich Riona stärker und entschlossener als jemals zuvor.

»Nein. Es ist mein Baby und ich werde es behalten.«

Jäh blieb er vor ihr stehen und schaute sie an, als ob ihr jemand den Verstand geraubt hätte.

»Überleg doch mal, was das bedeutet. Spätestens bei der Geburt kommt alles heraus.«

»Niemand wird davon erfahren«, sagte sie. »Ich werde zu keinem Arzt mehr gehen.«

Seine Augen weiteten sich fassungslos. »Du willst es allein zur Welt bringen?«

»Es wird hier in dieser Wohnung passieren.« Sie stand auf, umfasste seinen rechten Arm und sah ihn mit einem flehenden Blick an.

»Hagen, ich brauche dich dabei. Bitte hilf mir.«

»Natürlich helfe ich dir«, sagte er spontan. »Aber darum geht es hier nicht. Du hast erst vor wenigen Stunden erfahren, dass du schwanger bist. Und du hast sofort eine Entscheidung getroffen. Aber eine spontane Entscheidung ist niemals perfekt. Du solltest eine Nacht darüber schlafen.«

Ihre Augen funkelten ihn wütend an. »Du sprichst schon wie meine Mutter!« Sie ließ seinen Arm los und ging zum Fenster. Ohne wirklich etwas wahrzunehmen, starrte sie nach draußen. Hinter ihrem Rücken hörte sie Hagen sagen: »Ich spreche als Freund zu dir. Als älterer Bruder, den du doch in mir siehst. Und ich rate dir dringend, alles noch einmal zu überdenken.«

»Ich werde nichts ändern«, erwiderte sie schroff, ohne den Blick vom Fenster zu lösen. »Ich kann für mich allein entscheiden. Es ist mein Leben.«

»Das du dir selbst zerstören willst«, ergänzte er.

Mit einer heftigen Bewegung drehte sie sich zu ihm, ihre Augen sprühten vor Erregung.

»Ich will es nicht zerstören. Ich will es bereichern.«

»Mit irgendwas, das gerade in deinem Bauch wächst?« Er lachte bitter auf. »Du hast keine Ahnung, wie es aussieht. Vielleicht hat es eine Fischhaut. Vielleicht musst du es für immer verstecken. Vielleicht ist es sogar gefährlich.« Als sie nichts erwiderte, sondern nur demonstrativ die Arme verschränkte, sagte er: »Verstehst du denn nicht, dass ich mir um dich Sorgen mache?«

»Doch, ich verstehe dich«, sagte sie, schon etwas milder gestimmt. Sie ging zu ihm. Ihr Blick war fest auf ihn geheftet. »Du gehst nur von der schlechtesten Version aus. Vielleicht treffen deine Vermutungen gar nicht zu. Das Baby ist auch ein Teil von mir. Vielleicht hat es später übersinnliche Fähigkeiten oder etwas in der Art. Es kann trotzdem menschlich aussehen.«

Er erwiderte ihren Blick ernst und nachdenklich. Dann atmete er einmal tief durch und setzte sich wieder an den Küchentisch. Auch Riona nahm Platz. Verstohlen sah sie zu ihm. Er hatte die Ellenbogen auf den Tisch gestemmt und die Stirn in die Handflächen vergraben. Nach einer Weile hob er den Kopf und sah sie mit einem fragenden

Gesichtsausdruck an. »Und wie soll es jetzt weitergehen?«

Sie blieb äußerlich gelassen, war jedoch in ihrem Inneren heilfroh, dass er endlich anfing, an die Zukunft zu denken.

»Ich muss es meiner Mutter sagen. Aber nur so viel, wie sie unbedingt wissen muss. Ich will sie nicht mit reinziehen.«

»Willst du sie nachher anrufen?«

»Nein, ich heb es mir für Sonntag auf. Sie hat mich zum Mittagessen eingeladen.«

»Sie wird davon nicht begeistert sein.«

»Ich weiß«, sie zwang sich zu einem Lächeln. »Ihre Standpauke werde ich schon überstehen.« Gedankenverloren ließ sie die Finger über den Rand des Colaglases gleiten. »Ich muss meine Teamleiterin anrufen und ihr sagen, warum ich ab sofort nicht mehr fliegen darf.«

Hagen war anzusehen, wie wenig er von ihrer Entscheidung hielt

»Du stellst dein ganzes Leben auf den Kopf. Ist dir das eigentlich klar?«

»Ich werde schon irgendwie zurechtkommen, wenn du mir dabei hilfst.«

Seine Arme schoben sich über den Tisch, und er umfasste wieder ihre Hände. »Du weißt, ich bin immer für dich da.«

Sie lächelte ihm dankbar zu. In dem Augenblick wusste sie, dass nichts und niemand das enge Band der Freundschaft zwischen ihnen zerreißen konnte.

***

Am folgenden Sonntag besuchte Riona ihre Mutter. Als sie nach dem Essen zusammen auf der Couch saßen, rückte sie mit der Neuigkeit heraus. Marie fiel förmlich aus allen Wolken. Anscheinend hätte sie eher damit gerechnet, die Bundesregierung würde ihren Amtssitz nach St. Pauli verlegen, als dass ihr einziges Kind schwanger war. Dementsprechend reagierte sie mit Entrüstung und einem nicht enden wollenden Schwall an Vorwürfen.

Äußerlich gefasst ließ Riona alles über sich ergehen. Nun war sie am Zug. Sie sprach über ihre Gefühle zu dem kleinen Wesen, das in ihr heranwuchs. An ihren Worten erkannte Marie, wie sehr sich ihre Tochter schon mit ihm verbunden fühlte. Nach mehreren Hin und Her und etlichen Abwägungen fand Marie die Vorstellung, bald den Kinderwagen mit ihrem Enkelkind durch die Hamburger Parks zu schieben, gar nicht mehr so schrecklich. Als sich Riona am späten Abend von ihrer Mutter verabschiedete, erhielt sie von ihr einen versöhnlichen Kuss auf die Wange.

Die Wochen kamen und gingen. Ende Oktober hatte der Herbst den Sommer endgültig verdrängt. Schmuddelwetter trübte das Tageslicht. Die Bäume verloren nach und nach die Blätter. Hin und wieder zogen Krähen über sie hinweg.

Die Fluggesellschaft hatte Riona einen Arbeitsplatz im Büro zugeteilt. Fünf Tage in der Woche stand sie früh auf, fuhr mit der U-Bahn zum Flughafen und kam nach Feierabend wieder nach Haus. Wenn ihre Freundinnen von den Flügen heimkamen, traf sie sich mit ihnen. Dann lauschte sie ihren Erlebnissen aus der Welt, fern von Hamburg. Riona wurde oft gefragt, ob sie es nicht bedaure, immer an denselben Ort gebunden zu sein. Sie verneinte jedes Mal und das entsprach der Wahrheit. In ihrem Leben spielten oberflächliche Dinge keine Rolle mehr, sie hatte es neu ausgerichtet. Das gab ihr zum ersten Mal das Gefühl, ihr Leben erhielte eine echte Bedeutung. Nachdem sie ihren Freundinnen eine Geschichte über den Vater ihres Kindes aufgetischt hatte, fragten sie nicht weiter. Riona war froh darüber.

Tagsüber war sie abgelenkt. Nur nachts, wenn die Stadt schlief, stand sie oft am Fenster und blickte nach draußen. Dann dachte sie an Argon, voller Sehnsucht und Trauer. Aber es gab auch Nächte, die erfüllt waren von Angst vor dem, was noch auf sie zukommen mochte. Am nächsten Morgen sprach sie sich wieder Mut zu. Sie fand zu ihrem Rhythmus zurück und freute sich auf das Baby. Abends, wenn sie allein in ihrem Zimmer saß, strickte sie ihre Accessoires. Sie hatte den Entschluss gefasst, die Handarbeiten im Internet zu verkaufen. Hagen hatte sie dazu ermutigt, er war der Ansicht, die Sachen wären eine Marktlücke. Sofort hatte er sich bereit erklärt, dafür einen Shop einzurichten und gehörig Werbung zu machen. Aber es gab noch jemanden, der, ohne es jemals zu wissen, Rionas Handeln beeinflusste: Argon. Er hatte einmal zu ihr gesagt, dass es nicht darauf ankommt, etwas Großartiges zu machen. Wichtig ist, dass man kreativ ist und seinen eigenen Stil entwickelt. Riona hatte seine Worte nicht vergessen. Mit über vierzig verschiedenen Modellen wollte sie starten: Mützen, Schals, Tücher, Handschuhe. Jedes von ihnen war anders. Hagen kam auf die Idee, dass Riona ein eigenes Label brauchte, und sie stimmte dem zu. Nach mehreren Überlegungen fand sie schließlich einen passenden Markennamen. Sie ließ kleine Metallschilder anfertigen, die sie auf die Taschen nähte. Hagen begann, einen Online-Shop für sie einzurichten.

Anfang November feierte Riona ihren dreiundzwanzigsten Geburtstag. Zum ersten Mal hatte sie Kuchen gebacken. Er war einfach herzustellen gewesen, dennoch freute sie sich, dass es gelang. Riona nahm die Feier zum Anlass, die Accessoires vor ihren Freundinnen zu präsentieren. Die einsetzende Begeisterung überwältigte sie, und nach langer Zeit war sie wieder zuversichtlich.

Ihre Mutter schenkte ihr einen silbergrauen Mantel aus der Umstandsmodeabteilung eines Warenhauses. Sie meinte, Riona könnte unmöglich ohne einen vernünftigen Mantel durch den Winter kommen. Schließlich käme das Baby erst im April. Was den Zeitpunkt der Entbindung betraf, war sich Riona nicht so sicher. Sie war gerade erst im dritten Monat schwanger und normalerweise müsste noch keine Wölbung am Bauch zu sehen sein. Aber sie war da, wie ein etwas zu klein geratener Fußball. Noch konnte sie es mit weiter Kleidung kaschieren. Würde sie weiterhin so zunehmen, wäre es bald nicht mehr möglich.

Mit dem November waren auch die Stürme gekommen. Sie wehten von der Nordsee nach Hamburg hinein, getränkt mit Feuchtigkeit. Die Menschen auf den Straßen begannen zu husten.

Auch Hagen hatte sich angesteckt und lag seit dem Tag nach Rionas Geburtstag mit Fieber im Bett. In den letzten Wochen hatte er sich rührend um Riona gekümmert und ihr verboten, schwere Sachen zu tragen. Nun war sie es, die ihn pflegte.

Pünktlich zu ihrem Geburtstag hatte er den Online Shop fertiggestellt. Heute war der Tag, an dem sie nachsehen wollte, ob sich dort inzwischen etwas getan hatte. Sie saß in Hagens Zimmer vor dem Computer und starrte auf den Monitor.

Er lag unter der Bettdecke und schniefte ins Taschentuch. Als sich Riona nach mehreren Minuten noch immer nicht regte, drehte er den Kopf zu ihr.

»Und? Wie sieht es aus?«, fragte er mit näselnder Stimme.

»Das glaub ich nicht«, erwiderte sie, ohne den Blick vom Monitor zu wenden.

Hagen nieste zweimal und putzte sich die Nase. »Was glaubst du nicht?«

Sie drehte sich zu ihm und sah ihn mit großen Augen an: »Meine Schals, Mützen, Tücher. Die sind fast alle verkauft.«

»Echt?«

»Nicht nur das. Ich hab massenhaft Anfragen.« Sie sprang vom Stuhl hoch und fasste sich mit den Händen an den Kopf. »Oh mein Gott, ich kann es nicht fassen. Meine Handarbeit kommt an.«

Hagen richtete sich halb im Bett auf. Sein Gesicht, das von der Erkältung verquollen war, begann zu strahlen. »Riona, du hast es geschafft.«

Sie ging zu ihm, beugte sich herunter und drückte ihn.

»Vorsicht. Steck dich bloß nicht an«, sagte er, wobei er versuchte, sich aus ihrer Umarmung zu befreien. Sie ließ von ihm ab und trat einen Schritt zurück. Ungläubig schüttelte sie den Kopf.

»Dass es mal so kommt. Wer hätte damit schon gerechnet?«

»Ich«, sagte Hagen, »das war doch klar wie Kloßbrühe. Deine Accessoires sind toll. Die müssen einfach ankommen.«

»Nur weil du mein bester Freund bist, musst du das jetzt nicht sagen.«

»Das würde ich auch nicht«, sagte er. »Aber du solltest endlich begreifen, dass du talentiert bist.«

»Mützen und Schals zu stricken, ist doch kein Talent.«

»Doch, ist es«, beteuerte er. »Den meisten Menschen fehlt die Fantasie, sich so etwas auszudenken. Und deine Sachen sind kleine Schmuckstücke, sie zieren den Körper jeder Frau.«

»Wie poetisch du doch sein kannst«, witzelte sie. Sie warf einen Blick auf den Computer, dann sah sie wieder zu Hagen. »Ich weiß gar nicht, wie ich die Vorbestellungen so schnell abarbeiten soll. Ich brauche für ein Tuch mehrere Stunden, und arbeiten muss ich schließlich auch noch.«

»Ja, so wird es nicht funktionieren. Wenn du nicht schnell genug liefern kannst, verlierst du die Aufträge. Wir müssen uns was einfallen lassen.«

Während Riona darüber nachdachte, wanderte sie im Zimmer auf und ab. Hagen lag ausgestreckt im Bett. Um ihn herum türmten sich die benutzten Zellstofftücher. Die Stille wurde nur ab und zu durch sein Niesen unterbrochen.

Nach einer Weile blieb Riona vor seinem Bett stehen.

»Ich habe eine Idee«, sagte sie.

»Und die wäre?«

»Es ist im Prinzip ganz einfach. Ich suche mir Frauen, die für mich in Heimarbeit stricken. Vielleicht will sich jemand etwas Geld hinzuverdienen.«

»Okay«, sagte er, »wie willst du die Frauen so einfach finden?«

Riona machte den Versuch, sich auf die Bettkante zu setzen. Als er den Kopf schüttelte und etwas von Ansteckung murmelte, nahm sie wieder auf dem Stuhl Platz.

»Sind dir schon mal die Tafeln in den Supermärkten aufgefallen?«, fragte sie. »Da kann man Zettel anbringen, wenn man zum Beispiel etwas verkaufen will.«

»Oder für eine Stellenausschreibung«, ergänzte er. Sofort hatte er begriffen, worauf sie hinaus wollte. Er dachte kurz nach und sagte dann: »Die Idee finde ich gut. Wann willst du damit starten?«

»Ich muss gleich loslegen«, sagte sie. »Sonnabends gehen viele Leute einkaufen. Vielleicht liest jemand meinen Zettel.« Sie erhob sich. Ihr Blick, auf Hagen gerichtet, gewann an Wärme. »Danke für deine Hilfe.«

»Schon okay«, erwidert er lässig.

»Dann bis nachher.« Wenig später verließ sie die Wohnung.

Die Tage kamen und gingen. Die Adventszeit brach an. Straßen wurden mit Lichterketten geschmückt, Weihnachtsbäume wurden aufgestellt.

Die Stadt trug ein Festtagskleid. Von all dem bekam Riona kaum etwas mit. Sie versank in Arbeit, denn die Bestellungen im Shop ebbten nicht ab. Inzwischen beschäftigte sie acht Frauen in Heimarbeit. Am Flughafen arbeitete sie nur noch halbtags, in der restlichen Zeit erledigte sie den Versandhandel. Sie hatte sich in kurzer Zeit zu einer echten Geschäftsfrau entwickelt und die Aufgabe erfüllte sie. Da der Platz in ihrem Zimmer nicht mehr ausreichte, hatte sie in einem Geschäftshaus einen Büroraum angemietet. Der Raum war an zwei Wänden mit Regalen zugestellt, in denen alles lag, was Riona für die Handarbeiten benötigte. Vor der dritten Wand türmten sich leere Pappkartons. Der Schreibtisch mit ihrem Computer stand vor der Fensterfront. Täglich kam sie hierher, verrichtete ihre Arbeit und ging erst spät am Abend wieder nach Haus.

Ihr Bauchumfang hatte ordentlich zugelegt, obwohl sie erst im fünften Monat schwanger war. Argons Hemd wurde ihr zu eng. Sie trug es dennoch über dem Nachthemd und ließ die Knöpfe offen.

Immer, wenn Marie ihre Tochter sah, schüttelte sie verständnislos den Kopf. Es könnte nicht mit rechten Dingen zugehen und vielleicht würden es ja Drillinge werden, war ihr Fazit. Riona bat Hagen um eine plausible Antwort, mit der sie ihre Mutter beruhigen könnte. Er riet ihr zu sagen, sie hätte nur zu viel Fruchtwasser. Das tat sie dann auch, und es funktionierte. Aber es gab noch etwas anderes, das ihr Sorgen bereitete. Der Bauch wuchs und wuchs, aber nichts regte sich in ihm – als ob er sich nur mit Luft füllte. An einem Abend, als Hagen nicht zuhause war, zog sie das Mungobild aus dem Versteck hervor und befreite es aus der Verpackung. Es lag auf dem Bett und ihr Blick wanderte über jedes einzelne Detail: die Couch, die Wände, die Decke. Alles kam ihr so vertraut vor, als wäre sie erst gestern dort gewesen.

»Hallo, Tenzing«, flüsterte sie, als ihr Blick auf den Mungo ruhte. Dann lächelte sie wehmütig.

Das Bild war durch den Transport im Flugzeug beschädigt. Dort, wo die Krone auf dem Kopf des Tieres saß, klaffte ein Loch und das Papier hing als Fetzen herunter. Es hatte den Anschein, als ob der Krone ein Zacken fehlte. Sie versuchte, den Schaden mit einem Klebestreifen zu beheben. Das Ergebnis war nicht perfekt, aber zufriedenstellend. Es sah nun aus, als ob die Krone einen Knacks bekommen hätte. Vom obersten Schrankfach entfernte sie einen Stapel Bücher und stellte das Bild darauf.

Ein Tag folgte auf den anderen. Eines Nachts stand sie wieder einmal im Nachthemd am Fenster und blickte auf die regennasse Straße. Sie hatte kein Licht eingeschaltet. Draußen fauchte der Wind wütend um die Laternenmasten und riss einen Müllkübel um. Es war eine gruselige Nacht. Ideal, um Horrorfilme zu drehen, dachte sie. Sie sah auf den Bauch herunter, in dem sich noch immer nichts tat. Da kam ihr die Idee, das Baby irgendwie aufzuwecken. Sie drückte die Finger leicht in den Bauch, um dem Baby einen Schubs zu geben. Plötzlich hörte sie hinter sich ein Flüstern. Sie erschrak und drehte sich um. Im Zimmer war es stockdunkel, niemand war zu sehen. Nur das Licht der Straße malte Kreise an die Wand.

Wieder glaubte sie, etwas zu hören. Ein kurzes Wispern. Dann war Stille. Ein kalter Schauer durchlief sie.

»Hagen, bist du das?«, rief sie und hoffte inständig, er würde jetzt antworten. Nichts passierte.

Dann war es wieder da. Dieses Mal waren es Worte. Unbekannte, seltsame Worte. Worte ohne Lippen, Stimme ohne Klang. Die Stimme war in ihr.

Wie erstarrt stand sie da – überrascht, erstaunt. Einer plötzlichen Eingebung folgend, legte sie die Hände auf den Bauch und streichelte ihn. Während sie leise ein Lied summte, wog sie sich mit dem Körper hin und her. Vielleicht war es nur Einbildung, aber sie hatte das Gefühl, ihr Baby würde lauschen.

***

Mitte Dezember sah sie den mysteriösen Fremden zum ersten Mal. Der Winter hatte bereits Einzug gehalten und Frost mitgebracht. Die Menschen auf den Straßen mummelten sich in Mäntel und Schals ein, dennoch stach die Kälte wie Nadeln in ihre Wangen. Obwohl die Ladenbesitzer täglich Sand auf den Bürgersteigen streuten, rutschten ab und zu Passanten aus.

Riona kam von der U-Bahn und hatte es eilig, denn sie wollte am Abend mit Hagen ein Konzert besuchen. Er hatte ihr zum Geburtstag zwei Karten geschenkt und es war klar, dass er eine davon für sich beanspruchte. Ihre linke Hand umklammerte die Handtasche, mit der rechten Hand hielt sie sich das Handy ans Ohr. Vanessa hatte angerufen und wollte sich für morgen mit ihr verabreden.

Als Riona einen Fuß auf die Straße setzte, begann sie auf dem vereisten Untergrund zu schlittern. Mit dem Babybauch war sie viel zu träge, um schnell genug reagieren zu können. Gleich würde sie auf das harte Pflaster stürzen. Intuitiv riss sie den rechten Arm hoch, um den Sturz abzufedern. Dabei glitt ihr das Handy aus der Hand und flog in hohen Bogen durch die Luft. Plötzlich packten sie von hinten zwei Hände und beförderten sie wieder in die Senkrechte. Noch völlig verwirrt drehte sie sich nach ihrem Retter um.

Vor ihr stand ein Mann mit weißen Haaren, eingehüllt in einem Wintermantel mit hochgeschlagenem Kragen. Aus seinem Gesicht, das weiß wie eine Kalkwand war, starrten sie zwei wässrigblaue Augen an. Riona musste unweigerlich an tote Fischaugen denken. Der Mann ist ein Albino, fuhr es ihr durch den Kopf.

Ohne eine Miene zu verziehen, bückte er sich, hob das Handy auf und reichte es ihr. Ehe sie sich bei ihm bedanken konnte, war er auch schon in der Menschenmasse verschwunden.

Drei Tage später sah sie ihn wieder. Mit Sicherheit hätte sie keine Notiz von ihm genommen, wenn nicht der Vorfall gewesen wäre. Er saß in einer schwarzen Limousine, die am Straßenrand gegenüber ihrem Haus parkte. Als sie die Straße überquerte und rein zufällig zum Wagen sah, erkannte sie ihn hinter der Windschutzscheibe.

Seine Stirn kräuselte sich, dann senkte er den Kopf. Ganz offensichtlich schien es ihm nicht zu gefallen, dass sie ihn bemerkt hatte.

Weitere Tage vergingen, ohne dass er sich nochmals zeigte. Riona hatte die Sache schon längst wieder vergessen – bis zu jener Nacht. Es war die Nacht vor Heiligabend. Schon den ganzen Tag über hatte sie eine Unruhe erfasst, die sie nicht so richtig deuten konnte. Vielleicht rührte es von der Vorahnung her, dass der Zeitpunkt der Entbindung in unmittelbare Nähe gerückt war. Vielleicht machte sie auch nur die weihnachtliche Stimmung sentimental, die über der Stadt lag.

Es war dreiundzwanzig Uhr. Riona hatte gerade das Bett aufgeschüttelt und ging zum Fenster, um es zu schließen. Unbewusst sah sie auf die Straße hinunter – da stand er in der klirrenden Kälte neben einer Straßenlaterne. Ohne den Grund benennen zu können, überkam sie eine Vorahnung, dass in naher Zukunft etwas Unheilvolles auf sie einstürzen würde. Es war nur ein Instinkt, ein kurzer Moment der Eingebung. Aber es genügte. Angst packte sie, kroch in jede Ader ihres Körpers und brachte ihr Herz zum Rasen. Sie eilte zum Schalter an der gegenüberliegenden Wand und knipste das Licht aus. Dann lief sie wieder zum Fenster. Zaghaft streckte sie den Kopf vor, gerade so viel, um auf die Straße sehen zu könnten.

Er war noch da. Auf einmal hob er den Kopf und sah direkt zu ihr hinauf.

Eine schwere Hand legte sich auf ihre Schulter. Sie kreischte auf und drehte sich um. Vor ihr stand Hagen.

»Bist du verrückt? Ich hätte fast einen Herzinfarkt bekommen«, rief sie aus.

»Sorry, ich wusste nicht, dass du auf einmal so schreckhaft bist«, sagte er ungerührt.

»Du bist komplett irre. Uns so zu erschrecken«, schimpfte sie weiter.

»Uns?« Er hob die Brauen und grinste. »Sprichst du von dir jetzt schon im Plural?« Lässig schob er die Hände in die Hosentaschen. »Was machst du hier eigentlich im Dunkeln? Haben wir Stromausfall?«

»Quatsch. Ich beobachte jemanden.« Sie deutete zum Fenster. »Da unten steht so ein Typ und starrt zu mir rauf.«

Hagen ging zum Fenster und schaute nach unten. Er sah einen Mann mit gesenktem Kopf neben einer Laterne stehen. Eine Hand lag am Ohr.

»Siehst du ihn?«, fragte sie.

»Ja.«

»Was macht er?«

»Er telefoniert.«

Als sie auf die Straße sah, hatte sich der Fremde noch immer nicht von der Stelle gerührt.

»Er fällt mir schon zum dritten Mal auf«, erklärte sie, ohne den Blick von dem Fremden zu wenden. »Vor ein paar Tagen saß er im Auto vor unserem Haus. Ich hab keine Ahnung, warum ich das denke, aber ich glaube, er verfolgt mich.«

Plötzlich hob der Albino den Kopf und schaute zu ihnen hoch.

»Geh in Deckung«, stieß Hagen aus. Wie auf Kommando machten beide einen Satz rückwärts. Hagen zog die Hände aus den Taschen und sah

Riona mit einem fragenden Blick an. »Du meinst wirklich, er verfolgt dich?«

»Ja, ich denke schon.«

»Was kann er von dir wollen?«

»Keine Ahnung«, sagte sie schulterzuckend.

Er überlegte kurz. »Ich gehe zu ihm runter und frage ihn«, sagte er dann.

»Was? Nein, mach das nicht. Vielleicht ist er gefährlich«, rief sie aus.

Er umfasste mit beiden Händen ihre Oberarme. »Reg dich nicht auf. Das ist nicht gut für das Baby. Ich gehe jetzt zu ihm und frage, was er da treibt. Ganz bestimmt gibt es für alles eine plausible Erklärung.«

»Bitte Hagen, tu das nicht«, flehte sie ihn an. Aber er ließ sich nicht umstimmen. Noch einmal wandte er sich zum Fenster und sah hinunter. Nackt und einsam stand die Laterne am Straßenrand. Ein Zeitungsblatt tänzelte vom Wind getrieben über den menschenleeren Bürgersteig.

»Hat sich erledigt«, sagte Hagen. »Der Typ ist weg.«

***

Am nächsten Morgen hatte Riona die Aufregung der letzten Nacht bereits vergessen. Sie stand am Küchentisch und wickelte das Geschenk für ihre Mutter in grünes Weihnachtspapier ein. Eigentlich hätte sie es auch direkt in dem Kaufhaus erledigen können, in dem sie den Pullover gekauft hatte. Allerdings hätte sie sich in eine Warteschlange nörgelnder Kunden einreihen müssen, und dazu hatte sie keine Lust gehabt. Außerdem fiel ihr das lange Stehen mit dem Babybauch immer schwerer. Zum Glück hatte sie zehn Tage Urlaub. Kein frühzeitiges Aufstehen, kein Gehetze zur Arbeit.

Hagen kam zu ihr, blieb auf der Türschwelle stehen und lehnte sich gegen den Pfosten. In einer Hand hielt er seine Winterjacke und seinen Schal. Einen Moment lang sah er zu, wie Riona das Geschenk mit einem goldglänzenden Band versah.

»Dann will ich mal«, sagte er.

Sie sah zu ihm. »Gute Reise. Hoffentlich ist der Zug nicht so voll.«

»Für die eine Stunde reicht mir ein Stehplatz.«

»Grüß deine Eltern von mir«, sagte sie.

»Mach ich.« Sein Blick glitt prüfend über ihren Bauch. »Kann ich dich wirklich allein zurücklassen?«

»Na klar, ich bin nicht allein. Ich fahre nachher zu meiner Mutter. Sie wird auf mich aufpassen wie eine Glucke auf ihr Küken.«

»Versprich mir, dass du mich anrufst, wenn du mich brauchst. Ich setz mich in den nächsten Zug und komme.« Mit einer Kopfbewegung wies er auf ihren Bauch. »Und sag ihm, er soll sich Zeit lassen. Wenigstens noch eine Woche, dann bin ich zurück.«

Lächelnd strich sie über die Wölbung unter ihrer Bluse. »Ich werde es ihm ausrichten. Bis jetzt ist er lieb und hört darauf, was seine Mama sagt.«

Hagen schlüpfte in die Jacke, legte sich den Schal um den Hals und begann ihn zu verknoten. Nebenbei fragte er: »Hast du dir schon einen Namen für ihn einfallen lassen?«

»Wenn es ein Junge wird, heißt er Kassian.« Sie hatte den Kopf zur Seite geneigt und musterte die Verpackung. Sie zupfte die Schleife zurecht und machte ein zufriedenes Gesicht.

»Kassian? Hmm. Ziemlich außergewöhnlich und ...«, er suchte nach einem treffenden Wort. »... interessant.« Dann stutzte er und grinste spitzbübisch. »Der Name wird noch interessanter, wenn man beachtet, wie seine tote Oma hieß.«

»Ich wusste schon immer, dass du ein Schnelldenker bist,«erwiderte sie lächelnd.

»Und wenn es ein Mädchen wird?«

»Er wird ein Junge. Ich weiß es.«

»Ach, du weißt es? Hat dir das unser kleines Amphibienbaby in deinen Träumen zugeflüstert?«

Das Lächeln verschwand aus ihrem Gesicht.

»Ich weiß nicht, was heute mit mir los ist. Ich habe Angst, Hagen. Ich habe große Angst.«

Umgehend kam er zu ihr und nahm sie in die Arme. Er hätte viel darum gegeben, sie mit Worten aufzumuntern. Aber ihm fiel nichts Passendes ein. Wusste er doch selbst nicht, was noch auf sie beide zukommen würde. Eine Weile standen sie schweigend zusammen, dann löste sie sich von ihm.

»Es tut mir leid. Ich möchte dir deine Weihnachten nicht vermiesen.«

»Das machst du nicht«, beteuerte er. »Außerdem, ich kann noch immer hierbleiben, wenn du es möchtest.«

»Nein, es geht schon wieder.« Sie bemühte sich um ein Lächeln und schubste ihn sanft in die Seite.

»Du musst los, sonst verpasst du den Zug.«

»Dann bis bald und frohe Weihnachten.«

»Die wünsche ich dir auch.« Sie sah ihm nach, wie er die Küche verließ. Kurz darauf hörte sie die Wohnungstür ins Schloss fallen.

Am frühen Abend fuhr sie zu ihrer Mutter. Als Marie die Tür öffnete, wehte ein Duft von Gänsebraten in den Hausflur. Anscheinend hatte sie schon das Essen für den nächsten Tag vorbereitet.

»Schön, dass du endlich da bist.« Sie umarmte ihre Tochter und nahm ihr den Koffer ab. »Komm erst mal rein.«

Als sich Riona im Hausflur aus dem Mantel schälte, fiel Maries Blick auf den Babybauch.

»Du meine Güte, du hast schon wieder zugelegt. Als ob du im neunten Monat wärst. Ist mit dir wirklich alles in Ordnung?« Ihr Gesicht zeigte ernsthafte Sorgen.

»Es geht mir gut. Du weißt doch, ich hab nur zu viel Fruchtwasser«, erwiderte Riona im bewusst ungezwungenen Tonfall. Sie begab sich ins Wohnzimmer und blieb in der Mitte stehen.

Marie folgte ihr und stellte sich neben sie. »Vielleicht solltest du einen zweiten Arzt konsultieren.«

»Nein, das ist keine gute Idee.« Schnell wechselte Riona das Thema und sagte: »Toller Baum. Du hast neue Kugeln gekauft. Gefällt mir.«

»Ja, wirklich?« Marie freute sich und erklärte: »Ich habe meine lila Kugeln verschenkt. Die klassische Variante in Rot sagt mir mehr zu.«

Rionas Blick schweifte durch das Zimmer. Auf dem Fenstersims stand ein Schwibbogen, der Couchtisch war mit einem Gesteck dekoriert. Die festlich geschmückte Tanne stand neben der Vitrine und verströmte ihren harzigen Duft. Alles zusammen wirkte gemütlich und verbreitete eine Heile-Welt-Stimmung.

Eine Viertelstunde später aßen sie zu Abend. Anschließend machten sie Bescherung. Marie freute sich über den neuen Pullover und probierte ihn gleich an. Danach war Riona an der Reihe. Sie musste die Augen schließen, während ihre Mutter im Zimmer herumhantierte. Es raschelte und knisterte, ein kurzes Quietschen war zu hören. Noch nicht einmal ansatzweise ahnte Riona, um welches Geschenk es sich handeln könnte. Als sie endlich die Augen öffnete, stand vor ihr ein marineblauer Kinderwagen. Anstelle eines Babys lag darin ein gestricktes Höschen in Hellblau, ein weißes Jäckchen und ein weißes Mützchen mit hellblauer Stickerei. In einem Ärmel steckte eine Babyrassel.

»Oh, wie süß«, rief Riona aus. Sie schlang ihre Arme um den Hals ihrer Mutter und gab ihr einen Kuss.

»Vielen Dank, Ma. Das ist echt lieb von dir.«

Den Rest des Abends saßen sie zusammen auf der Couch und unterhielten sich. Riona erfuhr, dass ihre Mutter nach Weihnachten für fünf Tage zu Lore nach Köln fahren wollte. Sie freute sich darauf, für ein paar Tage herauszukommen. Lore hatte Silvesterkarten für eine Oper gekauft und Riona wüsste ja, wie sehr sie Opern liebte. Neujahr wäre sie dann wieder daheim.

In der folgenden Nacht schneite es zum ersten Mal in diesem Winter. Die Dächer und Bäume waren am Morgen wie gepudert. Gegen Mittag klarte der Himmel auf und die Sonne kam heraus.

Nach dem Essen entschlossen sich Riona und

Marie, das schöne Wetter bei einem Spaziergang an der Binnenalster zu genießen. Sie mummelten sich in Mäntel ein, wanden Schals darüber und zogen Handschuhe an. Der Schnee knirschte unter ihren Stiefeln, als sie den Weg entlang des halb zugefrorenen Gewässers schritten.

Die Binnenalster war von Menschen umzingelt, anscheinend war halb Hamburg auf den Beinen. Eine Familie mit zwei Kindern kam ihnen entgegen. Die Kleinen hatten rote Nasen, formten Schneebälle und bewarfen sich damit.

Marie sah ihnen dabei zu und sagte: »Nächstes Jahr um diese Zeit sind wir zu dritt. Ich bin schon gespannt, ob es ein Junge oder Mädchen wird.« Sie sah forschend zu Riona. »Warum hast du nicht den Arzt gefragt? Er kann es längst feststellen.«

Schnell überlegte Riona, was sie am besten darauf antworten sollte. Seit der Ultraschalluntersuchung war sie nicht mehr beim Arzt gewesen. Natürlich durfte ihre Mutter das nicht wissen, sie hätte garantiert einen Aufstand gemacht. Riona blieb nichts weiter übrig, als zu lügen. »Ich will es gar nicht wissen. Ich finde es viel aufregender, mich überraschen zu lassen.« Sie versuchte, überzeugend zu klingen.

»Das könnte ich nicht«, sagte Marie. »Neun Monate warten, obwohl es bereits feststeht. Nun, es ist deine Entscheidung.« Sie warf einen Seitenblick auf ihre Tochter. »Und? Hast du dir ein paar Namen ausgesucht? Wie wäre es mit Sophie? Schöner Name, findest du nicht auch? Mein absoluter Favorit.«

»Er wird Kassian heißen«, sagte Riona.

»Was? Kassian?«, Marie war verblüfft. »Seltsamer Name für ein Baby. Den habe ich noch nie gehört. Kommt er aus dem Arabischen?«

»Nein, er ist Kuronisch.«

»Kassian Gendt. Ich finde, das passt nicht zusammen.« Marie schüttelte demonstrativ den Kopf, während Riona schmunzelte. Der Schnee reflektierte die Sonnenstrahlen und sein grelles Licht stach in ihre Augen. Sie musste ab und zu blinzeln.

»Ich überlege schon seit Tagen, wie ich am besten das Kinderbett stellen kann«, setzte Riona das Gespräch fort. »Ich muss auch einen zweiten Schrank kaufen. Irgendwo muss ich ja die Babysachen lassen. Vielleicht sollte ich meine Palme entsorgen. Willst du sie haben, Ma?«

»Nein danke. Du kannst den Kübel doch in den Hausflur stellen.«

»Geht nicht, ich kenne meine Nachbarn. Die regen sich über alles auf. Ich frage Vanessa, ob sie die Palme will.« Als sie auf einer vereisten Fläche leicht ausrutschte, hakte sie sich vorsichtshalber bei ihrer Mutter unter.

Während sie schweigend weitergingen, begann es wieder zu schneien. So leicht wie Federn rieselten die Flocken im Zeitlupentempo vom Himmel herab und setzten sich auf die Köpfe der Menschen. Bald sah es aus, als trügen alle ein weißes Käppi.

»Du hast dich in den letzten Monaten verändert«, sagte Marie nach einer Weile.

»Ich bin jetzt dreiundzwanzig.«

»Nein, das ist es nicht. Du bist nachdenklich

geworden. Früher hast du in den Tag hineingelebt. Du hast dir keine Gedanken über die Zukunft gemacht. Jetzt planst du sie.«

Riona zuckte mit den Schultern. »Das muss ich zwangsläufig. Ich hab einen Online-Shop und beschäftige acht Frauen.«

»Nein, das ist es auch nicht. Es ist das Baby«, sagte Marie. »Das Baby hat dich verändert. Du bist reifer geworden.«

Riona blieb stehen, löste den Arm von ihrer Mutter und drehte sich zum Gewässer. Auf der gefrorenen Wasseroberfläche lag der Schnee wie Wattebausche. Marie trat neben sie und gemeinsam beobachteten sie, wie die Sonnenstrahlen den Schnee zum Funkeln brachten.

Wie von allem entrückt stand Riona auf dem Gehweg, ihre Gedanken weilten minutenlang in der Vergangenheit. Mit einem tiefen Atemzug fand sie zur Gegenwart zurück.

»Jemand hat einmal zu mir gesagt, ich hätte meine Bestimmung noch nicht gefunden«, sagte sie. »Damals verstand ich es nicht. Heute weiß ich, wie Recht er damit hat. Ich weiß nicht, was noch auf mich zukommt. Ich weiß nur, dass in mir etwas Besonderes und Einmaliges heranwächst. Meine Bestimmung ist es, ihm den Weg in unsere Welt zu zeigen und für ihn da zu sein.«

Liebevoll strich Marie über Rionas Wange. »Aber du bist nicht glücklich, Rini. Ich sehe es deinen Augen an. Wann hast du das letzte Mal aus vollem Herzen gelacht?«

Riona dachte darüber nach. Es musste Monate her sein. »Ich habe zu viel verloren, um glücklich zu sein«, sagte sie freudlos. Sie sah auf die Wölbung unter ihrem Mantel und lächelte wehmütig. »Dafür habe ich auch etwas bekommen, und das entschädigt vieles.«

Marie legte kurz die Hand auf Rionas Babybauch. »Wenn es nach dir kommt, wird es ein aufgeweckter kleiner Hosenscheißer.« Ihre Stimme klang fröhlich, als wollte sie damit ihre Tochter aufmuntern.

»Ja, vielleicht«, sagte Riona leise.

»Denkst du noch immer an ihn?«, fragte Marie.

»Jeden Tag.«

»Er hat es nicht verdient. Du solltest nicht mehr an ihn denken.«

»Ich möchte nicht darüber reden.« Rionas Stirn zog sich in Falten. Sie spürte, wie ihr Rücken zu schmerzen begann. Intuitiv fasste sie sich an die Taille und dehnte leicht den Oberkörper. Einen Moment lang horchte sie in ihr Innerstes hinein, in dem sich wie üblich nichts regte. Auf einmal weiteten sich ihre Augen. Eine erstaunliche Vermutung war in ihr aufgekeimt und ließ sie nicht mehr los: Sie ahnte, was mit dem Baby los war. Das Baby war so still, weil es die Welt da draußen belauschen wollte.

»Geht es dir nicht gut?« Maries Stimme riss Riona aus ihren Gedanken.

»Doch, aber ich kann nicht mehr lange stehen.«

»Fahren wir nach Haus«, schlug Marie vor. »Ich koche uns Kaffee und wir essen Kuchen. Ich habe dir Nusstorte gebacken. Die isst du doch so gern.«

Ein Lächeln breitete sich auf Rionas Gesicht aus. »Du willst mich wohl mästen. Dabei bin ich schon so fett wie eine ausgestopfte Weihnachtsgans.«

Marie nahm den Arm ihrer Tochter und hakte ihn in ihrer Ellenbeuge ein. »Dann will ich dir mal unter die Flügel greifen, damit wir schnell nach Haus kommen.«

***

Rionas Besuch bei ihrer Mutter neigte sich dem Ende entgegen. Es war der Tag nach den Feiertagen und kurz vor Geschäftsschluss. Der Alltag hatte wieder eingesetzt, der Verkehr rollte auf den Straßen und die Verkäufer in den Warenhäusern waren langsam genervt von den Kunden, die ihre unliebsamen Weihnachtsgeschenke umtauschen wollten.

Riona packte den Koffer und stapelte die Babykleidung obenauf. Den Kinderwagen wollte ihre Mutter im neuen Jahr vorbeibringen. Alles war perfekt geplant.

»Auf dem Küchentisch steht eine Tupperdose mit der restlichen Torte für dich«, rief Marie aus dem Schlafzimmer. Sie stand vor dem Spiegel und probierte die Kleidung an, die sie mit nach Köln nehmen wollte.

»Du kannst die Dose nochmal in Zeitungspapier einschlagen. Hast du gehört, Rini?«

»Ja, Ma. Danke für den Kuchen. Ich esse ihn morgen Nachmittag.«

Riona nahm eine Zeitung, ging in die Küche und schlug auf dem Tisch die ersten Seiten auf.

Rein zufällig fiel ihr Blick auf ein Bild über

einem Text. Ihr Mund öffnete sich vor grenzenloser Überraschung. Sie konnte es nicht fassen. Dieses Bild in der Zeitung. Sie sah in ihr eigenes Gesicht wie in einem Spiegel. Der einzige Unterschied bestand darin, dass das Gesicht in der Zeitung lächelte, während ihr reales Gesicht inzwischen erstarrt war. Auf dem Bild hatte sie den Kopf leicht zur Seite geneigt, um ihren Mund lag der schalkhafte Ausdruck, der so typisch für sie war. Es gab keinen Zweifel, das war eindeutig sie selbst.

Riona war verwirrt. Fragen über Fragen schossen ihr durch den Kopf: Was hatte das zu bedeuten? Wieso war sie in der Zeitung? Und wer hatte es veranlasst? Jetzt kam die Erkenntnis: Das Foto war gar kein Foto, sondern ein Gemälde. Alle Einzelheiten ihres Gesichts waren detailgetreu erfasst, als hätte sie einem besonders talentierten Künstler Modell gestanden. Das Bild war so echt, als ob es lebte, als ob es gleich zu sprechen ansetzen würde.

Rionas Herz begann zu pochen. In dem Moment wusste sie, wer der Künstler war. Unter dem Bild stand ein Artikel. Sie las die Überschrift: Gemäldeausstellung des Künstlers Argon Kuro ein Riesenerfolg. Abrupt riss sie die Zeitung an sich, zog einen Stuhl hervor und setzte sich. Hastig begann sie zu lesen. Der Artikel war lang und nahm die halbe Seite ein. Von einer vierwöchigen Ausstellung in der Hamburger Kunsthalle war die Rede, die heute ihr Ende fand. Gezeigt wurde eine Auswahl von Gemälden des vor fünf Monaten entdeckten Künstlers Argon Kuro. Er sei wie Phönix aus der Asche gestiegen, so hieß es. Riona las die

Worte: »Sensationell … erstaunliche Ausdruckskraft des Künstlers … einzigartige Fähigkeiten, die Landschaften Hawaiis lebendig … Besucherzahl auf Rekordhöhe …« Danach folgte eine kurze Abhandlung über Argon. Er wurde als geheimnisvoll und medienscheu beschrieben. Er zeige sich nie in der Öffentlichkeit. Angeblich solle er auf einer der fünf Hawaii-Inseln wohnen, genau wisse man es jedoch nicht. Er pflege zu niemandem Kontakt. Nur Daniel Durikoff, ein international bekannter Kunsthändler, regle als sein Agent alle geschäftlichen Angelegenheiten. »… Kunstliebhaber auf der ganzen Welt rissen sich um seine Gemälde …«

Riona ließ die Zeitung sinken, ganz benommen von dem, was dort stand. Etwas Unfassbares hatte sich in den letzten Monaten ereignet: Argon war erfolgreich und berühmt geworden. Jetzt konnte er sein Projekt finanzieren. Er war seinem Traum ein Stück näher gekommen, seinem Traum von einer eigenen Insel. Riona war in einem Wechselbad der Gefühle. Einerseits freute sie sich über seinen Erfolg – andererseits spürte sie die Trauer über das, was sie selbst verloren hatte. Ihre Augen suchten wieder das Bild in der Zeitung. Warum hatte er sie gemalt? Sie wusste, dass er es strikt ablehnte, Menschen zu malen. Für ihn waren sie nichts weiter als minderwertige Kreaturen ohne Moral. Und sie selbst war auch nur ein Mensch, der ihm nichts bedeutete. Irgendwie passte das nicht zusammen.

Noch einmal las sie den Artikel in der Hoffnung, etwas überlesen zu haben, das ihr eine Erklärung gab. Sie fand nichts. Doch sie brauchte Klarheit –

so dringend wie die Luft zum Atmen. Die Entscheidung war schnell getroffen. Auf der Stelle würde sie zur Kunsthalle fahren. Sie musste seine Bilder sehen. Schlagartig wurde ihr bewusst, dass heute der letzte Tag der Ausstellung war. Ein Schreck durchfuhr sie, als sie auf die Uhr sah. Es war kurz vor fünf. Sie sprang vom Stuhl hoch und eilte zu ihrer Mutter.

Marie stand noch immer vor dem Spiegel und begutachtete ihre Taille in einem weinroten Kostüm. Bei Rionas Eintreffen drehte sie sich zu ihr. »Was meinst du? Soll ich das Kostüm zur Oper anziehen oder lieber einen Hosenanzug?«

»Das Kostüm ist toll«, sagte Riona mechanisch und sprach sofort weiter: »Weißt du, wann die Museen schließen?«

»Ich glaube, heute um sechs. Warum willst du das wissen?«

»Sag ich dir später. Ich muss los.« Sie rannte zurück zur Küche, nahm die Dose mit dem Kuchen und das Zeitungsblatt und stopfte beides in den Koffer.

Marie stand im Türrahmen und stemmte die Hände in die Hüften. Sie sah zu, wie sich Riona im Flur den Mantel überstreifte. Auf Maries Gesicht trat ein Anflug von Empörung. »Kannst du mir bitte schön sagen, was das soll?«

»Das geht jetzt nicht. Ich ruf dich nachher an.« Riona eilte mit dem Koffer zur Tür hinaus und die Treppe herunter. Auf der Straße schnellte ihr Kopf nach rechts und links auf der Suche nach einem Taxi. In dieser Seitenstraße konnte sie wohl noch lange darauf warten. Kurz entschlossen lief sie zur

Hauptstraße. Der Feierabendverkehr hatte inzwischen eingesetzt, ein Auto nach dem anderen rollte vorbei. Nur kein Taxi. Ein Blick auf die Armbanduhr machte sie noch nervöser. In fünfzig Minuten schloss das Museum. Die letzte Chance, Argons Bilder zu sehen, wäre dann vertan. Endlich zeigte sich im Gewühl der Fahrzeuge ein Taxi. Riona winkte es zu sich heran. Während sie einstieg, teilte sie dem Mann ihr Fahrziel mit. Sie kamen in dem dichten Verkehr nur langsam voran. Riona wurde immer unruhiger. Sie beugte sich zu dem Fahrer vor.

»Bitte, können Sie nicht schneller fahren?«

»Tut mir leid, junge Frau. Sie sehen doch selbst, was heute wieder los ist.«

»Wie lange dauert es denn noch?«

»Wenn wir gut durchkommen, zwanzig Minuten. Kann auch eine Stunde werden.«

Riona stöhnte auf. Ihre Hände zuckten unruhig auf dem Schoss. »Gibt es gar keinen anderen Weg? Ich muss ganz dringend zum Museum.« Im Rückspiegel fing sie einen Blick des Fahrers auf. Ihre Augen flehten ihn förmlich an. »Bitte, es ist ganz wichtig«.

Der Mann überlegte kurz. »Ich kann in die nächste Straße abbiegen und durch die Nebenstraßen fahren. Aber versprechen kann ich Ihnen nicht, dass es schneller geht.«

»Bitte, versuchen Sie es trotzdem«, sagte sie.

Acht Minuten vor der Schließung des Museums stieg sie aus und hastete die Steintreppe hinauf. Alles schien sich ihr in den Weg zu stellen. Inzwischen hatte ein Schneetreiben eingesetzt, das ihr die Sicht nahm. Der Mantel behinderte sie beim Hochgehen. Der Koffer schlug gegen die Stufen, fast wäre sie gestürzt. Die letzten Besucher verließen gerade das Museum, als sie ankam. Sie zwängte sich an ihnen vorbei und eilte zum Kassenschalter. Hinter der Glasscheibe war gerade ein Mann im Begriff, seinen Platz zu verlassen. Riona stellte das Gepäck ab und rang nach Luft.

»Kann ich noch rein?«, fragte sie dann.

Der Mann drehte sich zu ihr. Er musste vom Alter her um die sechzig sein und hatte ein freundliches Gesicht. »Tut mir leid, kommen Sie morgen wieder.«

»Das geht nicht«, stieß sie aus. Die Anstrengung auf der Treppe hatte ihr Gesicht gerötet und ihr Atem ging schnell.

»Ich möchte die Ausstellung von Argon Kuro sehen. Heute ist der letzte Tag.«

Das Gesicht des Mannes drückte Bedauern aus. »Wir schließen gleich. Ich darf Sie nicht reinlassen, auch wenn ich es möchte.«

»Bitte, lassen Sie mich rein«, beschwor sie ihn. »Ich bin durch die halbe Stadt gefahren. Ich bin die Treppe mit einem schweren Koffer hochgelaufen, obwohl ich schwanger bin. Und ich bin jetzt total am Ende. Alles nur, um die Ausstellung zu sehen, von der ich bis vor einer Stunde keine Ahnung hatte, dass es sie überhaupt gibt. Und jetzt wollen Sie mir sagen, dass das alles umsonst war? Ich muss da rein, können Sie das nicht verstehen?«

Die Worte waren ihr nur so aus dem Mund gesprudelt. Der Puls schlug ihr bis zum Hals. Mit einer Hand stützte sie sich an der Glasscheibe ab.

Ihr Auftreten schien den Mann zu beeindrucken, denn er zeigte Erbarmen. »Nun, ich mach mal eine Ausnahme. Gehen Sie links den Gang entlang, dann ganz am Ende nach rechts. Sagen Sie der Aufsicht, ich hätte Sie reingelassen.« Er hob einen Zeigefinger. »Sie müssen sich beeilen. Es darf nicht zu lange dauern. Ich warte hier, um Sie rauszulassen.«

»Vielen Dank. Sie sind sehr nett«, sagte sie und lächelte ihn an.

Ganz offensichtlich schmeichelte ihm das Lob.

»Lassen Sie Ihren Koffer ruhig hier stehen, ich pass darauf auf.«

Sie drehte sich um und schlug den beschriebenen Weg ein. Minuten später betrat sie einen Saal mit fensterlosen Wänden, an denen Gemälde unterschiedlicher Größe hingen.

Rionas Schritte hallten über den Parkettboden. Sie ging bis zur Raummitte und sah sich um. Vier gepolsterte Bänke ohne Rückenlehne waren in respektvollem Abstand zu den Bildern nach allen Seiten hin ausgerichtet. Über allem lag eine unendliche Stille. Das pulsierende Leben Hamburgs hatte hier keinen Zutritt. Hier existierte eine andere Welt – eine Welt voller Fantasie und Träume.

Die Lautlosigkeit übertrug sich auch auf Riona. Vollkommene Ruhe breitete sich in ihr aus. Sie hatte das Gefühl, alle Zeit auf Erden zu haben. In langsamen Schritten ging sie zum ersten Bild und betrachtete es. Dann zum nächsten Bild. Nach und nach umrundete sie den Saal. Zwischendurch lächelte sie oder schüttelte staunend den Kopf. Einmal traten ihr Tränen in die Augen. Sie konnte kaum glauben, was sie sah. Mit allem hatte sie gerechnet. Mit allem – nur nicht damit.

Auf den Gemälden waren alle Orte zu sehen, die sie gemeinsam mit Argon aufgesucht hatte: Der Wasserfall, unter dem sie gebadet hatten. Die Felsklippe, von der sie hinaus auf den Ozean gesehen hatten. Der Wald, in dem sie den Mungo gerettet hatten. Es waren viele Bilder. Argon hatte ihre gemeinsame Zeit in seinen Kunstwerken verewigt. Aber das war noch nicht alles: Jedes Bild hatte sein eigenes kleines Herz – in Form einer aufgehenden Blüte oder eines Steins am Fuße des Ozeans. Nur ein aufmerksamer Beobachter würde es entdecken und sich womöglich seine Gedanken darüber machen. Jedoch würden all seine Vermutungen in die falsche Richtung laufen. Allein Riona wusste, was Argon damit ausdrücken wollte: Er hatte ihr Kristallherz gefunden, das sie ihm gekauft hatte. An dem unheilvollen Tag hatte sie es im Sand liegen gelassen. Argon hatte es aufgehoben – die Erkenntnis trieb ihr Tränen der Rührung in die Augen.

Vor ihrem Porträt angekommen, setzte sie sich auf die Bank. Ihr Blick ruhte auf ihrem eigenen Gesicht an der Wand. Argon hatte sie viel schöner gemalt, als sie in Wirklichkeit war, fand sie. Hatte sie damals tatsächlich so strahlende Augen gehabt?

»Hier stecken Sie also, ich habe Sie schon gesucht.«

Neben der Bank stand eine Frau in blauer Dienstkleidung, die sie als Aufsichtspersonal auswies: Mitte vierzig, etwas füllig, kurzer Haarschnitt.

»Mein Kollege an der Kasse sagte mir, dass er noch einen Besucher hereingelassen hat.« Ihre grobe Art zu sprechen, entweihte die Stimmung des Raumes. Sie fuhr fort: »Eigentlich machen wir so etwas nicht. Eine halbe Stunde vor Schluss ist Einlassstopp. Das habe ich ihm auch gesagt.«

Sie sah kritisch an Riona herunter. »Aber er meinte, Sie wären ein spezieller Fall, was auch immer er damit sagen wollte. Sind sie mit der Besichtigung fertig?«

»Kann ich noch etwas bleiben?«, bat Riona.

Die Frau machte ein verdrießliches Gesicht, dann lenkte sie ein: »Also gut. Auf die paar Minuten kommt es auch nicht mehr an.«

»Vielen Dank«, sagte Riona und sah wieder zu ihrem Porträt.

Die Augen der Frau folgten Rionas Blick. »Das Bild ist wunderschön, finden Sie nicht auch?« Plötzlich stutzte die Frau und ihre Augen wanderten von Riona zum Bild und wieder zurück.

»Herrgott im Himmel, wie ähnlich Sie sich sehen. Wie ein Ei dem anderen. Das könnten tatsächlich Sie sein.«

»Ich bin es nicht«, sagte Riona.

»Ja, ja, wie sollten Sie auch. Der Künstler wohnt auf Hawaii.«

Als die Frau weitersprach, wurde ihre Stimme monoton, als würde sie einen Vortrag vor einer Reisegruppe halten. »Alle Bilder im Raum gehören zum Privatbesitz von Argon Kuro und sind unverkäuflich. Interessierte Käufer boten ihm viel Geld dafür, doch er wies über seinen Agenten alle Angebote zurück.«

Die Frau stoppte mit den Ausführungen. Rionas gespannter Gesichtsausdruck animierte sie zum Weiterreden: »Ist Ihnen das Motto der Ausstellung bekannt?«

»Nein«, sagte Riona. »Wie heißt das Motto?«

»Fourteen Days.«

»Was?« Riona war zuerst überrascht, dann blitzten ihre Augen auf. Sie hatte verstanden.

»Niemand weiß, warum der Künstler ausgerechnet diese zwei Wörter gewählt hat. Er war zu keiner Stellungnahme bereit.«

Aber ich weiß es, jubelte Riona in Gedanken.

»Was soll's«, sagte die Frau schulterzuckend. »Erfolgreich war die Ausstellung auch so. Die Bilder sind auch zu schön.« Sie faltete die Hände über den Bauch zusammen und ließ ihren Blick schwärmerisch über die Gemälde schweifen.

»Die Bilder leben förmlich. Spüren Sie das auch?«

Nachdem Riona es bestätigte, sah die Frau wieder zum Porträt. »Dieses Bild mag ich ganz besonders. In den vier Wochen habe ich es immer wieder angesehen und mir meine Gedanken gemacht. Ich habe so meine eigene Theorie darüber.«

»Was für eine Theorie?«, fragte Riona neugierig.

»Ich denke, der Künstler liebt diese Frau über alles. Nur wenn man jemanden auf ganz besondere Weise liebt, kann man so malen, wie er sie gemalt hat.«

Das Gesicht der Frau nahm einen verklärten Zug an. Wahrscheinlich wäre sie selbst gern die Person auf dem Bild gewesen. Sie seufzte einmal auf und wandte ihr Gesicht zu Riona. »Übrigens glaube ich, dass der Künstler seine Liebe verloren hat.«

»Wie kommen Sie darauf?«, fragte Riona.

»Das Bild trägt eine Inschrift. Unten links. Sie ist ziemlich klein und kaum zu erkennen.« Die Mundwinkel der Frau zuckten triumphierend. »Ich entdeckte es zuerst. Noch nicht einmal unserem Museumsdirektor wäre es aufgefallen. Nun ja, die Inschrift ist auch nicht sehr groß, wie ich schon erwähnte. Es sind nur vier Worte, aber sie sagen viel aus.«

»Was steht da?«, fragte Riona gespannt.

»Gehen Sie hin und lesen Sie selbst.« Die Frau machte eine ausladende Geste zum Bild.

Riona erhob sich und eilte zum Porträt. Sie las die Worte, die ihr Innerstes vollkommen aufwühlten: Come back to me.

***

Riona saß zu Haus im Sessel und starrte ein Loch in die Luft. Der Koffer stand unausgepackt neben dem Bett. Sie war wie betäubt von den Ereignissen der letzten Stunden. Etwas Unglaubliches war geschehen – etwas, womit sie nicht gerechnet hatte: Argon hatte seine Bilder um die halbe Welt geschickt bis nach Hamburg. Wahrscheinlich hatte er gehofft, sie würde seine Ausstellung besuchen, wenn er ihr etwas bedeutete. Und er hatte gehofft, sie würde erkennen, dass er sie liebte.

Die Inschrift auf dem Porträt hatte wie ein Ruf geklungen: Komm zu mir zurück.

Er liebt mich, ohne zu wissen, dass ich ihn auch

liebe, dachte sie. Ohne zu wissen, dass ich ein Kind von ihm erwarte. Aber er musste es erfahren. Sie wollte ihm sagen, dass sie nie aufgehört hatte, an ihn zu denken. Vor ihrem geistigen Auge sah sie ihn, wie er am Ozean vor der Staffelei stand, sich umdrehte und ihr zuwinkte. In dem Moment wünschte sie sich nichts mehr, als bei ihm zu sein.

Tief in Gedanken versunken nahm Riona nicht wahr, wie draußen die Schneeflocken gegen die Fensterscheibe fielen und sich auf den Rahmen zu einer Pyramide auftürmten.

Sie fragte sich, wie es jetzt weitergehen sollte. Argon konnte nicht so einfach zu ihr kommen, sonst hätte er es längst getan. Es blieb nur eine Möglichkeit: Sie würde zu ihm fliegen – und zwar schon morgen. Der Zeitpunkt war gut gewählt, niemand konnte sie aufhalten. Bis Anfang Januar hatte sie Urlaub, Hagen und ihre Mutter waren nicht in Hamburg. Sie würde die gleiche Strecke nach Maui nehmen, die sie vom Sommerurlaub her kannte. Am späten Nachmittag würde sie zuerst nach Frankfurt fliegen, dann umsteigen in den Flieger nach San Francisco. Von dort aus würde es nach einem mehrstündigen Aufenthalt weitergehen nach Maui. Einen vollen Tag lang würde sie unterwegs sein.

Bei dem Gedanken drängten sich ihr die ersten Zweifel am Gelingen des Vorhabens auf. Konnte sie die anstrengende Reise im derzeitigen Zustand komplikationslos überstehen? Sie spürte, das Baby brauchte keine neun Monate, um sich vollständig zu entwickeln. Der Zeitpunkt der Entbindung stand unmittelbar bevor. Es war nicht auszudenken, was geschehen würde, sollte ihr Baby im Flugzeug zur Welt kommen – ein Baby, das vielleicht nicht menschlich aussah.

Eine innere Unruhe erfasste sie und trieb sie aus dem Sessel. Sie musste sich bewegen, um klar denken zu können. Minutenlang wanderte sie durchs Zimmer, dann stellte sie sich ans Fenster. Draußen war es längst dunkel geworden und es schneite noch immer. Dicke Flocken hüllten die parkenden Autos in ein weißes Tuch ein. Im Schein der Straßenlaterne wirkten die Schneekristalle wie silbrige Sterne.

Riona sah auf ihren Bauch herunter und begann, ihn zu streicheln.

»Bleib noch in mir Kassian, hörst du?« Ihre Stimme war leise, aber bestimmt. »Bleib in mir. Du musst warten, bis wir bei deinem Papa sind.«

In Erwartung auf irgendein Zeichen lauschte sie in sich hinein, es blieb aber aus. Ihre Gedanken kehrten zur morgigen Reise zurück. Nochmals erwog sie alle Risiken und kam zum gleichen Ergebnis: Sie würde fliegen. Sollte sie alles problemlos überstehen, konnte Kassian kommen. Es würde keine Rolle mehr spielen, ob er ein Meeresjäger oder ein Mensch war. Argon würde bei ihr sein und ihn beschützen. Ihr Baby wäre bei ihm auch viel sicherer als hier in Hamburg.

Eine weitere Frage bereitete ihr jetzt Sorgen: Was wäre, wenn sie Argon nicht antreffen würde? Sie kannte niemanden auf Maui. Sie würde dort ganz allein sein. Mit einer Hand fuhr sie sich über die Stirn. Argon würde dort sein, sprach sie sich Mut zu. Er hatte ihr doch seine Bilder geschickt. Er wollte, dass sie zu ihm kam. Wieder sah sie auf ihren Bauch.

»Es wird alles gut, Kassian. Du wirst sehen.« Die Worte waren zwar an ihr Baby gerichtet, doch sie wollte sich damit auch selbst beruhigen. Die Unruhe breitete sich wie ein Fieberschub immer mehr in ihr aus.

***

Das Flugzeug nach San Francisco hob pünktlich um einundzwanzig Uhr vom Frankfurter Flughafen ab.

Riona hatte ihre Nachbarin angesprochen, ob sie die Plätze tauschen könnten. Die alleinreisende Frau hatte sich nur ungern bereit erklärt, auf ihren Platz am Gang zu verzichten und sich stattdessen auf den beengten Sitz in der Mittelreihe zu zwängen. Mit Blick auf Rionas Bauch hatte sie letztendlich zugestimmt.

Eine Stunde später servierten die Flugbegleiter Getränke und Speisen. Nach einer weiteren Stunde trat im Flugzeug Ruhe ein. Das Deckenlicht wurde gedämmt, einige Passagiere sahen fern, doch die meisten versuchten zu schlafen. Riona konnte nicht schlafen, so sehr sie sich auch darum bemühte. Die Unruhe, die sie gestern Abend erfasst hatte, ließ sie nicht mehr los.

In der Nacht hatte sie sich im Bett herumgewälzt. Zwischendurch war sie aufgestanden und hatte ein Schreiben an Hagen verfasst. Sie wäre für ein paar Tage zu einer Freundin gefahren und er sollte sich keine Sorgen machen. Auf ihrem Handy könnte er sie nicht erreichen, sie würde sich bald wieder melden.

Jetzt waren Rionas Augen von Müdigkeit umschattet. Sie musste dringend zur Ruhe kommen, vor ihr lag noch ein weiter Weg. Ihr Rücken begann zu schmerzen. Die engen Sitze waren für Schwangere eine Zumutung, fand sie. Mit einem Stöhnen erhob sie sich und dehnte den Oberkörper. Dann drehte sie sich um und durchquerte den Gang in Richtung Toilette.

Wie auf Kommando schienen hier alle Passagiere zu schlafen. Der Kopf einer Frau hing schlaff zur Seite, ihr Nachbar schnarchte. Einige Männer hatten die Beine zu Stolperfallen ausgestreckt. Alle Leute schliefen – fast alle: Ein Mann am Fenster war wach, hielt den Kopf gesenkt und las. Das Licht der Deckenlampe fiel auf seine schneeweißen Haare und formte auf seinem weißen Gesicht einen Schatten. Als sich Riona seiner Reihe näherte, sah er zu ihr auf. Gleich darauf verschwand sein Gesicht hinter der Zeitung. Riona ging an ihm vorbei, ohne ihn zu beachten.

***

Die Insel Maui empfing Riona mit einem heftigen Regenguss, der aber Minuten später wieder aufhörte. Dunkle Wolken zogen auf und verdrängten die Sonne. Trotzdem war es angenehm warm.

Riona stand vor dem Flughafengebäude – übermüdet, erschöpft, ausgebrannt. Der anstrengende Flug hatte Spuren in ihrem Gesicht hinterlassen. Dennoch war sie glücklich. Mit jedem Atemzug glaubte sie, den Duft des Ozeans aufzunehmen. Sie hatte das Gefühl, nach langer Abwesenheit endlich nach Haus zu kommen. Zärtlich strich sie über ihren Bauch. Ihr Baby hatte prima durchgehalten und noch immer verhielt es sich ruhig, als ob es wüsste, was auf dem Spiel stünde.

Mit einem Taschentuch wischte sie sich den Schweiß von Stirn und Hals. Sie war eindeutig zu warm angezogen. Das hatte sie schon vorher gewusst, doch kein Sommerpulli hatte über ihren Bauch gepasst. Daher war ihr nichts weiter übrig geblieben, als in eine der langärmeligen Blusen zu schlüpfen. Dazu trug sie Jeans. Den Wintermantel hatte sie über den Koffer gelegt, den sie neben sich gestellt hatte. Er war nur halb gefüllt: Einige Kosmetikartikel, Unterwäsche, außerdem eine Jeans und zwei Sommerblusen, die sie nach der Entbindung anziehen wollte. Vorsorglich hatte sie auch die Babysachen von ihrer Mutter eingepackt.

Als Erstes wollte sie sich ein Auto ausleihen. Sie hob den Koffer auf und ging in das Gebäude zurück zu dem Schalter, an dem sie im Sommer den Jeep gemietet hatte.

»Aloha«, begrüßte sie ein Mann um die dreißig in weißem Hemd und blauer Krawatte mit freundlichem Interesse. Er fuhr fort: »Was kann ich für Sie tun?«

»Ich möchte mir ein Auto ausleihen. Einen gelben Jeep.«

»Tut mir leid, wir haben keinen in Gelb. Ich kann Ihnen zwei andere Farben anbieten. Möchten Sie einen schwarzen Jeep oder lieber in Grau?«

Riona ging auf sein Angebot nicht ein. Ihr

Tonfall wurde bestimmender, als sie erwiderte: »Ich war im Juli schon mal hier. Da hatten Sie doch einen Jeep in Gelb.«

»Kann durchaus sein«, sagte der Mann gleichbleibend freundlich. »Wir mustern immer mal wieder ältere Fahrzeuge aus.«

»Schade«, sie verzog enttäuscht den Mund. »Dann nehme ich das billigste Auto. Die Farbe ist mir egal.«

»Für wie lange?«

»Bis morgen.«

»Ihren Ausweis bitte.«

Der Vertrag war schnell erstellt und mit Rionas Unterschrift besiegelt. Der Mann erhob sich, kam zu ihr und wies mit einer Handbewegung auf den Ausgang. »Bitte folgen Sie mir.« Sein Blick fiel auf das Gepäck. Bevor Riona etwas sagen konnte, griff er zum Koffer und zum Mantel.

»Sehr nett von Ihnen. Vielen Dank«, sagte sie.

Der Wagen stand auf einem eingezäunten Parkplatz inmitten anderer Fahrzeuge. Riona öffnete den Kofferraum und der Mann stellte das Gepäck hinein. Mit einem Schwung schlug er die Klappe zu.

»Danke, dann will ich mal«, sagte sie.

Unterdessen war ein starker Wind aufgekommen und hatte die Wolken zu einer dunklen Decke zusammengeschoben.

Der Mann sah zum Himmel, dann zu ihr. »Sie sollten sich beeilen. Da oben braut sich was zusammen.«

Jetzt hob auch sie den Kopf. Die düstere Wolkenwand wirkte unheilverkündend.

»Haben Sie es weit?«, wollte er wissen.

»Nein, nicht weit. Vielleicht vierzig Minuten.«

»Sie sollten die freien Landstraßen meiden«, riet er. »Es zieht ein Sturm auf und auf Hawaii sind die Stürme eine Nummer größer als das, was Sie von zuhause aus kennen. An Ihrer Stelle würde ich lieber warten. In einer Stunde ist alles vorbei.«

Riona ging zur Fahrertür und öffnete. Bevor sie einstieg, blickte sie nochmals zu dem Mann.

»Geht leider nicht. Ich hab es wirklich eilig. Trotzdem vielen Dank.«

Etwas mühsam quälte sie sich hinter das Lenkrad. Als sie losfuhr, winkte sie ihm durch die Fensterscheibe zu. Sichtlich verblüfft über ihr zielstrebiges Handeln schaute er ihr hinterher, bis sie seinem Blickfeld entschwand.

Nach einer Viertelstunde hatte sie die offene Landstraße erreicht. Rechts lag der tiefblaue Ozean, links wechselte eine Plantage die andere ab. In der Ferne ragte das Haleakala-Gebirge weit in den Himmel hinauf. Es hatte den Anschein, als ob seine spitzen Felsköpfe die Wolkendecke aufspießten.

Von Minute zu Minute wurde der Wind stärker. Er trieb den Staub der Straße über die Felder und rüttelte am Wagen. Die Palmen bogen sich ächzend unter seiner Last. Unbeirrt steuerte Riona ihr Ziel an. Sie war völlig allein auf der Straße, aber das störte sie nicht. Je vertrauter ihr die Gegend wurde, desto mehr stieg ihre freudige Erregung. Gleich hatte sie es geschafft. Nur noch wenige Meter, dann kam Argons Verbotsschild, hinter dem sie abbiegen würde. Der Sturm machte sich am Wagen zu schaffen, als wollte er Riona zur Umkehr zwingen. Sie hielt – neben dem Verbotsschild, das keines mehr war. Irritiert sah sie zu der Eisenstange, die Argon so tief in den Boden eingerammt hatte, dass sie dem Unwetter trotzte. Aber warum hatte er den oberen Teil abmontiert? Jeder x-beliebige Mensch konnte jetzt den Weg zur Bucht einschlagen, konnte sein Haus betreten, konnte ihn finden. Genau das wollte er doch verhindern. Irgendwie passte das nicht zusammen. Sie würde ihn später danach fragen.

Sie fuhr wieder an und bog in den Pfad ein. Mit jeder angebrochenen Minute wuchs ihre Aufregung. Monatelang hatten sie sich nicht gesehen. Wie würde er reagieren, wenn sie plötzlich vor ihm stand? Darüber hinaus mit einem Babybauch. Sie konnte es kaum abwarten, sein überraschtes Gesicht zu sehen. Würde er noch so gut aussehen wie im Sommer? Sie begann, verträumt vor sich hinzulächeln. Natürlich würde er das. In ihrer Vorstellung stand er mitten im Korallenzimmer und hatte ihr den Rücken zugekehrt. Als sie durch die Tür trat, drehte er sich zu ihr um. Im ersten Moment war er von ihrem Auftauchen überrascht. Gleich darauf lagen sie sich in den Armen. Daraufhin spürte sie ein heftiges Kribbeln in der Magengegend.

Wenig später erreichte sie ihr Ziel und parkte den Wagen auf der Freifläche neben der Bucht. Sie schaltete den Motor ab und stieg aus. Der Sturm machte sich am Strandsand zu schaffen und peitschte ihn auf. Schützend hielt sie sich eine Hand vors Gesicht und schirmte ihre Augen ab.

Der Sturm fauchte, zerrte an ihrer Bluse und nahm ihr den Atem. Den Weg durch den Strand musste sie sich regelrecht erkämpfen.

Fünf Meter vor dem Haus stoppte sie und hob den Kopf. Wie ein Keulenschlag traf sie das, was sie zu sehen bekam. Mitten im Unwetter stand sie regungslos da und starrte mit aufgerissen Augen in die eine Richtung. Argons Haus sah noch genau so aus, wie sie es an dem Unglückstag verlassen hatte. Im Verandadach klaffte ein Loch, Balken lagen verstreut auf dem Boden und das zertrümmerte Geländer ragte halb aus dem Sand heraus. Die Haustür stand offen und schlug vom Sturm angetrieben immer wieder gegen den Türrahmen.

Beklommen stieg sie die Treppe hoch und betrat das Hausinnere. In der Mitte des Wohnzimmers blieb sie stehen und sah sich um. Alles befand sich noch an seinem Platz: die Korallenküche, die Couch, das Gemälde an der Wand. Dennoch war der Zauber verflogen, der einst das Zimmer erfüllt hatte. Sand und Staub hatten ihn verdrängt. Argon musste schon seit Monaten nicht mehr hier gewesen sein.

Urplötzlich war der Schmerz wieder da und presste ihr Herz zusammen. Sie hatte sich auf den weiten Weg zu ihm gemacht und war um den halben Erdball geflogen – nur für ihn, der nicht hier war und der auch nicht mehr kommen würde. Alles war umsonst – der anstrengende Flug, die Aufregung der letzten Tage. Alles war umsonst. Der Schock blockierte ihren Körper, ihren Verstand. Minutenlang stand sie wie versteinert im Zimmer.

Langsam setzte sich alles in ihr wieder in Gang

– wie ein Motor, der nur vorübergehend angehalten wurde. Sie dachte an die Ausstellung in Hamburg. Argon hatte Bilder von ihrer gemeinsamen Zeit gemalt und ihr darin seine Liebe gezeigt. Komm zu mir zurück, hatte er auf das Porträt geschrieben. Es hatte wie ein Ruf geklungen und sie war ihm gefolgt. Jetzt war sie hier, aber er war nicht da. Irgendetwas musste vorgefallen sein. Aber welches Ereignis war so schrecklich gewesen, dass es ihn buchstäblich aus dem Haus getrieben hatte? Noch wichtiger war die Frage: Wo sollte sie ihn jetzt nur finden?

Ihr Blick wanderte durch den Raum auf der Suche nach einem Anhaltspunkt. Vielleicht hatte sie etwas übersehen. Vielleicht hatte er ihr eine Nachricht hinterlassen. Unter dem Schrank lag noch immer die Decke für den kleinen Mungo. Hoffentlich geht es Tenzing gut und er ist nicht wieder in eine Falle geraten, dachte sie. Ihre Augen schweiften zu den verdorrten Palmenwedeln neben der Tür und sie fragte sich, was die hier zu suchen hatten. Neben der Couch entdeckte sie vertrocknete Blütenreste, der ganze Fußboden war damit übersät.

Sie hob den Kopf und musterte das Gemälde. Argon hatte darauf seine Bucht gemalt, einzigartig und wunderschön. Ihr fiel der Abend ein, als sie das Bild zum ersten Mal gesehen hatte. Damals konnte sie das Rauschen der Brandung hören. Jetzt war alles mit Sand und Staub überzogen.

In der unteren Bildecke entdeckte sie etwas, was da nicht hingehörte. Unter dem Staub war es nur undeutlich zu erkennen. Es konnte ein Zettel sein.

Sie ging darauf zu, um es zu betrachten. Ein kleines Stück Papier steckte eingeklemmt im Rahmen. Sie nahm es ab, pustete den Staub weg und faltete es auseinander. Zwei Worte standen darauf: Daniel Durikoff. Wie Schuppen fiel es ihr von den Augen: Natürlich, dass sie nicht gleich darauf gekommen war. Daniel war Argons Agent und musste seinen aktuellen Aufenthaltsort kennen. Auf der Stelle würde sie zur Galerie nach Lahaina fahren. Sollte sie Daniel nicht antreffen, würde sie wenigstens seine Telefonnummer herausbekommen. In ihrem Inneren keimte Hoffnung auf, das sich alles noch zum Guten zu wenden könnte.

Draußen vor dem Haus tat sich etwas. Von der Verandatreppe drang das Geräusch schwerer Schritte zu ihr. Abrupt drehte sie sich zur Tür. Ihr Herz begann heftig zu pochen – voller Hoffnung, voller Erwartung. Argon ist zurückgekommen, jubelte ihre innere Stimme. Er ist da, um sie zu holen, jetzt würde alles gut werden.

Plötzlich stand er auf der Türschwelle, so wie sie ihn zuvor immer gesehen hatte: schneeweiße Haare, bleiches Gesicht, wässrige Fischaugen.

Sie schrie auf. Den Mann kannte sie. Er hatte sie in Hamburg verfolgt, jetzt hatte er sie hier gefunden.

Seine Augen waren konstant auf sie gerichtet, während sich sein rechter Arm langsam in die Innenseite des Jacketts schob und etwas herauszog.

Rionas erkannte einen Revolver und sie geriet in Panik. Schnell weg hier, durchfuhr es sie. Sie wirbelte herum, dann rannte sie durchs Zimmer in Richtung Treppe. Hinter ihr hörte sie einen Knall.

Im gleichen Atemzug spürte sie einen spitzen Schmerz in der rechten Schulter. Sie geriet ins Taumeln, alles um sie herum begann sich zu drehen. Gleich würde sie fallen.

Ich darf nicht auf mein Baby fallen, dachte sie. Sie verlor das Bewusstsein, noch bevor sie hart auf den Boden aufschlug.

***

Das Erste, was Riona wahrnahm, war ein Dröhnen. Es war nicht laut und schwoll nicht an, es war einfach nur da. Das Geräusch kannte sie von ihrer Tätigkeit als Flugbegleiterin. Auf den Flügen war sie umgeben von diesem Dröhnen. Es gehörte dazu und irgendwann hatte sie sich daran gewöhnt.

Als Nächstes registrierte sie, dass sie irgendwo lag. Für ein Bett war die Unterlage zu hart, aber es war auch kein Fußboden. Alles um sie herum war so schwarz wie in einem Grab. Kein Wunder bei geschlossenen Augen. Aber warum konnte sie die Augen nicht öffnen? So sehr sie sich auch bemühte, ihr fehlte dazu die Kraft. In dem Moment wusste sie nicht, ob sie vielleicht nur träumte oder ob sie es tatsächlich erlebte. Sie war so müde, so unendlich müde. Aber sie wollte jetzt nicht schlafen. Sie musste wissen, wie es ihrem Baby ging.

Ihr Arm wog schwer wie Blei, als sie ihn zum Bauch ausstreckte. Ihre Hand glitt über die Wölbung ihres Unterleibs. Das Baby war noch immer in ihr. Die Tatsache beruhigte sie etwas. Dennoch hatte sie keine Ahnung, was das alles zu bedeuten hatte. Erneut versuchte sie, die Augen zu öffnen.

Sie schaffte es. Ihre Lider hoben endlich sich zu einem Blinzeln, aber unwillkürlich schlossen sie sich wieder.

»Die Wirkung lässt nach. Sie bewegt sich«, hörte sie eine Frauenstimme. Die Frau konnte nicht weit weg sein.

»Geben Sie ihr eine zweite Dosis.« Ganz deutlich hörte Riona die Stimme eines Mannes. Der Satz hatte wie ein Befehl geklungen.

»Eine zweite Dosis in so kurzer Zeit könnte dem Baby schaden.« Wieder die Frauenstimme.

»Nicht diesem Baby. Also machen Sie schon.« Die Männerstimme war so kalt wie Eis.

Entsetzliche Angst packte Riona. Sie wollen meinem Baby etwas antun, durchfuhr es sie. Mit aller Kraftanstrengung versuchte sie, die Augen zu öffnen und gleichzeitig aufzustehen. Wie im Zeitlupentempo hob sich ihr Rücken von der Unterlage ab. Plötzlich spürte sie einen schmerzhaften Stich im Arm. Sekunden später verlor sie das Bewusstsein.

***

Als Riona die Augen öffnete, wusste sie im ersten Moment nicht, was mit ihr geschehen war. Die Vergangenheit war wie weggespült aus ihrem Kopf, sie fühlte sich benommen. Es dauerte eine Weile, bis ihr wieder einfiel, was vorgefallen war. Der Albino war aufgetaucht und hatte auf sie geschossen. Was dann geschah, wusste sie nicht mehr. Ihre Erinnerung hatte sich in ein Nichts aufgelöst. Aber wo war sie jetzt?

Als sie sich aufrichtete, begann es in ihrem Kopf zu pochen. Heftige Schmerzen zogen von den Schläfen bis runter zum Nacken. Sie hatte einen faden Geschmack im Mund, ihre Lippen waren ausgetrocknet. Erst jetzt wurde ihr bewusst, dass sie in einem fremden Bett lag umringt von kalten, weißen Wänden.

Die auflodernde Angst brachte ihr Herz zum Rasen. Trotzdem versuchte sie, Ruhe zu bewahren. Sie schlug die Bettdecke zur Seite, um nach dem Baby zu sehen. Es war noch in ihr. Die Erleichterung war nur von kurzer Dauer, als sie erkennen musste, dass ihr jemand ein dunkelgrünes Nachthemd angezogen hatte. Nur ihren Slip hatte man ihr gelassen.

Sie atmete mehrfach tief durch, um die auflodernde Panik unter Kontrolle zu bringen. Ihr Blick glitt durch das spärlich eingerichtete Zimmer. Ein Nachttisch neben dem Bett, ein Spind an der linken Wand, rechts führten zwei Türen ins Unbekannte. Das einzige Fenster war mit einem grauen Vorhang zugezogen. Nur mit Anstrengung konnte sie sich aus dem Bett schälen. Als sie auf dem Boden stand, spielte ihr Kreislauf verrückt, sie begann zu taumeln. Eine Zeit lang verharrte sie auf der Stelle. Dann schleppte sie sich zur vorderen Tür und drückte auf die Klinke, die nachgab. Der Blick in den dahinterliegenden Raum zeigte ihr ein Badezimmer. An der zweiten Tür befand sich anstelle einer Klinke nur ein Knauf. Es unmöglich, sie zu öffnen.

Wieder begann ihr Herz zu trommeln und wieder zwang sie sich zur Ruhe. Sie drehte sich um, ihr Blick fiel auf das Fenster. Sie ging darauf zu und schob den Vorhang zur Seite. Das Fenster war von außen mit dicken Gitterstäben gesichert. Es war offensichtlich, dass sie eine Gefangene des Raumes war. Sie spähte durch die Fensterscheibe auf der Suche nach irgendetwas, das ihr zeigte, wo sie sich befand.

Draußen schien die Mittagssonne. In der Ferne konnte sie unter klarem Himmel den Ozean sehen. Aber sie war ganz bestimmt nicht mehr auf Maui. Das Haleakala-Gebirge auf Maui war kahl und unbewohnt. Zu ihren Füßen erstreckte sich jedoch eine idyllische Landschaft mit Palmen und Büschen, zwischen denen ab und zu Villen hervorlugten. Sie lagen verteilt auf einer Anhöhe, und Riona konnte von ihrem Standort aus alles überblicken. Demzufolge musste sie sich im höher gelegenen Teil einer Hügelkette befinden. Ihr Blick wanderte über das abschüssige Gelände unterhalb des Fensters. Es war ein kleiner Park, der von einer mannshohen Steinmauer eingegrenzt war. Ein gepflasterter Weg zerteilte die Anlage in zwei Hälften, führte zu einem Rondell, umkreiste es und endete vor dem Haus. Das Gebäude war hufeisenförmig angelegt. Riona konnte die beiden Seitenfronten sehen. Anscheinend stand sie im Mittelteil in der obersten Etage. Das Rondell schmückten Büsche und farbenprächtig blühende Blumen. Ein schwarzer Geländewagen und drei Limousinen parkten vor dem Haus. In dem Lack spiegelte sich das Sonnenlicht. So sehr sich Riona auch bemühte, sie konnte die Kennzeichen nicht erkennen.

Sie drehte sich um und lauschte in die Stille des

Hauses hinein. Die Totenstille wirkte auf sie bedrohlich. Sie war vollkommen auf sich allein gestellt. In diesem Nachthemd fühlte sie sich noch schutzloser, als sie es ohnehin schon war.

Ihr Blick fiel auf den Spind. Von Hoffnung getrieben, ihre Sachen zu finden, eilte sie dorthin und öffnete die Tür. Tatsächlich lag ihre Kleidung ordentlich übereinandergestapelt im obersten Fach. Aber die Handtasche mit Handy und Reisepass hatte man ihr genommen. Auch der Koffer war weg. Gerade als sie im Begriff war, eine Jeans aus dem Schrank zu ziehen, hörte sie Schritte auf dem Korridor. Intuitiv stoppte sie und wartete auf das, was kommen würde.

Die Tür öffnete sich und eine Frau betrat das Zimmer. Sie war um die vierzig, mittelgroß und stämmig gebaut. Unter dem blauen Kittel trug sie ein knielanges Kleid. Die aschblonden Haare waren streng nach hinten gekämmt und zu einem Knoten gewunden. Die milchige Gesichtshaut deutete darauf hin, dass sie vom Sonnenbaden nichts hielt. Als sie Riona vor dem geöffneten Spind entdeckte, hob sie eine Augenbraue.

»Was machen Sie da? Gehen Sie sofort wieder ins Bett«, sagte sie mit schneidender Stimme. Es klang wie ein Befehl.

»Wer sind Sie?«, rief Riona aus. »Was wollen Sie von mir?«

Anstelle einer Erklärung stemmte die Frau die Hände in die Hüften.

»Sie legen sich sofort wieder hin. Habe ich mich deutlich genug ausgedrückt?«

In Riona regte sich Widerstand. Sie war sich der

ausweglosen Situation, in der sie sich gerade befand, voll und ganz bewusst. Dennoch war sie nicht so einfach bereit, sich einer fremden Person zu fügen.

»Nein, das mach ich nicht. Ich will wissen, was hier los ist.«

Die Frau sah Riona scharf an. »Nun gut, Sie haben es nicht anders gewollt.« Sie rief zur Tür hinaus nach jemandem. Gleich darauf hallten eilige Schritte vom Gang herkommend. Sie kamen schnell näher, zwei Männer in schwarzen Hosenanzügen erschienen in der Tür. Einer war muskulös und hatte die eingedrückte Nase eines Boxers. Der andere war so groß und breit wie ein Schrank und hatte das grimmige Gesicht eines Kampfhundes.

Die Frau nickte einmal mit dem Kopf zu Riona herüber. Die Männer hatten verstanden und kamen auf Riona zu. Intuitiv wich sie vor ihnen zurück, bis sie mit dem Rücken an der Wand stand.

»Fassen Sie mich nicht an«, rief sie aus.

Es half nichts. Die Männer packten sie an den Armen und zerrten sie zum Bett. Sie stemmte ihre Füße gegen den Boden und wand sich unter den Griffen.

»Lassen Sie mich los, lassen Sie mich los«, schrie sie. Alles vergebens. Die Männer bugsierten sie ins Bett, drückten ihren Kopf auf das Kissen und pressten ihren Rücken in das Laken. Vergeblich versuchte sie, mit den Füßen nach ihnen zu treten. Die Schwester kam den Männern zur Hilfe. Gemeinsam spreizten sie Rionas Arme und fesselten ihre Handgelenke mit Lederriemen an dem Bettgestell. Völlig machtlos vor ihren Peinigern liegend, gab Riona den Widerstand auf. Tränen liefen über ihr Gesicht und tropften auf das Nachthemd – Tränen voller Hilflosigkeit und Verzweiflung. In dem ganzen Wirrwarr hatte sie nicht gemerkt, dass ein Mann im weißen Kittel das Zimmer betreten hatte. Er stand am Fußende des Bettes und gab den anderen zu verstehen, sie sollten den Raum verlassen. Das taten sie dann auch. Riona sah zu ihm – erschöpft, verwirrt, verängstigt.

Lächelnd kam er auf sie zu und setzte sich auf die Bettkante. Er war Anfang dreißig, hatte braune Haare und olivgrüne Augen. Sein ovales Gesicht wirkte gepflegt. An der Stirn zeigten sich die ersten Alterserscheinungen in Form von zwei Einkerbungen.

»Haben Sie sich wieder beruhigt?«

Seine sanfte Stimme wirkte auf Riona fast wohltuend. Wortlos nickte sie.

»Sehr schön«, sagte er darauf. »Aufregung ist nicht gut für das Baby. Sie möchten ihm doch nicht schaden?«

»Nein.«

»Wir auch nicht. Dann haben wir schon etwas gemeinsam.« Aus seiner Kitteltasche fingerte er ein Stück Zellstoff hervor und zeigte es ihr. »Darf ich Ihre Tränen abwischen?«

Obwohl sie nichts darauf erwiderte, begann er dennoch, ihre Wangen abzutupfen. Er machte es ganz vorsichtig, fast zärtlich. Das verwirrte sie umso mehr. Irgendwie machte er auf sie einen vertrauenswürdigen Eindruck. Er beförderte den Zellstoff wieder in die Kitteltasche, dann begutachtete er Rionas Gesicht.

»Jetzt sehen Sie noch hübscher aus.«

Ganz bewusst überhörte sie seinen Kommentar. »Wer sind Sie?«

»Ich bin Dr. Norten.«

»Was wollen Sie von mir?«

»Wir möchten Ihnen helfen.«

»Mir helfen? Dann binden Sie mich los.«

»Später, wenn Sie sich wieder entspannt haben.«

»Ich bin entspannt. Was soll das alles? Warum bin ich hier?«

Das Gesicht des Arztes wechselte von freundlich zu verschlossen.

»Das werden Sie noch früh genug erfahren. Schwester Helen bringt Sie in den Untersuchungsraum.« Als er Rionas entsetzten Gesichtsausdruck bemerkte, fügte er hinzu: »Sie brauchen keine Angst zu haben. Tun Sie einfach nur das, was wir Ihnen sagen.«

Er stand auf und sah zu ihr runter. »Wir sehen uns gleich wieder.« Damit drehte er sich um und durchquerte das Zimmer.

»Bitte machen Sie mich doch los«, rief sie ihm hinterher.

»Nach der Untersuchung. Schwester Helen wird sich um Sie kümmern.«

Ehe sie etwas erwidern konnte, war er aus der Tür raus. Fast schmerzlich wurde ihr bewusst, dass sie sich in dem Arzt getäuscht hatte. Was immer ihn bewogen haben musste, ihre Tränen abzuwischen – Hilfe konnte sie von ihm nicht erwarten. Aber für das alles musste es doch eine Erklärung geben. Fieberhaft suchte sie in Gedanken nach einer Antwort. Konnte es sein, man hielt sie hier fest, weil sie Argons Baby in sich trug? Aber wieso wussten sie von Argons Existenz? In Gedanken ging sie zurück zum Urlaub. Ihr fiel der Tag ein, an dem das FBI im Hotel aufgetaucht war. Sie fragte sich, ob die Leute etwas herausgefunden hatten. Vielleicht standen sie sogar mit Dr. Norten in Verbindung. Ihr Herz verkrampfte sich, als ein weiterer Gedanke in ihr hochkam. Wenn dem so wäre, schwebte dann nicht auch Argon in tödlicher Gefahr? Kehrte er nicht mehr in sein Haus zurück, weil er wusste, was ihn dort erwartete? Ihre Augen füllten sich mit Tränen, sie war am Boden zerstört. Ihr schwirrten Fragen über Fragen im Kopf herum, auf die sie keine Antworten fand.

Die Schwester trat durch die Tür und kam zu ihr. Ohne von Riona Notiz zu nehmen, löste sie eine Fußbremse und rollte das Bett in Richtung Ausgang. Es hatte den Anschein, als wäre Riona in ihren Augen nichts weiter als ein unwichtiger Gegenstand, dem man keine Beachtung schenkte. Riona versuchte erst gar nicht, mit ihr zu reden.

Es ging durch einen langen, weißen Korridor mit schmucklosen Wänden. Immer weiter, um eine Kurve, bis in den rechten Haustrakt. Die Schwester stoppte vor einer angelehnten Tür, stieß sie mit einem Fußtritt auf und schob das Bett hinein.

Die Luft im Raum war wie geräuchert von medizinischen Dünsten. Mit jeder Sekunde wuchs Rionas innere Unruhe. Sie hob den Kopf, um besser sehen zu können. Drei Männer in weißen Kitteln standen vor einem gynäkologischen Stuhl. Sie hatten ihr den Rücken zugekehrt und unterhielten sich leise. Bei Rionas Eintreffen wandten sie sich um, drei Augenpaare starrten sie an. In den Blicken der Ärzte lag etwas, dass sie nicht deuten konnte. Als sie zu ihnen geschoben wurde, hatte sie das Gefühl, wie ein Opferlamm zur Schlachtbank gekarrt zu werden.

Den Mann in der Mitte kannte sie bereits. Es war Dr. Norten, aber das Wiedersehen mit ihm machte die Situation nicht erträglicher. Der Mann links neben ihm konnte vom Alter her höchstens dreißig sein. Alles in seinem Gesicht wirkte ebenmäßig, nur um seinen Mund lag ein arroganter Zug. Der Dritte war wesentlich älter als die beiden anderen. Sein Äußeres war von einer Art, die jedem Betrachter sofort Respekt einflößte. Er war groß und hager, seine Augen blickten messerscharf. Die Nasalfalten verliehen dem schmallippigen Mund einen herrischen Ausdruck. Die Haare waren von grauen Strähnen durchzogen und über die Stirn streng nach hinten gekämmt. Er war es auch, der jetzt das Wort ergriff:

»Ich bin Dr. Rutherford und Leiter dieser Einrichtung. Ich hoffe, Sie haben die Reise zu uns gut überstanden.« Er warf einen kurzen Blick auf ihren Bauch und fuhr fort: »Wir wollen sichergehen, dass es auch Ihrem Baby gutgeht. Es ist nur eine Routineuntersuchung. Anschließend bringt Sie Schwester Helen in Ihr Zimmer zurück.«

»Warum halten Sie mich hier fest?«, rief Riona aus.

Die Männer tauschten untereinander Blicke aus.

»Sie sollten Ihre Anwesenheit in unserem Haus nicht als Gefangenschaft werten«, sagte Dr. Rutherford.

»Warum bin ich dann gefesselt?« Sie zerrte an ihren Gurten herum, ohne damit etwas bewirken zu können.

Mit unbewegtem Gesicht hatte Dr. Rutherford Rionas Handeln verfolgt. »Es ist nur eine Vorsichtsmaßnahme, damit dem Baby nichts zustößt. Wie Ihnen Dr. Norten bereits sagte, wir wollen Ihnen helfen.«

»Ich brauche Ihre Hilfe nicht«, stieß sie aus.

»Das sehen wir anders«, Dr. Rutherford lächelte wissend, doch seine Augen blieben kalt. »Sie tragen unter Ihrem Herzen ein ganz besonderes Baby, nicht wahr?«

Riona war bestürzt. Ihre Vorahnung hatte sich eben gerade bestätigt.

Der Arzt schien ihre Gefühle zu erraten, denn sein Lächeln wirkte jetzt spöttisch.

»Aber Frau Gendt, haben Sie wirklich geglaubt, die Existenz der Amphibienmenschen bliebe auf Dauer unbemerkt? Zwei Monate lang verschwanden Menschen auf Hawaii spurlos. Es war nur eine Frage der Zeit, bis wir auf sie aufmerksam werden mussten.«

»Sind Sie vom FBI?« Riona stockte der Atem.

Sein Lächeln verschwand und sein Gesicht nahm wieder einen energischen Ausdruck an.

»Nein, sind wir nicht. Betrachten Sie uns als Ihre Verbündeten. Wir werden Ihnen helfen, dieses Baby komplikationslos auf die Welt zu bringen.«

»Und dann? Was passiert danach?«

Wieder tauschten die Ärzte Blicke aus. Dr. Norten trat an das Fußende des Bettes heran und legte die Hände auf das Gestell.

»Sie sollten sich darüber nicht ihr hübsches Köpfchen zerbrechen.« Er hatte es in einer Art gesagt, als ob er mir ihr flirten wollte.

In einem sachlichen Tonfall ergänzte Dr. Rutherford: »Entspannen Sie sich. Sie haben es gleich überstanden.« Er sah zur Schwester, die umgehend handelte und das Bett zu einem Tisch schob, auf dem medizinische Apparaturen standen.

Die Ärzte folgten ihr auf dem Fuß. Dr. Rutherford schob einen Stuhl heran und setzte sich. Die beiden anderen stellten sich dahinter.

»Wir führen jetzt eine Ultraschalluntersuchung durch«, sagte er. »Ganz harmlos. Sie kennen die Untersuchung von Ihrem ersten Besuch beim Arzt. Danach hatten Sie sich wohl entschlossen, auf seine Hilfe zu verzichten.«

Seine Sätze verwirrten Riona noch mehr. Wie konnte er das wissen?

»Wir wissen alles über Sie, Frau Gendt«, sagte Dr. Rutherford, als ob er ihre Gedanken erraten hätte. Er fuhr fort: »Wir wissen, wo Sie arbeiten, wer Ihre Freunde sind, mit wem Sie Weihnachten verbrachten.«

Schwungvoll schlug er die Bettdecke zur Seite.

»Sie haben doch nichts dagegen, wenn ich Ihr Nachthemd nach oben streife?« Er wartete ihre Antwort nicht ab, sondern machte sich gleich an ihrem Kleidungsstück zu schaffen.

Riona konnte noch immer nicht fassen, was mit ihr geschah. Sie war den Männern vollkommen ausgeliefert. Sie fühlte sich gedemütigt, weil sie keine andere Wahl hatte, als die Prozedur über sich ergehen zu lassen. Als eine glitschige Masse auf ihren Bauch landete, zuckte sie zusammen.

»Halten Sie still«, sagte Dr. Rutherford.

»Warum?« Es kam trotzig von ihren Lippen, wie ein letztes Aufbäumen ihres Inneren gegen die Übermacht dieser zwielichtigen Ärzte.

»Weil ich es sage«, erwiderte Dr. Rutherford streng.

Die Untersuchung zog sich lange hin. Immer wieder kreiste der Schallkopf auf ihrem Bauch herum, während die Ärzte das Geschehen auf einem Monitor verfolgten. Der Monitor war so gestellt, dass Riona nichts erkennen konnte. Ihr Blick wanderte von einem Arzt zum anderen in der Hoffnung, in ihren Gesichtern lesen zu können – es gelang ihr nicht.

Die Männer raunten sich etwas zu, deuteten mit den Zeigefingern auf bestimmte Stellen am Monitor und nickten. Ab und zu konnte Riona Gesprächsfetzen aufschnappen. »Unglaublich … hat sich bereits gedreht … der Kopf liegt vor dem Ausgang … längst überfällig … unbegreiflich …«

Weitere spannungsgeladene Minuten vergingen. Dr. Rutherford ließ von Rionas Bauch ab und wandte sich den beiden Ärzten zu.

»Ich schlage vor, wir warten den nächsten Tag ab. Vollzieht sich die Entbindung nicht auf natürlichem Weg, leiten wir sie künstlich ein.«

»Das Baby hätte längst kommen müssen«, sagte Dr. Norten. »Es ist zu riskant, länger zu warten. Wir sollten gleich handeln.«

»Nein, wir warten«, entgegnete Dr. Rutherford. »Keiner von uns weiß, wie sich die Geburt einer artfremden Spezies vollzieht. Wahrscheinlich ist sie noch nicht so weit. Wir sollten nicht voreilig eingreifen. Eine natürliche Entbindung ist immer noch die gesündeste.«

Er sah Dr. Norten scharf an. »Oder übernehmen Sie die Konsequenzen, wenn etwas schiefläuft?« Als keine Antwort kam, wechselte sein Blick zu dem Arzt mit dem arroganten Gesicht.

»Dr. Harder?«

»Ich schließe mich Ihnen an«, sagte er.

»Gut. Dann sind wir uns also einig.« Dr. Rutherford machte ein zufriedenes Gesicht und stand auf.

Die Ärzte hatten das Gespräch in einer Art geführt, als ob Rionas Anwesenheit überhaupt nicht zählte.

Jetzt sah Dr. Rutherford über sie hinweg zur Krankenschwester.

»Machen Sie den Rest und geben Sie ihr etwas zu essen.«

Sein Blick glitt zu Riona herab und umkreiste ihr Gesicht.

»Sie müssen viel trinken. Ihre Lippen sind ausgetrocknet. Schwester Helen wird Ihnen ausreichend Wasser geben. Ich rate Ihnen, alles zu trinken. Denken Sie an das Baby.« Seiner Stimme fehlte jegliche Emotion.

»Was wollen Sie von meinem Baby? Bitte sagen Sie es mir.« Ihre Augen flehten ihn an.

»Es wird ihm nichts geschehen«, war seine knappe Antwort.

Obwohl sie nichts erwiderte, war an ihrem Gesicht zu erkennen, dass sie seinen Worten keinen Glauben schenkte. Die Ärzte entfernten sich in Richtung Ausgang.

»Dr. Rutherford«, Rionas Stimme schallte durch den Raum, »sagen Sie mir die Wahrheit, bitte.« Ein weiteres Mal rief sie seinen Namen, obwohl er bereits verschwunden war. Die Schwester begann, mit dem Zellstoff Rionas Bauch zu säubern. »Sie können herumschreien, solange Sie wollen«, sagte sie nebenbei. »Außer mir wird Sie keiner hören.«

Riona verstummte und sah zu ihr. Obwohl ihr schon längst klar war, dass sie von dieser Person nichts Positives zu erwarten hatte, versuchte sie es dennoch.

»Bitte Schwester Helen. Helfen Sie mir. Machen Sie mich los.«

»Aber natürlich, Schätzchen«, sagte die Schwester ungerührt. »Gleich, wenn wir in Ihrem Zimmer sind. Ich bring Ihnen gleich etwas zu essen und zu trinken.«

»Warum wollen Sie mir nicht helfen?«, fragte Riona verzweifelt.

»Sie machen sich zu viele Gedanken. Glauben Sie mir, Sie sind bei Dr. Rutherford in guten Händen.« Die Schwester warf den Zellstoff in den Mülleimer und fuhr fort. »Er ist ein anerkannter Arzt und eine geachtete Persönlichkeit. Ich selbst bin sein größter Fan.« Bei dem letzten Satz leuchteten ihre Augen auf. Es war offensichtlich, dass sie ihn bewunderte, vielleicht sogar in ihn verliebt war.

Riona gab es auf. Es machte keinen Sinn, mit dieser Frau zu sprechen. Jedes an sie gerichtete Wort war Verschwendung. Scheinbar willenlos ließ sie sich von ihr ins Zimmer zurückbringen.

In der folgenden Nacht schlief Riona kaum. Zu

schwer wogen die Gedanken, um sie einfach abschütteln zu können. Mit Anbruch der Morgendämmerung begab sie sich zum Fenster und blickte hinaus zum Ozean. Die Landschaft vor ihr wirkte verschlafen. Ab und zu flackerte in den Villenfenstern ein Licht auf. Vielleicht standen die Bewohner gerade auf, später würden sie am Frühstückstisch sitzen und dann zur Arbeit fahren. Sie spulten ihr alltägliches Leben ab und konnten nicht ahnen, welch dramatische Ereignisse in ihrer unmittelbaren Umgebung geschahen. Hinter dem vergitterten Fenster des hufeisenförmigen Hauses am oberen Berghang schien die Zeit stillzustehen.

Als das Tageslicht ins Zimmer fiel, ging Riona ins Bad. Zehn Minuten später kam sie geduscht wieder heraus. Vor dem geöffneten Spind stehend holte sie frische Unterwäsche, eine Jeans und eine Bluse heraus, warf alles aufs Bett und zog sich an. Dann stellte sie sich wieder ans Fenster. Sie musste unbedingt herausfinden, wo sie sich befand. Vor dem Haus stand ein ganzer Fuhrpark an Autos, eines davon musste doch mal wegfahren. Sie hoffte, sie könnte dann das Nummernschild lesen.

Hinter der Tür, die zum Korridor führte, tat sich etwas. Gleich darauf wurde sie geöffnet und Schwester Helen bugsierte einen Rolltisch mit dem Frühstück hinein. Im untersten Fach lagen zwei Handtücher und Toilettenartikel. Als sie Riona mit Jeans und Bluse vor dem Fenster stehend entdeckte, verdüsterte sich ihr Gesicht.

»Wollen wir heute wieder einen Aufstand proben?«, giftete sie.

Riona hatte sich bereits zur Tür gedreht, und mit

dem Eintreffen der Schwester war auch ihr Kampfgeist erwacht.

»Wieso Aufstand?«, sagte sie. »Ich sehe nur keinen Sinn darin, den ganzen Tag lang mit einem Nachthemd rumzulaufen. Ich bin nicht krank, sondern schwanger.«

Die Schwester ignorierte die Bemerkungen. »Legen Sie sich wieder ins Bett, solange die Tür offen steht.«

Als Riona nur mit den Augen rollte, stemmte sie die Arme in die Hüften.

»Brauchen Sie Unterstützung, so wie gestern?«, fauchte sie.

Auf die zweifelhafte Hilfe wollte Riona lieber verzichten. Sie ging zum Bett und setzte sich auf die Kante.

»Beine hoch«, wies die Schwester an.

»Du meine Güte, glauben Sie wirklich, ich komme mit meinem Babybauch an Ihnen vorbei, ohne dass Sie mich kriegen?«

Die Schwester lächelte säuerlich. »Die vorlauten Bemerkungen werden Ihnen noch vergehen. Das versichere ich Ihnen.«

Diese Drohung verfehlte ihre Wirkung auf Riona nicht. Sie tat, was von ihr verlangt wurde. Das Gesicht der Schwester blieb unbewegt, während sie den Tisch zum Bett rollte. Sie leerte das untere Fach und ging mit den Badeutensilien im Arm ins Badezimmer, während die Zimmertür noch immer offen stand. Wenig später kam sie mit dem Badetuch, das Riona vorhin benutzt hatte, wieder heraus.

»Sie können sich wieder hinsetzen«, sagte sie.

»Lassen Sie sich's schmecken. In einer halben Stunde bin ich zurück.« Ihre Stimme klang nicht im Mindesten freundlich.

Riona überkam eine Idee. »Könnte ich bitte zum Frühstück eine Tageszeitung bekommen?«

»Wir haben keine Zeitung«, schnarrte die Schwester.

»Sie könnten mir doch eine besorgen. In der Mittagspause, wenn Sie spazieren gehen.«

»Ich gehe nirgendwohin.« Die Schwester drehte sich um und machte ein paar Schritte zur Tür.

»Das würde Ihnen aber guttun«, rief ihr Riona hinterher. »Sie sehen so wie«, fast wäre ihr das Wort: Käse aus dem Mund geschlüpft, sie konnte es gerade noch zurückhalten. Den Satz ließ sie unvollendet, als ihr ein neuer Einfall kam.

»Und einer von Ihren Kumpels?«, fragte sie und ergänzte: »Ich meine, Ihre netten Kollegen von gestern. Könnten die mir eine Zeitung besorgen?«

Die Schwester blieb stehen, sah zu Riona und ihre Mundwinkel zuckten. »Glauben Sie mir, Schätzchen. Ich lass mich nicht für dumm abstempeln. Ich weiß ganz genau, worauf Sie aus sind.«

Riona fühlte sich überrumpelt. »Dann sagen Sie mir doch einfach, wo ich bin. Ist das hier noch Hawaii?«

»Ich werde den Teufel tun und Ihnen etwas sagen, wozu ich nicht berechtigt bin. Fragen Sie doch Dr. Rutherford oder Dr. Norten.« Sie drehte sich um und ging weiter.

»Vielen Dank für den tollen Tipp. Darauf wäre ich nie gekommen«, rief Riona ihr hinterher.

Die Tür fiel ins Schloss. Riona musste sich

endgültig eingestehen, dass Schwester Helen ein absolut harter Brocken war. Schon gestern hatte sie eindrucksvoll gezeigt, dass mit ihr nicht zu Spaßen war. Der Duft von frisch aufgebrühtem Kaffee stieg zu ihr auf. Auf einem Teller lagen vier Brötchenhälften, belegt mit Käse oder beschmiert mit Honig. In einer Müslischale stapelten sich frische Obststücke. Neben einem Glas Orangensaft stand eine Tasse mit dampfendem Kaffee. Die Milch hatte man bereits ungefragt hineingetan. Riona verspürte keinen Hunger, obwohl sie seit einem Tag nichts mehr gegessen hatte. Aber sie wusste, sie musste etwas zu sich nehmen. Ihrem Baby zuliebe wollte sie wenigstens ein Brötchen und das Obst essen – jedoch ganz bestimmt nicht auf dem Bett sitzend. Sie stand auf und rollte den Tisch zum Fenster. Ein kurzer Blick nach draußen zeigte ihr, dass sich vor dem Haus noch immer nichts tat.

Sie nahm ein Honigbrötchen in die Hand und lehnte sich mit der rechten Schulter an die Wand. In der Position konnte sie durchs Fenster sehen und das Geschehen vor dem Haus verfolgen. Nebenbei aß sie das Brötchen und trank den Kaffee.

Auf einmal kam hinter dem Haustrakt ein Mann im orangefarbenen Overall hervor. Mit festen Schritten überquerte er den Rasen und steuerte auf das Rondell zu. In der linken Hand baumelte ein Kunststoffeimer, in der anderen hielt er eine Harke. Es konnte nur der Gärtner sein.

Vor Aufregung begann Rionas Herz zu pochen. Sie schmiss das Brötchen auf den Tisch und klopfte mit den Fäusten gegen die Fensterscheibe.

»Hallo, hier bin ich«, rief sie. »Hallo, ich bin

hier oben.« Immer wieder pochte sie gegen die Scheibe, doch der Mann schien es nicht zu hören. Vielleicht war er nur zu weit von ihrem Fenster entfernt, vermutete sie.

Mit jedem Schritt kam er näher. Riona ließ die Arme sinken und wartete auf einen günstigeren Zeitpunkt, um sich bei ihm bemerkbar zu machen. Ihre Augen waren konstant auf den Gärtner gerichtet. Er hatte das Rondell erreicht, zwängte sich durch die Büsche und stellte den Eimer ab. In gebückter Haltung machte er sich an einer Pflanze zu schaffen. Rionas Fenster lag genau über ihm. Er brauchte nur nach oben zu sehen.

Gerade wollte sie wieder gegen die Scheibe trommeln, als eine Limousine zwischen den Bäumen auftauchte und auf die Auffahrt zusteuerte. In der Frontscheibe spiegelten sich die Palmen, an denen sie vorbeifuhr. Somit konnte Riona nicht sehen, wer hinter dem Lenkrad saß. Aber das Nummernschild war deutlich zu erkennen. Es war weiß mit einer Sonne im Hintergrund. Ganz oben stand das Wort: California, es folgte eine siebenstellige Zahlenreihe und das Wort: Los Angeles.

Riona holte tief Luft und stieß sie hörbar wieder aus. Das ist es, endlich hatte sie es herausgefunden. Sie war in L.A. – fünf Flugstunden von Maui entfernt. Doch ihr blieb keine Zeit, weiter darüber nachzudenken. Die Limousine hatte gerade das Rondell umfahren und hielt vor dem Haus neben einem Geländewagen. Die Tür öffnete sich und ein Mann stieg aus: groß, schlank, schneeweiße Haare, grauer Hosenanzug. Ein eiskalter Schauer durchlief sie. Diesen Mann kannte sie nur zu gut – es war der Albino. Jetzt richtete sich der Gärtner auf, sah zum Albino herüber und rief ihm etwas zu. Riona konnte es nicht verstehen, nur am Gesicht des Gärtners war abzulesen, dass es etwas Freundliches sein musste. Der Albino ging zum Rondell und startete eine Unterhaltung mit dem Gärtner. Nach einigen Minuten drehte er sich um und schritt auf das Haus zu.

Plötzlich stoppte er, hob den Kopf und sah zu Riona hinauf. Sein kalkweißes Gesicht zeigte keine Regung. Sie hatte das Gefühl, ihr Herz setzte einen Schlag aus. Es waren nur wenige Sekunden, in denen sie sich in die Augen sahen, ihr kam es aber wie eine Ewigkeit vor. Der Albino senkte den Kopf und setzte seinen Weg fort. Kurz darauf verschwand er aus ihrem Blickfeld.

Sie ließ sich mit dem Rücken gegen die Wand fallen. Ihr Atem ging stoßweise. Den Anblick des Mannes, der sie in die Gefangenschaft gebracht hatte, konnte sie nur schwer verkraften. Natürlich hätte sie damit rechnen müssen, ihm hier zu begegnen. Schließlich war er ein Teil des Ganzen hier. Dennoch war sie in dem Moment, als es geschah, nicht darauf vorbereitet gewesen. Ihr Blick glitt über die Schale mit dem Obst und das angebissene Brötchen. Sie rührte nichts mehr an, das Essen würde ihr im Hals steckenbleiben. Als eine halbe Stunde später die Schwester zurückkam, stand Riona noch immer am selben Fleck. Inzwischen hatte sich ihre Aufregung gelegt.

Kopfschüttelnd betrachte die Schwester den Rest des Frühstücks. »Wenn Sie weiterhin so wenig essen, werden Sie kaum Kraft für morgen haben. Eine Entbindung ist kein Zuckerschlecken, Schätzchen, und Ihre Entbindung schon gar nicht.«

»Danke, dass Sie mich daran erinnern«, erwiderte Riona. »Ich hätte es glatt vergessen. Außerdem esse ich das Obst später.« Der eigensinnige Unterton in Rionas Stimme prallte bei der Schwester ab.

»Was ist mit dem Saft?«, fragte sie.

»Den trinke ich selbstverständlich noch.«

Die Schwester nahm das Glas und die Schale, brachte beides zum Nachtschrank und stellte es dort ab. Dann kam sie zurück, drehte Riona den Rücken zu und rollte den Tisch Richtung Tür.

»Was passiert heute mit mir?«, rief Riona ihr nach.

»Gar nichts.«

»Und was soll ich die ganze Zeit im Zimmer machen?«

Über die Schulter hinweg blickte die Schwester zu ihr.

»Sie haben sich doch selbst in diese Lage gebracht. Wie kann man sich auch mit einem Amphibienmenschen einlassen.« Mit ausgestrecktem Daumen deutete sie zur Zimmerdecke. »Schicken Sie ein Stoßgebet zum Himmel und bitten Sie Gott um Erlösung, falls Sie an ihn glauben.« Dann war sie draußen und schlug hinter sich die Tür zu.

Riona war wieder allein – eine Gefangene zwischen vier kahlen Wänden. Sie ging zum Bett, setzte sich auf die Kante und starrte ins Leere. Niemals zuvor hatte sie sich derart hoffnungslos gefühlt. Eine Hoffnungslosigkeit, die ihr Inneres von Minute zu Minute mehr ausfüllte, alle anderen

Gefühle verdrängte und den Verstand blockierte. Erst eine Stunde später konnte sie sich aus diesem narkotischen Zustand befreien. Die nächste Stunde bestand nur aus Gedanken. Sie dachte an ihre Mutter und an Hagen. Sicherlich hatten sie schon auf dem Handy angerufen und machten sich jetzt Sorgen. Wer weiß, was sie inzwischen unternommen hatten, um sie zu suchen. Ganz gleich, was es auch sein mochte, es würde erfolglos bleiben.

Dann weilten ihre Gedanken bei Argon und ihr Herz begann zu schmerzen. Hoffentlich ging es ihm gut. Wenn er doch nur kommen könnte, um sie von hier fortzubringen. Aber so sehr sie es sich auch wünschte, er würde nicht kommen. Er wusste ja noch nicht einmal, dass sie um die halbe Welt zu ihm geflogen war. Ob sie ihn jemals wiedersehen würde?

Die Sonnenstrahlen drangen durch das Fenstergitter und tänzelten auf den Fußboden. Riona stand auf und ging im Zimmer auf und ab, um die verspannten Muskeln zu lockern. Sie fühlte sich wie ein gefangenes Tier, das seine täglichen Runden im Käfig drehte.

Die Angst vor dem nächsten Tag war wieder da und dieses Mal gelang es ihr nicht, es zu unterdrücken. Morgen war es soweit. Morgen würde Dr. Rutherford die Entbindung künstlich einleiten. Die Ärzte würden ihr das Baby nehmen und wer weiß, was sie ihm antun würden. Intuitiv begann sie, den Bauch zu streicheln. Es war unverkennbar, dass ihr Baby nicht von allein das Licht der Welt erblicken wollte – als wüsste es von der lauernden Gefahr da draußen.

Vor dem Fenster blieb sie stehen und sah hinaus. Es hatte zu regnen begonnen. Dicke Tropfen prasselten auf die Autodächer. Die Blumen bogen ihre Köpfe unter der Last des herabfallenden Wassers. In Los Angeles blühten die Blumen auch im Winter, während auf Hamburgs Straßen der Schnee tobte.

Ihr Blick wanderte über die Landschaft in der Hoffnung, sie hätte etwas übersehen, an das sie sich erinnerte. Von ihren früheren Reisen als Flugbegleiterin kannte sie L.A. ziemlich gut. Jetzt fiel ihr ein, dass die Berge bei L.A. gar nicht so dicht am Ozean standen, wie es hier der Fall war. Dieser Ort musste außerhalb der Stadt liegen.

In Gedanken ging sie alle Orte durch, die sie in der Nähe kannte. Ihr fiel nur einer ein, der dem hier ähnelte: Malibu. Vor einem Jahr hatte sie dort am Strand gelegen und gebadet. Damals waren ihr auch die Berge mit den traumhaft schönen Villen aufgefallen. Die Wahrscheinlichkeit war groß, dass sie in Malibu war. Sie wandte sich vom Fenster ab. Es machte keinen Sinn, sich immer wieder damit zu beschäftigen, wo sie gerade war. Wollte sie nicht morgen früh ihr Baby experimentierfreudigen Ärzten überlassen, musste sie nach einem Ausweg suchen. Sie musste von hier fort. Und zwar schnellstens.

In den nächsten zwei Stunden entwickelte sie Pläne zur Flucht und verwarf sie wieder. Letztendlich führte es nur zu einem Ergebnis, das auch noch abenteuerlich war. Sie musste die Schwester überrumpeln. Eine Gelegenheit bot sich, wenn Schwester Helen das Abendessen brachte.

Allerdings würde die Schwester von ihr verlangen, sich zuerst auf das Bett zu legen. Die Chance, mit ihrem Bauchumfang aufzuspringen und an ihr vorbei bis zur Tür zu kommen, war faktisch gleich null. Vor ihrem geistigen Auge spulte Riona nochmals den Verlauf des heutigen Vormittages ab. Die Schwester hatte den Rolltisch mit dem Frühstück ans Bett geschoben und die Zimmertür offengelassen. Anschließend war sie ins Bad gegangen, um die Handtücher zu wechseln. Es hatte nur zwei Minuten gedauert, aber innerhalb dieser Zeit war Riona unbeaufsichtigt gewesen. Sie entschied, der kurze Moment musste zur Flucht ausreichen. Sollte es glücken, musste sie unbemerkt aus dem Haus kommen. War auch das geschafft, würde sie zuerst zu den Autos laufen. Vielleicht steckte in einem der Zündschlüssel. Das Gelände war von einer Mauer gesichert. Aber es musste auch eine Einfahrt geben, die vielleicht offen stand.

Riona atmete tief durch. Auch wenn sie sich eine übermäßige Portion an Optimismus zulegen würde, musste sie sich letztendlich eingestehen, dass der Erfolg ihres Vorhabens äußerst gering war. Dennoch würde sie es morgen wagen. Ihr fiel ein Spruch ihrer Mutter ein: Wenn du siegen willst, setze alles auf eine Karte. Riona hatte nur diese eine Karte, dafür aber den unbändigen Willen zu siegen.

***

Am nächsten Morgen öffnete Schwester Helen die Tür und schob den Rolltisch mit dem Frühstück ins Zimmer. Sie entdeckte Riona, die angezogen auf dem Bett lag und ihr zulächelte. Nur für einen Moment zeigte das Gesicht der Schwester einen Anflug von Erstaunen, dann fand es zu seinem gewohnt geschäftstüchtigen Ursprung zurück.

»Guten Morgen«, sagte Riona in einem bewusst höflichen Ton. Rein äußerlich schien sie gelassen zu sein. Nur das aufgeregte Flackern in ihren Augen zeigte, wie es wirklich um sie stand. Mit einem flüchtigen Blick zur Tür vergewisserte sie sich, dass sie wie erhofft offen stand.

Die Schwester erwiderte den Gruß und rollte den Tisch vor das Bett. »Heute mal zur Abwechslung keinen Aufstand? Sind Sie endlich zur Vernunft gekommen?«

»Ja, bin ich«, log Riona.

Die Schwester machte ein zufriedenes Gesicht. »Um so besser. Sie sollten mit uns kooperieren, der Aufenthalt wird für Sie leichter.«

»Sie haben ja so Recht.« Riona spürte, sie hatte mit der Antwort etwas übertrieben, denn sie erntete einen misstrauischen Blick. Intuitiv verzog Riona den Mund zu einem unschuldigen Lächeln.

Es erzielte die erhoffte Wirkung: Schwester Helen schien keinen Verdacht zu schöpfen. Sie bückte sich kurz und holte zwei Handtücher aus dem unteren Fach heraus. Zum ersten Mal schien sie guter Laune zu sein, und zu Rionas Verblüffung wurde sie sogar gesprächig.

»Heute ist Ihr großer Tag«, sagte sie. »Meine beiden Kollegen und ich können es kaum erwarten. Dr. Rutherford ist auch schon eingetroffen.«

»Und die zwei anderen Ärzte?«

»Dr. Harder wird wohl in einer Stunde hier sein.

Dr. Norten ist wegen einer dringenden Sache noch verhindert. Darum wurde Ihre Entbindung auch auf fünfzehn Uhr verschoben.«

»Wie spät ist es jetzt?«

Die Schwester schaute auf ihre Armbanduhr. »Neun Uhr und Zeit für Ihr Frühstück. Sie haben Glück, Sie hätten heute eigentlich darauf verzichten müssen.«

Abrupt setzte sich Riona auf. Ihre aufgesetzte Gelassenheit war wie weggefegt.

»Wieso?«, fragte sie gespannt.

»Ihre Entbindung war für elf Uhr vorgesehen. So kurz davor gibt es natürlich kein Essen mehr. Wegen der Presswehen.«

»Sie hätten mir wirklich kein Frühstück gebracht?«, vergewisserte sich Riona nochmals.

Die Fragerei schien die Schwester zu nerven, denn ihre Stirn kräuselte sich. »Das sagte ich doch bereits. Ich wäre eine Stunde vor dem Termin gekommen und hätte Sie mitsamt dem Bett in den OP-Raum geschoben.«

Riona konnte nicht fassen, was sie gerade gehört hatte. Nur durch eine Fügung des Schicksals war ihre Flucht nicht schon gescheitert, bevor sie überhaupt begonnen hatte.

»So, Schätzchen. Nun stärken Sie sich erst einmal«, sagte die Schwester. »Anschließend ziehen Sie Ihr Nachthemd wieder an. In Jeans wird nicht entbunden.«

»Ja, das mach ich«, sagte Riona wie ein braves Kind, das den Anweisungen seiner Mutter folgte.

Gleich war es soweit, dachte sie. Unwillkürlich beschleunigte sich ihr Herzschlag.

Mit den Handtüchern im Arm durchquerte die Schwester das Zimmer, aufmerksam beobachtet von Riona. Bis jetzt lief alles perfekt. Endlich war die Schwester im Bad verschwunden und der Zeitpunkt für Rionas Flucht gekommen. So schnell, wie sie es mit dem Babybauch konnte, schälte sie sich aus dem Bett. Dann lief sie zur Tür, die hinaus auf den Gang führte.

In dem Augenblick, als sie die Badezimmertür passierte, trat Schwester Helen heraus. Die Augen der Schwester weiteten sich vor Überraschung, sie stieß einen unartikulierten Schrei aus. Das Handtuch glitt aus ihrer Hand, im gleichen Atemzug machte sie einen Satz auf Riona zu, um nach ihr zu greifen. Nur einen Blusenzipfel erwischte sie, an dem sich ihre Hände festkrallten. Riona stolperte über ihre eigenen Beine, fast wäre sie gestürzt. Die Schwester hing noch immer an ihr dran, als wollte sie um keinen Preis der Welt loslassen. Riona aber war nicht bereit, kampflos aufzugeben. Sie drehte sich um, holte aus und schlug ihr mit ganzer Kraft die geballte Faust ins Gesicht. Die Schwester schwankte wie ein Schiff in Seenot, ihr Kopf prallte gegen die Türkante. Dann fiel sie auf den Boden, lag mit verdrehtem Oberkörper vor dem Bad und rührte sich nicht mehr. Riona sah zu ihr herab.

»Meine Entbindung ist für dich gestrichen. Und nenn mich nie wieder Schätzchen.«

Ihr Blick schwenkte zum Ausgang und sekundenlang horchte sie in das Haus hinein. Alles blieb still. Anscheinend hatte niemand den Vorfall bemerkt. Erst jetzt spürte sie den Schmerz in der

Hand, die stark gerötet war und wie Feuer brannte. Zu allem Unglück regte sich plötzlich das Baby in ihr. Instinktiv legte sie die Hände auf den Bauch.

»Bitte, bitte, Kassian. Du darfst jetzt nicht kommen«, flüsterte sie. »Bleib noch in mir.«

Sie wusste nicht, ob sie damit etwas bewirken konnte, aber sie hatte auch keine Zeit mehr, sich darum zu kümmern. Sie musste schnellstens hier raus, bevor ihre Flucht entdeckt wurde.

In wenigen Schritten hatte sie die Türschwelle erreicht. Vorsichtig streckte sie den Kopf vor und spähte nach draußen. Der Korridor war wie leergefegt. Auf der rechten Seite entdeckte sie eine Treppe, die nach unten führte. Um dorthin zu gelangen, musste sie zwei Türen passieren. Sie lief los. Die erste Tür war geschlossen, aus der zweiten drangen Männerstimmen auf den Gang. Kurz davor blieb sie stehen. In ihrem Kopf ratterten die Gedanken, wie es jetzt weitergehen sollte. Sie hatte keine Wahl, sie musste an den Männern vorbei.

Plötzlich klingelte ein Telefon. Gleich darauf hörte sie Schritte im Raum vor sich, jemand sagte etwas, das sie nicht verstand. Sie konnte nur hoffen, die Männer wären jetzt abgelenkt.

Auf Zehenspitzen wagte sie sich zwei Schritte vor – gerade so viel, um in das Zimmer sehen zu können. Ein Mann im Hosenanzug stand an einem Tisch und hatte ihr den Rücken zugekehrt. Er war es auch, der telefonierte. Mit seinem Körper verdeckte er halb den anderen, der hinter dem Tisch im Sessel saß. Dessen Gesicht konnte sie nicht sehen, sondern nur einen Teil seines Jacketts und seine schneeweiße Hand auf der Armlehne.

Das allein genügte, um bei ihr eine Gänsehaut zu erzeugen. Es war der Albino.

Ihren ganzen Mut zusammennehmend, schlich sie an der Tür vorbei. Sie hatte das Gefühl, ihr Herz würde so laut pochen, das Geräusch müsste über den gesamten Korridor schallen. Aber ihre Flucht blieb noch immer unbemerkt. Endlich hatte sie die Treppe erreicht. Das Herabsteigen fiel ihr schwer. Eine Hand lag auf dem Bauch, mit der anderen stützte sie sich am Geländer ab. Wenig später stand sie unten in der Eingangshalle. Der Fußboden bestand aus hellem Marmor. Ein riesiger Kronleuchter spiegelte sich in seinem Glanz. Rechts und links führte jeweils ein Gang in die Außentrakte des Gebäudes. Gegenüber der Treppe befand sich die Haustür – der Weg in die Freiheit. Sie lief darauf zu, drückte auf die Klinke und betete gleichzeitig darum, dass die Tür nicht verschlossen war. Die Tür ließ sich problemlos öffnen und die frische Morgenluft zog durch den Spalt ins Haus.

Auf einmal drang aus dem oberen Stockwerk eine schrille Frauenstimme zu Riona herunter. Die Frau schrie, als würde man sie abstechen. Jemand rannte oben über den Korridor. Männer brüllten. Türen wurden geschmissen. Das Chaos war ausgebrochen. Riona wusste, was das zu bedeuten hatte. So schnell es ging, musste sie das Haus verlassen, sonst war alles umsonst gewesen. Sie schlüpfte durch die Tür, doch schon nach dem ersten Schritt blieb sie stehen. Ein Geländewagen kam die Auffahrt hochgefahren. Der Weg nach draußen war ihr versperrt.

Umgehend floh sie zurück ins Haus. Ihr Blick schnellte nach links und rechts. Ganz gleich, welche Richtung sie wählte, sie kannte sich hier nicht aus. Sie entschied sich für den linken Korridor und rannte los entlang an weißen Wänden und vorbei an weißen Türen.

Der Krach auf der oberen Etage ebbte nicht ab. Zu all dem Pech, das Riona ereilt hatte, stürmte auch noch jemand die Treppe herunter. Sie lief zur nächstliegenden Tür und wollte sie aufstoßen, aber sie war verschlossen. Dann zur nächsten Tür – auch verschlossen.

Panische Angst flammte in ihr auf. Gleich würde ihr Verfolger die Eingangshalle erreichen und sie entdecken. Ihre letzte Rettung war die Tür, die sie gerade erreichte – sie ließ sich öffnen. Sie schlüpfte in den dahinterliegenden Raum und schloss die Tür. Mit dem Rücken an die Wand gelehnt, rang sie nach Atemluft. Sie war am Ende ihrer Kräfte angelangt, dennoch blieb ihr keine Zeit sich auszuruhen. Ihr Blick durchforstete das Zimmer auf der Suche nach einem geeigneten Versteck. Der Einrichtung nach konnte es sich um ein Labor handeln. Auch der Geruch von Konservierungsmitteln trug dazu bei. Dennoch wirkte alles im Raum auf Riona seltsam. Den Mittelpunkt bildete ein wuchtiger Tisch, auf dem mindestens zwanzig Reagenzgläser standen. Sie waren unterschiedlich breit und hoch, manche waren so groß wie Bottiche. Von allen ging dieser strenge Geruch aus.

Riona hatte nicht die Zeit, sich mit dem Inhalt der Gläser zu beschäftigen. Rasch glitt ihr Blick weiter auf die linke Raumseite und blieb an einem Operationstisch hängen. Der Tisch war so gestellt, dass der Operateur von beiden Seiten seinen Eingriff vornehmen konnte. Die Liegefläche war mit einem weißen Laken bedeckt. Am Gestell befanden sich zwei gepolsterte Armlehnen. Ledergurte rundeten das schauerliche Bild ab. Über dem Tisch schwebten von der Decke kommende Strahler und furchteinflößende Geräte. An einem chromfarbenen Ständer hingen Schläuche unterschiedlicher Größe.

Dies ist ein gruseliger Raum, dachte sie. Ihr Blick schwenkte auf die rechte Raumseite. Als Erstes fiel ihr ein zwei Meter hoher Koloss auf, eingehüllt in einem Tuch. Den Konturen nach konnte es sich um eine Säule handeln. Die Wand dahinter war mit Schränken zugestellt, die bis zur Decke reichten. Zwischen ihnen war eine Lamellentür eingelassen, schmal und farblich auf die Schränke abgestimmt. Einem oberflächlichen Betrachter würde es noch nicht einmal auffallen.

Draußen auf dem Korridor tat sich etwas. Jemand lief den Gang entlang und rüttelte an den Türklinken. Seine Schritte kamen näher.

Riona zuckte zusammen, gleich musste ihr Verfolger hier sein. Sie durfte keine Zeit mehr verlieren. Noch einmal überflog ihr Blick den Raum. Es gab nur eine Möglichkeit sich zu verstecken. Sie lief zur Lamellentür, riss sie auf und blickte in den dahinterliegenden Raum. Es war eine kleine Abstellkammer. Beide Seiten waren mit Regalen zugestellt, in denen Kartons lagerten. Der Mittelbereich bot gerade mal Platz für einen Menschen.

Ohne weitere Überlegungen zwängte sie sich hinein und schloss die Tür.

In dem Moment betrat jemand das Labor.

Die Spalten zwischen den Lamellen reichten Riona aus, um das Geschehen im Raum vor ihr zu verfolgen. Ein Mann trat an den Tisch und blieb dort stehen. Sein Kopf drehte sich langsam in alle Richtungen. Es war der Albino.

Riona presste die Lippen aufeinander, um nicht durch ein unachtsames Geräusch auf sich aufmerksam zu machen.

Der Albino umrundete den Tisch. Sein Blick fiel auf die Schränke, zwischen denen Riona in ihrem Versteck hockte. Ihre Beine begannen zu zittern, ihr Herzschlag glich einem Trommelwirbel.

Regungslos stand der Albino da und schien zu lauschen, während seine Augen starr auf eine Stelle der Schrankwand gerichtet waren. Dann zuckte er mit den Schultern und begann, den Raum Richtung Ausgang zu durchqueren. Nach ein paar Schritten entschwand er aus Rionas Blickfeld. Gleich darauf hörte sie das Einrasten des Türschlosses.

Erleichtert atmete sie auf. Keiner von ihren Verfolgern würde so schnell auf die Idee kommen, nochmals hierher zu kommen. Vorerst durfte sie hier sicher sein. Aber wie sollte es jetzt weitergehen? Sie entschied, vorsichtshalber noch eine Weile in ihrem Versteck zu bleiben. In der Kammer war es zwar ungemütlich und die Pappkartons verströmten einen muffigen Geruch, doch es war auszuhalten. Später würde sie herauskommen und auf dem Korridor die Lage erkunden. Vielleicht hatte sich der Albino inzwischen nach oben verzogen und sie konnte zur Haustür laufen. Der Weg in die Freiheit war noch immer erreichbar.

Urplötzlich knallten zwei Handflächen gegen die Lamellen. Davor stand der Albino und starrte mit seinen wässrigblauen Fischaugen durch einen Spalt zu ihr rein. Sie schrie auf und wich bis zur Wand zurück. Die Tür wurde aufgerissen und ehe sie reagieren konnte, hatte sie der Albino am Arm gepackt. Er zerrte sie heraus, seine Hand saß fest wie eine Zange. Mit ganzer Kraft versuchte sie ihn abzuwehren, aber sie konnte nichts gegen ihn ausrichten. Er bog ihren rechten Arm auf den Rücken, jeglicher Widerstand wurde damit aussichtslos. Sie erkannte es und gab auf.

»Hast du wirklich gedacht, du kannst mir entkommen?« Seine Stimme war kalt.

»Lass mich los, du Kalkeimer.« Ihr Oberkörper war leicht nach vorn gekrümmt, als könnte sie damit den Schmerz in ihrem verdrehten Arm reduzieren. Er lachte hart auf.

»In deiner Situation solltest du dir Frechheiten verkneifen.«

»Lass mich los, hab ich gesagt«, keuchte sie.

Ihr Mut schien ihn zu beeindrucken, denn er ließ von ihr ab und ihr Arm fiel zur Seite. Sie warf einen raschen Blick zum Ausgang.

Mit zwei Schritten stellte er sich zwischen ihr und der Tür. Er verschränkte die Arme vor der Brust. »Denk erst gar nicht darüber nach. Es klappt nicht.«

Wütend sah sie ihn an. Gegen ihn kam sie nicht an, das wurde ihr vollends bewusst.

»Hör mir gut zu«, sagte er. »Dr. Rutherford möchte, dass ich dich in einem Stück bei ihm abliefere. Es gibt zwei Möglichkeiten: Du reißt dich jetzt zusammen und wir gehen wie zwei zivilisierte Menschen zu ihm, oder ich muss den Griff von vorhin anwenden.«

»Dr. Rutherford wird das nicht gefallen«, stieß sie hervor.

Der Albino zuckte gleichgültig mit den Schultern. »Er wird es akzeptieren müssen. Also, was willst du?«

»Dass Sie mich in Ruhe lassen.«

»Den Gefallen kann ich dir nicht erweisen«, er machte einen Schritt auf sie zu und umfasste ihr Handgelenk. »Na los, gehen wir.«

Scheinbar willenlos ließ sie sich von ihm abführen. Ihr Blick war konstant auf den Tisch gerichtet, an dem sie gleich vorbeikommen würden. Als es soweit war, griff sie zum nächststehenden Reagenzglas, drehte sich zum Albino und schleuderte es in seine Richtung. Sie hatte sein Reaktionsvermögen unterschätzt. Er warf seinen Kopf in den Nacken, das Glas sauste an ihm vorbei und fiel mit einem klirrenden Geräusch auf den Fußboden, wo es zerbrach. Eine beißend riechende Flüssigkeit lief aus und bildete eine Pfütze.

»Miststück!« Er ließ sie los, holte mit einem Arm aus und schlug ihr mit der Handfläche ins Gesicht.

Der Schlag zeigte Wirkung. Sie prallte rückwärts gegen die Tischplatte. Einige Reagenzgläser gerieten ins Wanken. Er machte einen Schritt auf sie zu und wollte nach ihr greifen. In letzter

Sekunde konnte sie sich auf die Seite drehen. Dann rannte sie in Richtung Säule. Kurz davor holte sie der Albino ein. Er wollte sie von hinten an den Schultern packen, erwischte aber nur ihren Rücken und verabreichte ihr ungewollt einen Stoß. Sie fiel gegen die Säule. Intuitiv suchten ihre Hände Halt an dem Tuch, doch es war vergebens. Sie stürzte zu Boden und riss dabei das Tuch herunter, unter dem sie vollständig begraben wurde.

»Was zum Teufel ist hier los!« Dr. Rutherford stand auf der Türschwelle. Sein Blick überflog den Scherbenhaufen, schwenkte zu Riona und grub sich dann in das Gesicht des Albinos ein.

»Es ist alles in Ordnung«, entgegnete der Albino, vollkommen Herr der Situation. »Sie hatte sich in dem Schrank dahinten versteckt.« Er wies mit dem Kopf auf die Lamellentür.

Zwischen Dr. Rutherfords Augenbrauen bildete sich eine tiefe Falte.

»Sie sollten mit ihr vorsichtig sein. Habe ich mich vorhin nicht klar genug ausgedrückt?«

Bewusst gelassen begann der Albino, sein verrutschtes Hemd unter dem Jackett zurechtzurücken. Er schien wenig Respekt für den Arzt zu haben.

»Es ist nichts passiert. Es geht ihr gut«, sagte er.

»Gehen Sie und warten sie draußen«, herrschte ihn der Arzt an. Kommentarlos befolgte der Albino die Anweisung.

Inzwischen konnte sich Riona von dem Tuch befreien und war aufgestanden. Die Ereignisse hatten bei ihr Spuren hinterlassen. Die Bluse war an einem Ärmel aufgerissen, die Haare zerzaust. Mit hängenden Schultern stand sie da. Sie war bestürzt. Sie hatte alle Hoffnungen begraben, von hier wegzukommen. Sie hatte verloren – den Kampf um ihre Flucht, den Kampf um ihr Baby.

Dr. Rutherford stand noch immer im Türrahmen. Sein Gesicht wirkte wie versteinert, während seine Augen auf Riona ruhten.

»Sie haben für ziemlichen Wirbel gesorgt. Ganz erstaunlich, wenn man Ihren derzeitigen Zustand bedenkt. Anscheinend haben wir Sie unterschätzt.« Als sie darauf nicht reagierte, fuhr er fort: »Wollen wir hoffen, dass unser Baby den Trubel gut überstanden hat.«

Riona straffte die Schultern und sah ihm voll ins Gesicht. Sollte auch alles verloren sein, ihren Mut hatte sie sich bewahrt. »Es ist nur mein Baby«, sagte sie mit fester Stimme. Dem Arzt schien ihr Auftreten nicht zu beeindrucken.

»Nun, Sie werden darüber anders denken, wenn Sie alles erfahren haben.«

»Wie meinen Sie das?«

Langsam kam er auf sie zu und blieb neben dem Tisch stehen. Er sagte kein Wort, als ob er die Spannung noch herauszögern wollte. Die ganze Zeit über ließ er sie nicht aus den Augen.

»Bei unserer Untersuchung mussten wir feststellen, dass Ihr Baby anders ist als andere. Es besitzt eindeutig eine Fischhaut.« Er machte eine Pause, um die Wucht seiner Worte auf Riona wirken zu lassen, dann fuhr er fort: »Es tut mir leid, Ihnen das sagen zu müssen. Sie werden dieses Wesen niemandem zeigen können. Noch nicht einmal Ihrer Mutter.«

Das traf Riona bis ins Mark. Schon längst war ihr klar geworden, dass ihr Baby anders war. Jedoch wollte sie das nur auf seine zukünftigen Fähigkeiten beziehen. Ganz bewusst hatte sie es vermieden, über sein Äußeres nachzudenken. Sie hatte sich eingeredet, es würde schon alles gut werden. Nun servierte ihr der Arzt die schonungslose Wahrheit. Wie erstarrt stand sie da, unfähig zu antworten.

In Dr. Rutherfords Gesicht kam Regung, die steinerne Fassade bröckelte von ihm ab. Er hätte fast gütig ausgesehen, wenn nicht der harte Blick seiner Augen geblieben wäre.

»Ich möchte Ihnen keinen Schmerz zufügen.« Sogar seine Stimme hatte einen mitfühlenden Ton angenommen. »Ich bin selbst Vater von zwei Töchtern und kann nachvollziehen, wie Sie sich gerade fühlen. Aber Sie brauchen das alles nicht allein durchzustehen. Wir helfen Ihnen. Das Beste wird sein, wenn Sie uns das Wesen überlassen. Ich versichere Ihnen, bei uns ist es in guten Händen.« Sein Gesicht deutete ein Lächeln an.

»Wenn das hier vorbei ist, werden Sie die kurze Episode Ihres Lebens schnell vergessen haben. Sie sind noch jung, werden sich neu verlieben. Und Sie können noch immer gesunde Kinder bekommen.« Während er auf sie zuging, streckte er einen Arm zu ihr aus. »Kommen Sie. Ich bringe Sie auf Ihr Zimmer. Dort können Sie sich ausruhen.«

Unwillkürlich wich Riona zwei Schritte zurück. Sie stand jetzt direkt neben der Säule.

»Ich werde Ihnen mein Baby nicht geben«, rief sie aus. »Niemals. Es ist mir egal, wie es aussieht.

Und ich werde es ganz bestimmt nicht Verbrechern überlassen.«

Abrupt stoppte der Arzt und sein Arm sank herab. Damit erstarb auch sein Lächeln.

»Ihre Sicht auf uns ist interessant. Sie sehen uns also als Verbrecher an. Wir selbst ziehen die Bezeichnung Wissenschaftler vor.«

»Sie sind keine Wissenschaftler. Sie haben mich verschleppt«

Rionas Augen blitzten vor Kampfgeist auf. »Gegen meinen Willen halten Sie mich hier fest, und Sie wollen mir das einzig Wichtige in meinem Leben nehmen.«

»Das ist Ihre Sichtweise der Dinge«, erwiderte er ungerührt. »Wie heißt es doch so schön? Der Zweck heiligt die Mittel.«

Riona hatte keine Ahnung, was er damit andeuten wollte. An ihrer Mimik war zu erkennen, dass sie sich auf das Schlimmste gefasst machte.

»Sie verstehen mich nicht«, sagt er. »Also werde ich es Ihnen erklären.« Er ging zum Tisch zurück und setzte sich halb auf die Kante. Die Finger seiner rechten Hand glitten spielerisch über den Rand eines Reagenzglases.

»Meine beiden Kollegen und ich haben uns schon seit vielen Jahren der Stammzellenforschung verschrieben. Wir kombinieren Zellen von Menschen mit denen von Tieren. Unser Ziel ist es, ein Mischwesen zu erschaffen. Es wird einmal die Intelligenz des Menschen und die Fähigkeiten von Tieren in sich vereinen.«

Über Rionas Rücken lief ein kalter Schauer. »Das ist Wahnsinn«, stieß sie hervor.

Zwei Sekunden lang zuckten seine Mundwinkel herablassend, dann wurde sein Gesicht ausdruckslos. Er hob vom Tisch eine Glasröhre von der Größe einer Weinflasche auf. Sein Blick richtete sich zuerst auf den Inhalt, dann sah er zu Riona.

»Der Mensch ist die intelligenteste Art auf unserer Erde. Er ist intelligenter als ein Adler, dennoch kann er nicht fliegen. Er ist intelligenter als ein Tiger, trotzdem vermag er nicht, so schnell zu rennen. Wir werden einen Menschen erschaffen, der das alles kann. Es ist nur eine Frage der Zeit.«

Seine Augenbrauen hoben sich und sein Blick wurde forschend.

»Können Sie sich vorstellen, wie vollkommen dieser Mensch sein wird?«

Voller Entsetzten starrte sie ihn an. »Ich will mir das nicht vorstellen.«

Dr. Rutherford lächelte kalt. »Nun, wenn Ihnen dazu die Fantasie fehlt, konfrontiere ich Sie mit der Realität.« Er hielt ihr die Röhre entgegen.

»Nehmen Sie und sehen Sie hinein.« Als Riona darauf nicht reagierte, deutete er ein Kopfnicken an.

»Kommen Sie ruhig, ich werde Sie nicht anfassen. Ich möchte Ihnen nur ein Resultat unserer Forschung zeigen. Und haben Sie keine Angst vor dem, was Sie gleich sehen werden. Es lebt nicht mehr.«

Ihre Neugier siegte über ihre Bedenken, in eine Falle zu geraten. Sie ging zu ihm, nahm schnell die Röhre und wich wieder zurück. Sie hob die Röhre etwas an und sah durch das Glas in das Innere hinein. Unwillkürlich stockte ihr der Atem. Die

Röhre war randvoll gefüllt mit einer durchsichtigen Flüssigkeit. Ein seltsames Tier lag auf dem Boden. Es hatte die Körperform, den schuppigen Schwanz und das harte Fell einer Ratte. Doch der Kopf war der eines kleinen Hundes – eines Chihuahuas. Die Augen hatten jeglichen Glanz verloren, sie wirkten so stumpf wie geröstete Kaffeebohnen. Die Ohren waren gespitzt, als würde er lauschen. Das Fell war von der Flüssigkeit vollgesogen. Das armselige Tier hatte man in dem Konservierungsmittel regelrecht eingelegt wie eine Gurke im Gewürzglas. Der Anblick war so schaurig, Riona bekam eine Gänsehaut.

»Das ist ekelhaft.« Schnell stellte sie die Röhre auf den Tisch und mied dabei die restlichen Reagenzgläser. Wer weiß, welche Abscheulichkeiten darin steckten. Sie wischte sich die Handflächen an der Hose ab, als wären sie beschmutzt worden.

Dr. Rutherford hatte sie genau beobachtet. Jetzt schüttelte er den Kopf, als fühlte er sich unverstanden.

»Das ist ganz und gar nicht ekelhaft. Sie neigen zur Übertreibung. Dieses Tier ist lediglich ein Beweis dafür, dass unterschiedliche Lebensformen miteinander gekreuzt werden können.« Er nahm ein anderes Reagenzglas in die Hand, betrachtete den Inhalt und stellte es auf den Tisch zurück. Dann sah er wieder zu Riona.

»Was unsere Experimente betrifft, haben wir uns lange Zeit im Kreis gedreht. Bis jetzt war es uns nicht gelungen, Mensch und Tier erfolgreich zu kreuzen. Alle Exemplare zeigten Defekte auf und waren letztendlich unbrauchbar.« Auf sein Gesicht trat ein eigenartiges Lächeln, das Riona nicht deuten konnte. »Aber wir verzeichnen Fortschritte«, sagte er und fuhr fort: »Vor fünf Monaten haben wir unsere Forschungsmethoden neu ausgerichtet. Ohne es zu wissen, haben Sie selbst einen Teil dazu beigetragen.«

Seine Äußerungen verwirrten sie noch mehr. Noch immer lächelnd wies er mit einer Handbewegung auf eine Stelle hinter ihr. »Die Antwort auf alles finden Sie dort. Drehen Sie sich um und schauen Sie selbst.«

Sie befolgte seine Anweisung. Vor ihr stand ein zwei Meter hohes Reagenzglas, das sie irrtümlicherweise für eine Säule gehalten hatte. In ihm steckte ein Amphibienmann, vollkommen nackt. Es war offensichtlich, dass er tot war. Er schien in dem Konservierungsmittel förmlich zu schweben.

Durch Rionas Körper fuhr ein Schock und ließ ihre Knie erzittern. Dennoch konnte sie den Blick nicht von ihm abwenden. Die menschliche Haut hing ihm in Fetzen herab, als hätte sie jemand heruntergerissen. Silbrige Fischhaut schimmerte hervor. Über den Rumpf verlief eine senkrechte Narbe. Anscheinend hatte man ihn aufgeschlitzt, um in sein Inneres zu sehen, und anschließend mit groben Stichen wieder zugenäht. Die Augen waren weit aufgerissen, als starrten sie in eine weite, leere Welt.

Es dauerte Minuten, bis sich Riona von dem alptraumhaften Anblick befreien konnte.

»Was haben Sie ihm angetan?« Ihre Stimme klang brüchig.

Dr. Rutherford ignorierte die Frage. »Sehen Sie doch, wie einzigartig schön seine Fischhaut ist. Ein Meisterwerk der Evolution.«

»Nein«, sagte sie kopfschüttelnd, »ich werde da nicht mehr hinsehen.« Eine tiefe Trauer erfasste sie.

Den Arzt schienen ihre Gefühle nicht weiter zu berühren, denn er verzog keine Miene.

»Möchten Sie nicht wissen, wie er zu uns gelangte?« Als Riona nichts erwiderte, sagte er in einem bestimmenden Tonfall: »Natürlich wollen Sie es wissen. Schließlich sind Sie die Geliebte von einem wie ihm. Das Schicksal dieser Kreaturen dürfte Ihnen somit am Herzen liegen.« Er sah kurz auf seine Armbanduhr und fuhr fort: »Bis zur Entbindung bleibt uns ausreichend Zeit. Also hören Sie gut zu, was ich Ihnen jetzt erzähle.«

Er stemmte die Handflächen auf den Tisch und überkreuzte die Füße. »Letzten Sommer sagte uns ein Informant, auf Hawaii würden sich seltsame Dinge abspielen. Es wurde eine Fischhaut gefunden, die mit einer Menschenhaut verwachsen war. Wir entschlossen uns, dem nachzugehen, und schickten jemanden hin. Sein Name ist unwichtig, nennen wir ihn einfach unseren Mr. Albino. Er ist wirklich gut im Recherchieren. Bald hatte er die Fährte der schwarzgekleideten Fremden aufgenommen. Allerdings konnte er nicht herausfinden, wo sie sich versteckten.«

Dr. Rutherford sah Riona prüfend an. »Aber Sie wissen es, nicht wahr?«

Mit ganzer Kraft konzentrierte sie sich darauf, sich die Erleichterung nicht anmerken zu lassen.

Die Ärzte kannten nicht den Aufenthaltsort der Meeresjäger. Argon war vorerst sicher.

Fünf Sekunden wartete der Arzt auf ihre Antwort. Als sie ausblieb, sagte er mit Nachdruck in der Stimme: »Nun, Sie werden es uns sagen müssen.« Im ruhigen Ton sprach er weiter: »Kommen wir zu unserer Geschichte zurück. Vor einigen Monaten war es Mr. Albino gelungen, einen von ihnen mit einem Schuss in den Rücken zu betäuben und in unser Haus zu bringen. Schnell machten wir dem Amphibienmenschen klar, dass er seine gesamte Sippschaft in Gefahr brächte, wenn er sich per Telepathie mit ihnen in Verbindung setzen würde. Wir sagten ihm, wir würden nur darauf warten und wären darauf vorbereitet. Der arme Tropf glaubte uns natürlich.« Dr. Rutherford machte ein Gesicht, als amüsierte ihn etwas.

»Diese Amphibienmenschen halten zusammen wie Pech und Schwefel. Er wollte sich lieber umbringen lassen, als sein Volk zu gefährden.«

»Er ist nicht so verdorben wie Sie«, warf Riona ein.

Der Vorwurf prallte an ihm ab, er sprach ungerührt weiter: »Mit einem Schlag kamen wir unserem Ziel ein erhebliches Stück näher. Die Amphibienmenschen haben außergewöhnliche Fähigkeiten. Wir wollten wissen, wie ihre Körper funktionieren, und begannen, unseren Freund eingehend zu studieren.«

Sein Blick glitt an Rionas Körper entlang, ruhte eine Sekunde lang auf ihrem Bauch und heftete sich auf ihr Gesicht. Er sprach weiter: »Inzwischen hatte Mr. Albino Ihr Techtelmechtel mit einem

Amphibienmann beobachtet. Unser weißhaariger Freund folgte Ihnen nach Hamburg. Kurze Zeit später informierte er uns, dass Sie schwanger waren.«

Ein kaltes Lächeln trat auf sein Gesicht. »Eine bessere Nachricht konnte er uns gar nicht bringen. Ohne es zu wissen, machten Sie uns ein Geschenk. Ein einzigartiges Baby. Den vollkommenen Menschen. Wir brauchten nichts weiter zu tun, als abzuwarten. Mr. Albino erhielt die Anweisung, Sie nach Weihnachten zu schnappen.«

Er stieß einen kurzen, harten Lacher aus. »Aber es kam noch besser. Nach Weihnachten setzten Sie sich ins Flugzeug und reisten nach Maui. Unser Geschenk kam von allein zu uns, sozusagen per Luftpost. Und jetzt sind Sie hier. Mit einem Geschenk, das wir dankend annehmen.«

»Sie werden mein Baby nicht kriegen!« Die Geschichte hatte sie erschüttert. Fünf Monate lang wurde sie verfolgt, ohne es zu ahnen.

»Wir werden es nicht kriegen? Was für ein Unsinn. Wir haben es faktisch schon.«

Er deutete kurz auf die Säule. »Um die Geschichte zu vervollständigen, will ich Ihnen erzählen, was wir mit dem Dummkopf dort angestellt haben. Ab sofort spielte er für uns nur noch eine untergeordnete Rolle, denn wir nahmen jetzt Sie ins Visier. Natürlich interessierte er uns weiterhin und er musste uns auch für etliche Tests zur Verfügung stehen. Wie Sie sehen können, haben wir ihn aufgeschlitzt, um seine Organe zu studieren. Zuvor wollten wir jedoch die Funktion seiner Hautatmung überprüfen. Wie lange konnte er unter

Wasser bleiben, ohne zwischendurch Luft zu holen?« Er hielt kurz inne und sagte dann: »Nun, er hielt lange durch. Sehr lange. Irgendwann versagte er. Wir ließen ihn ertrinken.«

Riona öffnete den Mund, als wollte sie schreien, aber kein Laut drang heraus. Der Arzt schien sich für ihre Gefühlsregung nicht zu interessieren.

»Es ist schon seltsam«, sagte er. »Die ganze Zeit über verhielt er sich vollkommen ruhig.« Sofort korrigierte er sich: »Das stimmt nicht ganz. Ich erinnere mich, während unseres Verhörs stammelte er etwas. Es war immer dasselbe Wort, ich glaube ein Name: Narla.« Er zuckte gleichgültig mit den Schultern und fuhr fort: »Vielleicht dachte er gerade an seine Liebste oder an seine Schwester. Wen interessiert das schon.« Damit endeten seine Ausführungen.

Mit gesenktem Kopf stand Riona da, Tränen tropften ihr auf die Bluse. Dr. Rutherford musterte sie flüchtig.

»Sie sind zu weich für diese Welt, wenn Sie schon der Tod einer nichtssagenden Kreatur berührt.«

»Es sind keine Kreaturen!« Sie hob den Kopf und sah ihn mit einem gequälten Blick an. »Es sind Lebewesen wie wir. Sie haben Verstand und Gefühle – menschliche Gefühle. Das kann Sie nicht kaltlassen. Warum tun Sie ihnen das an?«

Er sah kurz zum Tisch und ließ seinen Blick über die Reagenzgläser schweifen. Seine Augen begannen zu funkeln, wie bei einem Fanatiker.

»Ruhm, Geld und Macht mögen für Sie niedere Beweggründe sein«, sagte er. »Jedoch denken die meisten Menschen nicht so edel. Ich gebe es zu, auch ich kann mich dem Wunsch nach Ruhm nicht entziehen. Sollte es mir gelingen, der Welt einen vollkommenen Menschen zu präsentieren, werden ich mich im Glanze meines Ruhmes baden. Glauben Sie mir, das Streben nach Ansehen kann eine ungeheure Motivation sein.«

Nach einem erneuten Blick auf seine Armbanduhr erhob er sich und kam zu ihr.

»Genug jetzt. Unser Mr. Albino bringt Sie aufs Zimmer, damit Sie sich ausruhen können. Ich rate Ihnen dringend davon ab, nochmals Stress zu machen. Reizen Sie mich nicht, die Folgen wären für Sie fatal.« An seinen Augen erkannte Riona, dass seine letzte Bemerkung tödlicher Ernst war.

***

Die verabreichte Infusion zeigte Wirkung, die Wehen setzten ein. Riona lag in einem weißgetünchten Zimmer, ihre Handgelenke waren mit Lederriemen ans Bett gefesselt. Neben ihr stand die Hebamme, eine Frau über fünfzig mit herbem Gesicht. In klaren Sätzen gab sie Anweisungen:

»Schließen Sie die Augen. Jetzt pressen Sie. Pressen!«

Die Schiebetür zum angrenzenden Zimmer stand offen. Von dort drangen die Stimmen von Dr. Rutherford und seinen beiden Kollegen zu Riona herüber. Die Abstände zwischen den Wehen verkürzten sich. Das anfänglich leichte Ziehen im Rücken wurde wuchtig, dann schneidend und weitete sich auf den gesamten Unterleib aus. Jede

Wehe wurde zu einem Peitschenhieb. Dennoch: Das Baby wollte nicht kommen. Die Hebamme versuchte ihr Bestes. Sie drückte die Hände in Rionas Oberbauch, als wollte sie damit dem Baby einen herben Schubs verpassen. Auch das half nicht. Es hatte den Anschein, als krallten sich seine Finger im Mutterleib fest. Riona schrie vor Schmerzen. Die Hebamme wurde nervös und rief nach Dr. Rutherford, der umgehend auf der Türschwelle erschien. Sofort erfasste er die Situation und trat ans Bett.

»Ich schaffe es nicht«, sagte die Hebamme. »Das Baby steckt fest.«

Mühsam hob Riona den Kopf und sah zum Arzt. Er ignorierte sie und wies die Hebamme an, zur Seite zu treten. Rionas verzweifelter Blick ging hin und her zwischen den beiden. Die nächste Wehe setzte ein. Sie schloss die Lider, im gleichen Atemzug verkrampfte sich ihr Gesicht. Sie presste. In dem Moment stieß Dr. Rutherford seine Fäuste in ihren Bauch und drückte mit roher Gewalt den Kopf des Babys heraus. Die Hebamme packte zu, und mit der nächsten Wehe war das Baby draußen.

Ein Schrei durchdrang die Stille – es klang unmenschlich – wie ein Raubtierbaby, das sich angegriffen fühlt. Dann wurde es still im Raum.

Riona war am Ende ihrer Kräfte. Ihr Körper war in Schweiß gebadet, die Haare klebten an den Wangen und ihr Atem ging schwer. Nur mit Anstrengung konnte sie den Kopf heben, um nach dem Baby zu sehen. Dr. Rutherford und die Hebamme standen am Ende des Raumes vor einem Tisch und hatten ihr den Rücken zugekehrt. Riona konnte erkennen, dass sie etwas in ein weißes Tuch einwickelten.

»Bitte, bitte, geben Sie mir mein Baby!«, rief sie aus. Ihr Flehen prallte an ihnen ab wie der Schall an einer Mauer. Die Hebamme hob das Lakenbündel auf und ging damit zur Tür.

»Bitte, bitte. Geben Sie mir mein Baby!« Riona wollte aufstehen, doch die Fesseln an ihren Handgelenken hinderten sie daran. Ihr Körper bäumte sich auf, sie zerrte an den Gurten, dann fiel sie kraftlos auf das Laken zurück.

Dr. Rutherford kam zu ihr. »Beruhigen Sie sich. Sie haben alles überstanden. Sie werden gleich gesäubert und versorgt. Anschließend können Sie sich auf Ihrem Zimmer ausruhen.« Er drehte sich um und ging.

***

Den Rest des Tages und die Nacht lag Riona apathisch im Bett. Sie spürte den Verlust ihres Babys, als hätte man ihr eine Körperhälfte abgehauen. Seit Beginn ihrer Schwangerschaft hatte sie versucht, ihr Kind zu beschützen. Nun war es nicht mehr da. Geblieben war nur der Schmerz.

Als die ersten Lichtstrahlen des neuen Morgens ins Zimmer fielen und die Schatten der Nacht verdrängten, fand sie zu sich selbst zurück. Sie setzte sich im Bett auf und strich die zerzausten Haare aus dem Gesicht. Jetzt war nicht die Zeit, noch länger im Kummer zu zerfließen. Sie musste sich zusammenreißen, auch wenn es ihr noch so schwerfiel. Die erste Runde im Kampf um ihr

Baby hatte sie verloren, aber sie war bereit für die zweite Runde. Sie liebte ihr Baby über alles und so lange sie es noch konnte, würde sie nach ihm suchen. Gedankenverloren starrte sie in den Raum hinein. Ihre Fantasie malte die schlimmsten Horrorbilder von dem aus, was die Ärzte ihm antun könnten. Sie fragte sich auch, was ab sofort mit ihr selbst geschehen würde. Für die Ärzte hatte sie doch ihre Pflicht erfüllt.

Es klopfte an der Tür, die gleich darauf aufging. Ein jugendliches Mädchen schob den Rolltisch mit dem Frühstück hinein. Der zierliche Körper steckte in einem hellblauen Kittel. Die blonden Haare waren zu einem Seitenzopf gebunden, und auf dem sommersprossigen Gesicht lag ein unverfälschtes Lächeln.

»Guten Morgen.« Die Stimme des Mädchens klang frisch und hell.

Riona erwiderte den Gruß mit vorsichtiger Zurückhaltung.

Das Mädchen rollte den Tisch ans Bett und blieb stehen.

»Ich bin Lydia, aber alle nennen mich Lilly. Herzlichen Glückwunsch zur Geburt deines Babys.«

Riona glaubte, sich verhört zu haben. Hatte das Mädchen keine Ahnung, was hier eigentlich vor sich ging, oder war es einfach nur naiv? »Wo ist Schwester Helen?«

»Sie ist gestürzt und hat eine Gehirnerschütterung.«

Riona unterdrückte ein Grinsen. »Bist du neu hier?«

Das Mädchen nickte. »Ich arbeite eigentlich in Dr. Rutherfords Klinik in L.A., weil Schwester Helen ausfällt, soll ich sie vertreten.« Sie verzog das Gesicht, dann plapperte sie weiter: »Ich hoffe, ich krieg das hin, denn ich bin im ersten Lehrjahr. Dr. Rutherford meinte, die Arbeit wäre leicht. Ich bin übrigens mit ihm verwandt.«

»Bist du seine Tochter?«

»Nein, er hat keine Kinder. Ich bin seine Nichte.«

»Ach wirklich? Zu mir sagte er, er hätte zwei Töchter.«

»Du hast dich bestimmt verhört. Mein Onkel hat zwei Schwestern.« Plötzlich legte sich Lilly eine Hand auf den Mund.

»Was ist?«, fragte Riona.

»Eigentlich darf ich nicht mir dir reden«, erklärte Lilly. »Mein Onkel meinte, du brauchst absolute Ruhe, weil die Geburt so anstrengend für dich war. Mist, ich hab es voll vergessen.«

»Ach, das macht doch nichts«, sagte Riona schnell. »Es bleibt unter uns. Außerdem geht es mir schon besser.«

Lilly wirkte erleichtert. In ihrer Stimme schwang Mitgefühl mit, als sie weitersprach: »Mein Onkel meinte, du hast keine Verwandten. Darum kommt dich auch niemand besuchen.«

»Das hat er gesagt? Hat er sonst noch etwas über mich gesagt?«

»Nein, nichts weiter.« Lilly zögerte, während ihr Blick das Frühstück überflog. »Ich geh jetzt lieber. Ich will keinen Ärger bekommen. Den Tisch hole ich nachher wieder raus.«

Riona sah ihr hinterher, wie sie mit federleichten Schritten aus dem Raum zu schweben schien. Als die Tür zufiel, erhellte sich ihr Gesicht zum ersten Mal nach langer Zeit. Mit dem unerwarteten Auftauchen des unwissenden Mädchens glaubte sie, einen Hoffnungsschimmer am dunklen Horizont zu entdecken. Vielleicht konnte sie Lillys Vertrauen gewinnen. Vielleicht konnte Lilly zu einem Bindeglied zwischen ihr und dem Baby werden.

Rionas Blick wanderte über vier fertig geschmierte Brötchenhälften. Seit über zwanzig Stunden hatte sie nichts mehr gegessen, dennoch verspürte sie keinen Hunger. Trotzdem wollte sie essen, um zu Kräften zu kommen. Wahllos griff sie nach einem Brötchen und biss hinein.

Eine halbe Stunde später klopfte es wieder an der Tür. Lilly kam zurück mit einer Vase, in der Rosen steckten.

»Die hab ich eben im Garten gepflückt. Du bekommst doch sonst keine Blumen. Ich stell sie auf den Nachttisch.«

»Oh, wie nett von dir«, sagte Riona etwas übertrieben. Sie fingerte aus der Vase eine Rose heraus und schnupperte daran. »Sie duftet wunderschön.«

Lilly war anzusehen, wie sehr sie sich darüber freute. »Brauchst du sonst noch etwas?«

»Hast du mein Baby gesehen?«

Unwillkürlich begann Rioas Herz zu trommeln.

»Leider nein«, sagte Lilly kopfschüttelnd. »Es sieht bestimmt wunderschön aus. Vielleicht darf ich es mir morgen ansehen.«

Rionas Hand mit der Rose sank auf die Decke. Ihre Augen flehten das Mädchen förmlich an.

»Bitte geh zu meinem Baby. Du musst rausfinden, ob es ihm gutgeht.«

»Warum sollte es ihm schlechtgehen?«, fragte Lilly unbekümmert. »Ich weiß auch gar nicht, in welchem Zimmer es liegt. Soll ich meinem Onkel sagen, du hast dich wieder erholt? Vielleicht bekommst du dein Baby heute schon.«

Riona versuchte, ihre Enttäuschung über die unbefriedigende Antwort zu verbergen. Sie sagte: »Das ist wirklich nett von dir, aber nicht nötig. Man wird mich bald untersuchen und sehen, dass ich.« Sie vollendete den Satz nicht, als ihr ein neuer Gedanke kam. »Weißt du, ob heute alle Ärzte im Haus sind?«

»Ja. Wieso?«

»Was machen sie gerade?«

»Keine Ahnung. Sie haben sich in ein Zimmer verkrümelt.« Lilly machte sich am Rolltisch zu schaffen und ordnete das Geschirr. Dann sah sie wieder zu Riona. »Ich muss den Tisch zurückbringen. Also, bis später.« Vor der Tür angekommen, drehte sie sich noch einmal um und lächelte. Dann war sie draußen.

Riona hatte eine innere Unruhe erfasst. Sie konnte nicht mehr still sitzen. Sie musste stehen und sich bewegen. Barfuß und im Nachthemd ging sie im Zimmer auf und ab. Sie stellte sich ans Fenster, doch ihre Unruhe trieb sie von dort fort. Wieder durchwanderte sie das Zimmer, hockte sich auf die Bettkante, stand wieder auf. Die Sorge um ihr Baby ließ sie nicht mehr los. Sie hoffte, die Ärzte würden nichts mit ihm anstellen. Sie hoffte, es würde friedlich in einem Bettchen schlafen. Sie hoffte, sie könnte hier schnellstens herauskommen und es finden.

Das Mittagessen brachte unerwartet einer der Männer, mit denen sie am ersten Tag unliebsame Bekanntschaft gemacht hatte. Er wirkte mürrisch und schenkte Riona keine Beachtung. Sie war verwirrt. Die Frage nach Lillys Verbleiben brannte ihr auf den Lippen, doch sie schwieg lieber. Jede unvorsichtige Bemerkung konnte den Kontakt zu dem Mädchen gefährden.

Dr. Rutherford erschien in der Tür. Seine linke Hand umklammerte eine Milchpumpe. Seine Augenbrauen hoben sich, als er Riona am Fenster stehen sah.

»Wie ich sehe, haben Sie sich von der Geburt erstaunlich schnell erholt. Aber Sie sollten nicht im Nachthemd herumspazieren.« Er kam zu ihr.

Rionas Puls war bei seinem Anblick in die Höhe geschnellt. Nur mit Anstrengung konnte sie sich zur Ruhe zwingen. In ihrem Hals steckte ein Kloß von der gefühlten Größe eines Fußballs. Unmöglich, jetzt etwas zu sagen.

Er deutete auf die Milchpumpe. »Es wird Zeit, dass Sie Ihren Mutterpflichten nachkommen.«

Riona räusperte sich, damit endlich der Kloß verschwand. »Was soll ich machen?«

Anscheinend war es Dr. Rutherford nicht gewohnt, seine Anweisungen zu wiederholen, denn seine Stirn kräuselte sich.

»Ihr Sprössling weigert sich, irgendeine Flüssignahrung zu sich zu nehmen. Allem Anschein nach steht er auf Ihre Naturkost.«

Seine Sätze bewegten Riona tief. Mein Baby

braucht mich, dachte sie gerührt und bedrückt zugleich. Sie sah den Arzt beschwörend an.

»Ich kann mein Baby stillen. Bitte bringen Sie mich zu ihm.«

»Ich sagte Ihnen bereits, Sie sollten sich seinen Anblick ersparen.«

»Das kann ich selbst entscheiden. Bitte, Dr. Rutherford. Geben Sie mir mein Baby.«

»Hier treffe ich die Entscheidungen!«

Er wandte sich von ihr ab, ging zum Bett und stellte die Milchpumpe auf den Nachttisch. Dann drehte er sich wieder zu ihr. »In einer Stunde ist die Flasche gefüllt. Tun Sie, was ich von Ihnen verlange, und lassen Sie Ihr Baby nicht länger hungern.«

Riona erwiderte nichts. Erst als die beiden Männer den Raum verlassen hatten, ging sie zum Nachttisch und tat, was man von ihr erwartete. Sie dachte dabei nur an ihr Kind und stellte sich vor, wie es zufrieden an seinem Fläschchen saugte. Für diese kurze Zeit war sie fast glücklich. Danach setzte ihr inneres Martyrium voller quälender Gedanken wieder ein. Stundenlang hockte sie auf dem Bett und starrte ins Leere.

Zum Abendessen tauchte wieder Lilly mit dem Rolltisch auf. Auf ihrem Gesicht schienen die Sommersprossen zu tanzen. Ihre Erscheinung war wie ein frischer Windhauch, der durchs Zimmer wehte.

»Ich hab etwas gefunden, was dir gehört«, sagte sie. Sie positionierte den Tisch an der richtigen Stelle und zog Rionas Koffer aus dem unteren Fach heraus.

Riona war überrascht. »Ist meine Handtasche auch dabei?«

»Wieso, ist die auch weg?« Lilly machte ein verblüfftes Gesicht. Als Riona es bestätigte, schüttelte sie verständnislos den Kopf. »Du meine Güte, dich hat es aber voll erwischt. Aber ich werde deine Tasche suchen. Versprochen.« Ihre Mundwinkel verzogen sich zu einem breiten Grinsen.

Riona bemerkte es und hakte nach: »Ist noch was?«

»Ich hab eine supertolle Nachricht für dich.«

»Und die wäre?«

»Ich hab dein Baby gesehen.«

»Was?« Unwillkürlich erhöhte sich Rionas Herzschlag.

»Ach, das ist so ein schöner Junge«, sagte Lilly. »Was für blaue Augen er hat. Und seine Haut ist samtweich. Voll schön.«

Die Worte des Mädchens verwirrten Riona. Das kann nicht sein, dachte sie. Mein Baby ist anders. Es ist nicht menschlich. Dr. Rutherford hat es mir doch gesagt.

Lillys Stimme riss sie aus ihren Gedanken. »Und? Was sagst du jetzt?«

»Bist du sicher, dass es mein Baby ist?«

»Aber natürlich«, beteuerte Lilly fröhlich, »ich weiß es, weil es hier nur ein Baby gibt. Und weißt du, was ganz erstaunlich ist? Dein Baby duftet nach Zitrus.«

Mit einem Sprung war Riona aus dem Bett. Sie hüpfte im Kreis herum. Sie schickte mit gefalteten Händen ein Stoßgebet zur Zimmerdecke. Mein Baby ist menschlich, jubelte sie in Gedanken. Und sie hatte immer gewusst, dass es ein Junge war. Ihr Kassian war menschlich, menschlich, menschlich. Die Ärzte hatten sie nach Strich und Faden belogen. Aber jetzt war alles herausgekommen. Sie hätte losschreien können vor Glück.

Mit ausgebreiteten Armen lief sie auf Lilly zu und drückte sie.

»Du rastest ja voll aus.« Kichernd versuchte das Mädchen, sich aus der Umarmung zu befreien.

Riona ließ von ihr ab. Auf ihren Wangen hatten sich rote Flecken gebildet und sie schien aus dem Inneren heraus zu strahlen.

»Bitte. Erzähl mir alles ganz genau. Wo ist er? Wie geht es ihm?«

Lilly warf einen Blick zur Tür. »Ich sag es dir, wenn du dich wieder einklinkst. Wenn das rauskommt, kriege ich mit meinem Onkel voll Ärger.«

»Okay, ich reiß mich zusammen. Ich setz mich hier aufs Bett und hör dir einfach nur zu.« Sie nahm wieder Platz. Ihr Blick hing an Lillys Lippen, als durfte ihr gleich kein Wort entgehen.

»Also gut, aber es muss schnell gehen«, sagte das Mädchen. »Der Kleine liegt unten in einem Kinderbett. Ich durfte ihn sogar windeln. Die Flasche mit deiner Milch hab ich ihm auch gegeben. Du meine Güte, hatte der einen Zug drauf. Ratzfatz war die Flasche leer. Die ganze Zeit über hat er mich mit seinen blauen Augen so eigenartig angesehen.« Sie überlegte kurz und sprach dann weiter: »Eigentlich können Babys in den ersten Tagen noch nicht sehen. Bei ihm hatte ich das Gefühl, er starrt mir direkt ins Gesicht.«

Lillys Worte erwärmten Rionas Herz. Ihr Baby

war menschlich, doch es kam auch nach seinem Vater. Wenn Argon doch nur hier wäre – wie schön müsste es sein, wenn sie jetzt alle drei zusammen wären.

Das Klingeln eines Handys riss Riona aus ihren Träumen. Lilly fingerte es aus der Kitteltasche heraus, hielt es an ihr Ohr und sprach mit jemandem. Riona bekam mit, dass sie sich mit einer Freundin für den nächsten Abend verabredete.

Nach einigen Minuten legte Lilly das Handy auf den Tisch und sah wieder zu ihr.

»Übrigens hab ich heute früh vergessen, deine Handtücher zu wechseln, tut mir voll leid. Ich hab jetzt frische mit, außerdem eine neue Milchpumpe.«

»Okay«, sagte Riona wie geistesabwesend. Ihre Augen waren konzentriert auf das Handy gerichtet.

»Ich geh schnell ins Bad«, sagte Lilly.

Riona nickte wortlos. Sie hatte einen Entschluss gefasst und ihre Gedanken waren nur noch damit beschäftigt. In dem Augenblick, als das Mädchen durch die Tür ins Badezimmer verschwand, griff sie zum Handy und versteckte es unter dem Kissen. Gleich darauf erschien Lilly wieder.

»Ich hab jetzt Feierabend. Also wundere dich nicht, wenn nachher jemand anders kommt.«

»Dann bis morgen«, sagte Riona tonlos.

Als sich Lilly entfernte, schien sie an ihr Handy nicht mehr zu denken. Riona betete darum, das Mädchen möge endlich draußen sein. Vor der Türschwelle blieb Lilly stehen und drehte sich um.

Riona stockte der Atem. Jetzt merkt sie, dass sie etwas vergessen hat, dachte sie.

»Guten Appetit beim Abendessen. Die Brote hab ich dir geschmiert«, sagte Lilly fröhlich.

»Super. Vielen Dank.« Riona bemühte sich um ein Lächeln. Es wurde zu einer Grimasse. Auf was wartest du noch, dachte sie, geh doch endlich.

Das Mädchen trat durch die Tür, kurz darauf rastete das Schloss ein. Riona warf das Kopfkissen zur Seite und nahm das Handy. Ihre Finger zitterten, als sie auf die einzelnen Tasten drückte. Dann hielt sie sich das Handy ans Ohr und lauschte. Ein Klingelzeichen ertönte, ein zweites. Und noch einmal. Bitte geh ran, flehte sie in Gedanken.

»Hallo?«, hörte sie eine bekannte Stimme. Sie sprang vom Bett hoch.

»Hagen!«, rief sie aus.

»Riona? Mein Gott, wo steckst du? Weißt du eigentlich, was ich mir für Sorgen mache?« Er schien genau so aufgeregt zu sein wie sie selbst.

Voller Hast begann sie zu berichten: Von Argons Bildern im Museum. Von ihrer Reise nach Maui und dem Geschehen in Argons Haus. Hagen erfuhr, dass sie einen Sohn hatte, der so menschlich war wie jedes andere Baby auch. Immer weiter sprach sie, über ihre Ängste um Kassian und ihre Sorge, was mit ihr selbst passieren könnte. Sie sprach abgehackt, manche Sätze blieben unvollendet. Dennoch verstand Hagen alles und er erkannte den Ernst der Lage. »Ich rufe sofort bei der Polizei in L.A. an.«

»Nein, mach das nicht«, beschwor sie ihn. »Vielleicht würden sie mich hier rausholen. Aber dann würde auch alles andere herauskommen, und Kassian und Argon wären in Gefahr.«

»Riona, anscheinend begreifst du nicht, dass du es bist, die in Gefahr ist«, erwiderte er. »Du bist den Ärzten im Weg. Und du weißt zu viel, als dass sie dich gehen lassen würden. Wenn wir nicht schnell handeln, werden sie dich vielleicht töten.«

Seine Worte erregten sie noch mehr. Ihr Brustkorb hob und senkte sich in schneller Abfolge. »Ich weiß. Aber es geht nicht mehr nur um mich. Hagen, bitte. Wenn dir unsere Freundschaft wichtig ist, dann rufst du auf keinen Fall bei der Polizei an.« Sekundenlang herrschte Schweigen.

»Wie du willst«, seiner Stimme war anzumerken, dass er sich ihrer Entscheidung nur widerstrebend fügte. »Dann steig ich in den nächsten Flieger und komme zu dir.«

»Okay.« Riona atmete hörbar durch. »Aber wie willst du mich finden? Ich glaube, ich bin in Malibu. Irgendwo oben in den Bergen.«

Hagen schwieg wieder und sagte dann: »Ich komme auf jeden Fall, später sehen wir weiter. Ich versuche, den nächsten Flieger zu erwischen. Kannst du mich morgen wieder anrufen?«

»Ich weiß nicht, ob es möglich ist«, erwiderte sie. »Lilly wird ihr Handy vermissen. Sie wird wissen, wo sie es liegengelassen hat.«

»Streite alles ab«, riet er ihr. »Es ist wichtig, dass wir in Verbindung bleiben.«

»Okay. Ich versuche es.« Ihre Augen füllten sich mit Tränen. »Kannst du meine Mutter anrufen und ihr sagen, dass es mir gutgeht?«

»Das ist keine gute Idee«, sagte er. »Wir sollten ihr keine falschen Hoffnungen machen. Außerdem, wie soll ich ihr erklären, wo du gerade steckst? Sie wird sich nicht mit einer ausweichenden Antwort zufriedengeben.«

Riona schluckte. »Du hast Recht. Vielen Dank, dass du mir hilfst.«

»Das ist doch selbstverständlich. Schließlich bist du meine beste Freundin.«

»Dann bis morgen.« Sie nahm das Handy vom Ohr. Nach dem Gespräch fühlte sich schon etwas besser. Zwar tendierte die Chance, dass Hagen sie hier rausholte, gegen null. Dennoch war es ein kleiner Lichtblick, aus dem sie neue Hoffnung schöpfte.

Nach dem Abendessen ging sie duschen. Aus dem Spind holte sie eine Jeans, eine Bluse und schwarze Stoffschuhe heraus und zog sich an. Das Nachthemd lag zusammengeknüllt auf den Badfußboden. Sie hatte nicht vor, es jemals wieder zu tragen. Vor dem Fenster stehend beobachtete sie den Sonnenuntergang. Es hatte den Anschein, als ob der Ozean den Feuerball verschluckte. Die Abenddämmerung legte sich wie Nebelschwaden über die Villendächer.

Plötzlich knallte es im Erdgeschoss. Wie ein gewaltiger Donnerschlag, der die Wände im Zimmer vibrieren ließ. Sie fuhr zusammen. Abrupt drehte sie sich um und lauschte in das Hausinnere hinein. Sie hörte eilige Schritte auf dem Korridor. Unten brüllte ein Mann. Dann fielen Schüsse – ein Aufschrei. In das Durcheinander mischte sich immer wieder ein dumpfes Dröhnen, als ob Türen auf den Boden prallten. Männer schrien sich etwas zu. Wieder waren Schüsse zu hören. Wie erstarrt stand Riona im Zimmer und sah konstant zur Tür, als würde von dort ein Unheil auf sie einbrechen. Das Blut pochte heftig in ihren Adern. Sie konnte nur ansatzweise erahnen, was sich unten im Haus abspielte. Aber das Getöse und das Gebrüll waren beängstigend.

Auf einmal hob sich, wie von unsichtbarer Hand, die Zimmertür aus den Angeln und krachte auf den Fußboden. Rionas Haare wirbelten auf, als wäre ein Windstoß hindurchgefahren. Auf der Türschwelle stand Argon. Hochaufgerichtet wie ein Krieger. Ganz in Schwarz. Göttlich schön.

»Argon«, schrie sie auf und rannte im gleichen Atemzug zu ihm.

Seine Arme umschlangen ihren Körper und pressten sie an sich. Umgehend verschwanden ihre Sorgen und Ängste. Argon war gekommen, er hatte sie gefunden. Jetzt wurde alles gut. Sie hob den Kopf und blickte in seine schwarzen Augen, die ihr noch immer vertraut waren.

»Woher weißt du, dass ich hier bin?«

»Wir dürfen keine Zeit verlieren«, sagte er. »Du erfährst alles, aber zuerst musst du von hier fort.«

Ihr Gesicht verzog sich, als würde sie einen Schmerz verspüren.

»Ich kann nicht so einfach von hier weg. Wir haben einen Sohn. Die Ärzte halten ihn gefangen.«

»Ich weiß alles.« Zärtlich strich er über ihre Wange und fuhr fort: »Unser Sohn setzte sich mit mir telepathisch in Verbindung. Er sagte mir, dass ihr in Gefahr seid. Es geht ihm gut. Ich suchte vorhin nach ihm, aber ich konnte ihn nicht finden. Ich verspreche dir, ich werde zurückkommen und ihn holen.«

Er löste die Arme von ihr und drehte sich zum Korridor um. Sein Blick schwenkte von einer Seite auf die andere. Dann umfasste er ihre Hand und sagte: »Komm.«

Hand in Hand liefen sie den Flur entlang Richtung Treppe. Dort kam gerade einer der Aufpasser heraufgestürmt. Als er die beiden sah, hob er seine Pistole. Argon stieß Riona zur Seite, sah sich kurz um, griff zur Bodenvase und warf sie in Richtung des Aufpassers. Das Geschoss traf seine Stirn, Blut spritzte gegen die Wand. Der Mann knallte rückwärts auf den Boden und rührte sich nicht mehr.

Schon kam der Nächste die Treppe heraufgeeilt. Es war der Albino. Als er seinen Kumpan in einer Blutlache liegen sah, blieb er auf der obersten Stufe stehen. Mit einem Sprung stand Argon vor ihm und versperrte ihm die Sicht. Die Gegner maßen sich mit ihren Blicken. Argons Augen verengten sich hasserfüllt. Wie ein Pfeil sprang er hoch in die Luft und verpasste dem Albino einen Fußtritt in den Brustkorb. Der flog wie ein Holzklotz rückwärts die Treppe runter und blieb in der Eingangshalle liegen.

Sekunden später stand Argon wieder neben Riona. Er war noch nicht einmal ansatzweise außer Atem. Er schlang seine Arme um ihre Taille und hob sie hoch.

»Halt dich an mir fest«, sagte er.

Sie legte sofort die Arme um seinen Hals. Ihren Körper fest an seinen gedrückt sprang er zur Eingangshalle herunter. Sie befanden sich gerade unter dem Kronleuchter, als aus einem der unteren Gänge Dr. Norten und Dr. Harder angerannt kamen. Blitzschnell sprang Argon hoch und griff mit einer Hand zum Kronleuchter, brach ihn aus der Verankerung und schleuderte ihn auf die Ärzte. Als die Ärzte das Gerät auf sich zukommen sahen, rissen sie die Augen auf und sprangen zur Seite – zu spät, denn der Kronleuchter prallte gegen Dr. Haders Beine, die wie Strohhalme einknickten. Mit einem schmerzerfüllten Laut sackte der Arzt zu Boden. Inzwischen konnte sich Dr. Norten unbeschadet zur nächsten Wand retten. Er drehte sich zu Argon um, der mit Riona im Arm in der Eingangshalle stand. Es sah aus, als wollte der Arzt jeden Augenblick in den nächsten Gang flüchten.

Argon nahm von ihm keine Notiz, als wenn er überhaupt nicht mehr existierte. Mit einem Sprung gelangte er mit Riona in den Armen durch den offenen Hauseingang ins Freie. Dann ging es weiter in die Nacht hinaus. Riona spürte den Druck seiner Hände an ihrem Rücken, während sie sich dem Ozean näherten. Ihre Haare flatterten im Wind, ihre Lungen füllten sich mit frischem Sauerstoff. Sie hatte sich noch nie so geborgen gefühlt wie in dieser Nacht. Schon bald erreichten sie den Strand und folgten ihm Kilometer lang aus dem Ort hinaus.

Als die beleuchteten Villenfenster von Malibu nur noch Goldpünktchen glichen, stoppte Argon. Behutsam stellte er Riona auf den Boden. Sie sah sich um. Die Wolkendecke brach auf und zeigte einen sternenklaren Himmel und die Sichel des Mondes. Die Wasseroberfläche schimmerte wie flüssiges Silber. Im dämmerigen Licht der Gestirne sah Riona ein kleines Holzhaus, das auf vier

Pfählen stand. Es lag ganz einsam und verschlafen am Strand vor der unendlichen Weite des Ozeans. Kein Straßenlärm konnte dorthin gelangen. Nur das leise Flüstern des Wassers, wenn es über die Steine glitt, unterbrach die Stille.

Riona stand da, vom Strudel der Ereignisse der letzten halben Stunde noch völlig verwirrt. Wie ein Orkan war alles auf sie hereingebrochen. Es waren Dinge geschehen, mit denen sie niemals gerechnet hatte. Aber das war nicht alles, was ihr noch immer wie ein Traum erschien: Argon war bei ihr. Auf der Suche nach ihm hatte sie sich auf eine lange Reise begeben. Fremde Menschen hatten ihr Gewalt angetan und sie vom Weg abgedrängt. Er hatte sie dennoch gefunden, und jetzt war sie frei. Sie sah zu ihm.

Sein athletischer Körper zeichnete sich von der Dunkelheit ab, während er regungslos neben ihr stand und zum Haus sah. Seine Schultern waren gestrafft und sein Kinn reckte sich stolz nach oben. Seine ganze Haltung zeigte seine innere Größe.

Er drehte den Kopf zu ihr und seine Augen senkten sich zu ihr herab. Als sich ihre Blicke trafen, blitzten seine Augen auf. Riona schluckte. Sie spürte die ungeheure Anziehungskraft, die von ihm ausging. Monatelang hatte sie ihn nicht gesehen, sie hatte nur von ihm geträumt. Jetzt stand er neben ihr und sah sie an mit einem Blick, der ihre Knie weich werden ließ. Plötzlich fühlte sie sich wie damals, als sie sich zum ersten Mal mit ihm getroffen hatte. Damals hatte er sie auch so angesehen und sie dann geküsst. Alles war wieder da – das Kribbeln in der Magengrube und auch der erhöhte

Pulsschlag. Noch immer umgab ihn eine betörende Aura, die noch immer nicht ihre Wirkung auf Riona verloren hatte. Sein Blick glitt prüfend über ihr Gesicht.

»Bist du okay?«, fragte er.

»Ja, mir geht es gut.«

Fürsorglich strich er ihr eine Haarsträhne aus dem Gesicht. »Warte hier. Ich bin gleich zurück.« Bevor sie etwas sagen konnte, sprang er auch schon zum Haus. Durch ein Fenster spähte er in das Innere hinein. Gleich darauf kam er zurück, nahm sie in die Arme und trug sie auf die Veranda.

»Es ist niemand da. Wir sollten die Nacht hierbleiben«, schlug er vor.

»Okay«, sagte sie nur. Es spielte für sie keine Rolle, wohin er sie trug. Sie wäre jetzt mit ihm bis ans Ende der Welt gegangen.

Argon verabreichte der Haustür mit der Faust einen Stoß, sodass sie aufflog. Er trat als Erster über die Schwelle, um sicherzugehen, dass keine unliebsame Überraschung auf sie lauerte. Seine Augen fanden sich sofort in der Finsternis zurecht.

Riona folgte ihm. Mit einer Hand tastete sie an der Wand entlang auf der Suche nach dem Lichtschalter. Er kam ihr zuvor. Zielgerichtet streckte er seine Hand aus und knipste das Licht an. Im matten Schein der Deckenlampe ging Riona bis zur Raummitte. Ein Teppichläufer erstickte den Laut ihrer Schritte. Ihr Blick schweifte über einen Holztisch, zwei Stühle und einen Kühlschrank. Vor der rechten Wand stand ein Bett. Die beiden Decken waren ordentlich zusammengefaltet, die Kissen aufgeschüttelt. Der einzige Luxus im Raum war ein Kamin an der gegenüberliegenden Wand. Das Mobiliar war schlicht und es lag kein Staub darauf. Anscheinend war der Hausbesitzer vor kurzem hier gewesen.

Auf einmal spürte sie Argons Hände auf ihren Schultern. Ein wohliger Schauer rieselte durch ihren Körper. Sie wandte sich um. Er stand so dicht vor ihr, dass sein Atem ihre Stirn wie ein warmer Windhauch streifte. Ihr Blick glitt über seine fein geschwungenen Augenbrauen, den perfekt geformten Mund, das ausdrucksstarke Kinn. Alles an ihm war ihr vertraut, dennoch sog sie die Bilder in sich auf, als würde sie ihn zum ersten Mal sehen.

»Ich habe gedacht, ich würde dich nicht wiedersehen«, sagte sie.

»Ich habe jeden Tag an dich gedacht.« Er nahm ihr Gesicht in beide Hände. Dann beugte er sich zu ihr und küsste ihre Lippen. Augenblicklich vergaß sie, was mit ihr geschehen war: Die schlaflosen Nächte in Hamburg, die Strapazen der Reise, ihre Ängste während der Gefangenschaft. Sie schmiegten sich an den Körper des anderen und ihre Wangen berührten sich. Während sie so vereint im Zimmer standen, begannen sie zu sprechen. Riona erzählte über ihre Zeit in Hamburg und darüber, dass sie seine Bilder im Museum gesehen hatte. Sie sei sofort zu ihm geflogen, sagte sie.

Danach begann Argon zu berichten. Riona war bestürzt, als sie hörte, dass sein Volk ihm den Kampf mit Narla nicht verziehen hatte und er ausgestoßen wurde. Gleich darauf war sie erleichtert, als er ihr erzählte, dass er im Galeristen einen Freund gefunden hatte.

Sie lösten ihre Körper voneinander, um sich anzusehen, doch sie hielten sich noch immer an den Händen.

»Du bist nie wieder in dein Haus gegangen?«, fragte sie.

»Ich konnte dort nicht mehr leben«, erwidert er. »Es hätte mich zu sehr an dich erinnert. Erst nachdem ich die Idee mit meinen Bildern hatte, kehrte ich noch einmal zurück.«

»Um einen Zettel an das Bild zu heften?«

»Ja. Ich hoffte, du würdest zurückkommen und ihn finden.«

»Ich habe ihn gefunden.« Sie sahen sich tief in die Augen und schenkten sich ein Lächeln. Argon deutete auf einen Stuhl.

»Bitte setz dich. Du solltest dich schonen.«

»Ich bin viel zu aufgeregt, um still zu sitzen. Mir geht es so gut, als ob die Entbindung schon zwei Monate zurückliegt.«

Er ließ den Einwand nicht gelten, umfasste ihre Hand und führte sie zum Stuhl. Dann zog er einen zweiten Stuhl heran und setzte sich ihr gegenüber. Als Riona Platz nahm, fühlte sie einen harten Gegenstand am Oberschenkel. Sie griff in die Hosentasche und zog Lillys Handy heraus.

»Du hast ein Handy?«, fragte er.

»Es gehört einer Krankenschwester.« Sie legte das Handy auf den Tisch und sprach weiter: »Die Ärzte haben mir meine Handtasche genommen. Reisepass, Handy, Geld, alles ist weg.«

Sein Gesicht verfinsterte sich. »Du bekommst deine Sachen zurück«, sagte und und sie glaubte ihm sofort.

»Ich habe damit Hagen angerufen und ihm alles erzählt. Er ist mein bester Freund. Wahrscheinlich sitzt er gerade im Flieger nach L.A.« Sie versuchte, aus Argons Mimik abzulesen, wie er die Sache mit Hagen aufnahm. Aber sie konnte nicht erkennen, was gerade in ihm vorging. Mit einer Hand fuhr er durch seine Haare. Sie musste unwillkürlich lächeln – damals im Sommer war sie von dieser sinnlichen Handbewegung fasziniert gewesen. Sie musste sich eingestehen, sie war es heute noch.

Er lehnte sich gegen die Stuhllehne und sagte: »Kassian hat mir heute …«

»Du kennst seinen Namen?«, unterbrach sie ihn.

»Unser Sohn weiß, wie er heißt. Er sagte mir, dass ihm der Name gefällt.« Er lächelte und fuhr fort: »Mir gefällt der Name auch. Sehr sogar.«

Seine Worte machten Riona glücklich. Etwas Schöneres hätte er jetzt nicht sagen können.

»Unser Kleiner kann also schon seine Gedanken übertragen«, sagte sie.

»Ja, das kann er. Er plappert amphibische Babysprache. Sehr süß.«

Aufgeregt rutschte sie auf dem Stuhl hin und her. »Hat er noch etwas gesagt?«, wollte sie wissen.

»Dass er dich sehr lieb hat.«

Tränen der Rührung stiegen ihr in die Augen. »Erzähl mir alles.«

»Heute Morgen nahm er zum ersten Mal zu mir Kontakt auf. Ich war überrascht, von einem wie uns zu hören. Einem Meeresjäger, von dessen Existenz ich nichts wusste. Er sagte mir, dass seine Mama Riona heißt und dass ich sein Papa bin.«

Liebevoll glitten seine Finger über ihre Hände. »Er hat mich damit sehr glücklich gemacht.«

»Kannst du dir vorstellen, wie sehr ich mir das gewünscht habe?« Riona war gerührt.

Anstelle einer Antwort führte er ihre Hände an seine Lippen.

»Du brauchst dir wegen seines Aussehens keine Sorgen zu machen. Seine Haut ist menschlich«, sagte er.

»Ich weiß es schon. Aber das war für mich nicht entscheidend. Ich hätte ihn immer geliebt, weil er ein Teil von dir ist.« Ein schelmisches Grinsen trat auf ihr Gesicht. »Trotzdem ist seine Haut besonders.«

»So? In welcher Hinsicht?«

Ihr Grinsen verstärkte sich. »Seine Haut duftet wie deine.«

»Nach Zitrus?«

»Mmmh.«

Argon lachte in sich hinein.

»Dafür hat er meine Augen«, sagte sie vergnügt. »Unser Baby ist ein Mischmasch aus dir und mir.«

Argons Lächeln erstarb und um seinen Mund trat ein gequälter Zug.

»Kassian erzählte mir von eurer Reise und alles andere auch. Ich bin sofort aufgebrochen, um euch zu suchen.« Kopfschüttelnd starrte er auf ihre verschlungenen Hände, als könnte er das Ganze noch immer nicht fassen. »Wenn ich es doch nur geahnt hätte«, sagte er mit Nachdruck. »Ich hätte alles dafür getan, dich zu mir zu holen. Aber ich dachte, du willst mich nicht mehr – nach all dem, was damals geschah.«

»Bitte Argon, mach dir darüber keine Gedanken mehr«, erwiderte sie. »Wir können die Zeit nicht zurückdrehen. Wir haben beide Fehler gemacht. Ich hätte Narlas Worten nicht glauben dürfen und nicht einfach wegrennen sollen. Wichtig ist nur, dass wir wieder zusammen sind. Und das hast du mit deinen Bildern erreicht.«

»Es schien mir der einzige Weg zu sein. Ich hoffte, du würdest dir die Ausstellung ansehen und dann alles verstehen.«

»Deine Bilder sind wundervoll«, sagte sie mit leuchtenden Augen. »Ich habe in einer Zeitung gelesen, dass sie um die ganze Welt gehen. Die Menschen reißen sich darum. Du bist berühmt geworden.«

Mit einem tiefen Atemzug ließ er ihre Hände los und lehnte sich gegen die Stuhllehne.

»Mir war es nie wichtig, berühmt zu sein«, sagte er nüchtern.

»Ich weiß. Aber jetzt kannst du bald deinen Traum von einer eigenen Insel verwirklichen.«

»Mein Traum ist bereits wahr geworden.«

»Du hast eine Insel?«, fragte sie überrascht.

»Ja. Und sie ist genau so, wie ich sie mir immer vorgestellt habe«, sagte er lebhaft. »Aber sie ist nicht meine Insel. Sie ist unsere Insel. Deine, meine und Kassians.« In seiner Stimme schwang ein bedeutungsvoller Unterton mit, als er fragte: »Wirst du mit mir kommen, Riona? Auf unsere Insel?«

Unvermittelt stand sie auf und schlang die Arme um seinen Hals. Noch vor wenigen Tagen hätte sie es für absolut unmöglich gehalten, dass dieser

Moment einmal kommen könnte. In dem Augenblick war sie vollkommen glücklich.

»Natürlich komme ich mit. Natürlich.« Sie setzte sich wieder und konnte an seinem Gesicht ablesen, wie froh er darüber war.

»Wie hast du die Insel gefunden?«, wollte sie wissen.

»Daniel hat sie entdeckt und alles geregelt«, erwiderte er. Sein Gesichtsausdruck wirkte nachdenklich. »Seine Freundschaft bedeutet mir inzwischen viel. Ich hätte das nie für möglich gehalten. Irgendwann habe ich ihm von mir erzählt.«

»Oh Argon, ich freue mich für dich. Wie hat er darauf reagiert, dass du ein Amphibienmensch bist?«

»Ich glaube, am Anfang war er ziemlich schockiert.« Er schmunzelte, dann nahm sein Gesicht wieder einen ernsten Ausdruck an. »Wir redeten viel und er lernte zu verstehen. Ich denke, er erkannte, dass ich meine Einstellung gegenüber den Menschen geändert habe.«

»Du hast tatsächlich gelernt, die Menschen zu akzeptieren?«

»Nein, in dem Punkt erwartest du zu viel von mir«, gab er zu. »Aber ich habe gelernt zu differenzieren. Nicht alle Menschen sind schlecht. Dennoch gibt es Menschen, die Kriege anzetteln und Verbrechen begehen. Diesen Teil verabscheue ich noch immer, und daran wird sich auch nichts ändern.«

Riona erwiderte nichts. Im Stillen gab sie ihm Recht. Ihr Blick glitt über ihn hinweg. Alles an ihm war einzigartig und schön – nicht nur sein

Körper, auch seine eigene Art, die Welt zu sehen.

»Seit wann wohnst du auf der Insel?«

»Seit vier Monaten.«

»Ganz allein?«

»Ja, ich bin dort allein.« Er sah an ihr vorbei in den Raum hinein. Sein Gesicht war ernst, gedankenverloren nagte er an der Unterlippe. Wenig später sprach er weiter: »Ich habe nur zu meinen Freunden Minja und Rawen weiterhin Kontakt. Wir verständigen uns telepathisch. Von ihnen weiß ich auch, dass sie mit dem Schiff hier irgendwo in der Nähe sind. Aber sie ziehen bald weiter.«

Sie beugte sich vor und berührte seine Knie.

»Das ist nicht fair.«

»Mein Volk hat das getan, was es tun musste.« Die Trauer in seiner Stimme war nicht zu überhören. »Ein Meeresjäger tötet keinen Artgenossen. Das gefällte Urteil war fair.«

Seine Sätze bewegten Riona tief. »Es tut mir so leid, Argon. Meinetwegen musstest du dein altes Leben aufgeben.«

Er sah sie gerade und aufrecht an. »Ich würde jeder Zeit wieder so handeln.«

Sie schenkte ihm ein Lächeln. Ihre Gedanken gingen zurück zu dem Tag, an dem sie nach Maui zurückgekommen war. »Als du nicht im Haus warst, dachte ich, du müsstest dich vor dem FBI verstecken.«

Seine Mundwinkel verzogen sich spöttisch. »Das FBI … Nun, sie spionierten tagelang herum und verzogen sich dann wieder.«

»Zuerst dachte ich, die Ärzte würden mit dem FBI unter einer Decke stecken. Aber so ist es nicht.« Sie presste die Lippen aufeinander, um ein aufkommendes Schluchzen zu unterdrücken. Unwillkürlich musste sie an ihr Baby denken, das noch immer in dem Haus war, und sie hatte keine Ahnung, wie es ihm ging. Hoffentlich taten sie ihm nicht weh. Innerlich aufgewühlt erhob sie sich und machte einige Schritte in den Raum hinein.

Argon ahnte, was sie gerade durchmachte. Er ging zu ihr und umfasste ihre Schultern. »Sieh mich an, Riona. Ich werde Kassian retten. Ich verspreche es.«

Sie drehte sich zu ihm und sah ihn mit einem verzweifelten Blick an. »Wie geht es ihm? Bitte, Argon, ich muss es wissen. Kannst du mit ihm Kontakt aufnehmen?«

»Es funktioniert nicht«, sagte er. »Ich habe es schon versucht. Wahrscheinlich schläft er. Er ist doch noch ein Baby.« Seine Hand glitt zärtlich über ihre Wange. »Kassian geht es gut. Die Ärzte haben ihm nichts getan.«

Seine Worte und seine Berührungen bewirkten, dass sie sich etwas beruhigte.

»Wie können wir ihn nur retten?«, fragte sie sorgenvoll.

»Ich hole ihn dort raus«, beteuerte er und erklärte: »Die Ärzte sind alarmiert und rechnen damit, dass ich noch heute bei ihnen auftauche. Bestimmt haben sie sich darauf eingestellt. Deshalb gehe ich morgen ins Haus.« Er hob ihr Gesicht etwas an und sah ihr tief in die Augen. »Ich werde Kassian finden und ich werde ihn zu dir bringen. Vertrau mir.«

Sie nickte wortlos. Auf ihrem Gesicht zeigte sich eine Spur von Erleichterung.

Inzwischen war der kalte Atem des Ozeans durch die Türspalte gekrochen und breitete sich im Zimmer aus. Riona begann zu frösteln. Argon bemerkte es. Er zog sich das Hemd aus und legte es ihr über die Schultern. Dabei entdeckte Riona um seinen Hals die Kette der Meeresjäger. Obwohl Argon von seinen Artgenossen verstoßen wurde, trug er noch immer diese Kette.

»Ich mache Feuer, dann wird dir gleich wärmer«, sagte er. »Du solltest dich hinlegen. Ich bestehe darauf.«

Er wartete keinen Kommentar von ihr ab, sondern drehte sich um und ging zum Kamin. Der Hauseigentümer hatte dort Holzscheite übereinandergestapelt. Argon kniete nieder und betätigte ein Feuerzeug.

Riona stand wie angewurzelt im Raum und starrte auf seinen nackten Rücken. An vielen Stellen war die menschliche Haut verschwunden und die Amphibienhaut sichtbar. Bei jeder seiner Bewegungen tänzelten darunter die Muskeln. Die Haut begann wie ein Rohdiamant zu schillern, mal silbrig und mal in einem sanften Blau. Argons Körper glich einem Wunderwerk der Natur.

Er erhob sich und drehte sich zu ihr. An ihrem Gesichtsausdruck konnte er ablesen, was sie gerade entdeckt hatte. »Meine Haut erneuert sich gerade großflächig.«

»Deine Fischhaut ist wunderschön.«

»Ich wünschte, ihr Menschen könntet uns so respektieren, wie wir sind.«

»Es gibt Menschen, die euch so respektieren.«

»Aber nicht alle. Darum sollte ich nicht gerade

mit nacktem Oberkörper auf der Straße herumspazieren.« Er strich mit einer Hand durch seine Haare. »Früher waren die Menschen für mich nichts weiter als Wesen ohne Moral. Mittlerweile weiß ich, dass sie Gefühle haben und auch Gutes in ihnen steckt. Ich weiß, dass Menschen lieben können. Ich habe gelernt, sie zu differenzieren.«

Hochaufgerichtet stand er vor ihr, sein Körper war gestrafft. Er legte eine Hand auf seinen Brustkorb. »Auch wenn ich gezwungen bin, mich äußerlich anzupassen: In meinem Inneren bleibe ich das, was ich bin. In dieser Brust wird immer das Herz eines Meeresjägers schlagen.«

Riona hatte ihn die ganze Zeit voller Bewunderung angesehen. Auch jetzt, wo er schwieg, konnte sie den Blick nicht von ihm wenden. In dem Moment wurde ihr bewusst, dass sie noch nie zuvor jemandem begegnet war, der soviel innere Würde in sich trug wie Argon.

Inzwischen hatte das Feuer auch das letzte Holzscheit erfasst. Es knisterte im Kamin und bald entfaltete sich im Raum wohlige Wärme. Argon ging zum Bett, nahm Decken und Kissen und breitete alles am Boden vor dem Kamin aus. Als er wieder vor Riona stand, zuckten seine Mundwinkel schalkhaft. Es war unverkennbar, dass er etwas im Schilde führte.

»Was ist?«, fragte sie. Anstelle einer Antwort machte er eine blitzschnelle Bewegung und sie lag in seinen Armen. Sie kreischte auf, dann schmiegte sie sich an ihn. Ein Glücksgefühl durchflutete sie. Er trug sie zum Kamin und legte sie sanft auf die Decke. In ihrer unmittelbarer Nähe züngelten die

Flammen am Holz empor. Das Licht malte flackernde Schattenbilder auf den Boden. Er beugte sich über sie und tupfte auf ihre Nasenspitze.

»Ich gehe kurz ins Wasser. Lauf nicht weg.«

Sie schüttelte schmunzelnd den Kopf. Als Argon durch die Tür verschwand, streifte sie das Hemd ab. Geduldig wartete sie, dass er wieder zu ihr kam. Wenige Minuten später stand er im Zimmer. Von seinem nackten Oberkörper perlte das Wasser. Er kniete sich neben sie auf die Decke und schüttelte die Haare. Wassertropfen spritzen auf ihr Gesicht. Sie lachte auf. Dann schlang sie die Arme um ihn und zog ihn zu sich herab. Mit einem tiefen Atemzug sog sie den Zitrusduft seiner Haut ein, der vermischt war mit dem wilden Geruch des Ozeans. Sie schloss die Augen. Noch nie zuvor hatte sie sich mit Argon so verbunden gefühlt wie in dieser Nacht vor dem Kamin. Eine lange Zeit schwiegen sie und lauschten dem Feuer.

Riona war es, die wieder zu sprechen begann. Sie hielt noch immer die Lider geschlossen, als sie Argon mit leiser Stimme bat: »Erzähl mir von unserer Insel.«

Seine Finger begannen, in kreisenden Bewegungen ihren Rücken zu streicheln. »Sie ist klein, aber unglaublich schön«, sagte er im ruhig fließenden Ton. »Der Strand ist breit und der Sand hell und weich. Mitten auf der Insel steht ein Felsen, der angeblich heilig ist. Daraus entspringt eine Quelle, die als Bach quer durch den Dschungel verläuft. Das Wasser ist so klar, du kannst darin die Fische schwimmen sehen.«

»Unsere Insel ist paradiesisch«, sagte sie.

»Es wird unser gemeinsames Paradies sein.«

»Ja, das wird es.« Sie schmiegte den Kopf an seine Brust und fragte. »Wohnst du in einem Holzhaus?«

»Ja, in einem weißen Holzhaus. Es ist viel zu groß, fast schon ein Palast.«

Verblüfft öffnete sie die Augen und richtete sich halb auf, damit sie ihn besser ansehen konnte. Er hatte die Lider geschlossen und sein schönes Gesicht war entspannt.

»Stand das Haus schon da?«, fragte sie.

»Ja. Es sind übrigens sieben Häuser.«

»Sieben?«, wiederholte sie erstaunt.

Er öffnete die Augen und wandte sich ihr zu. »Die Häuser stehen in einem Halbkreis und meins ist das größte. Es ist sozusagen das Haupthaus.«

Riona kam aus dem Staunen nicht mehr heraus. »Wohnte dort schon jemand?«

»Ja. Es waren Mitglieder einer verbotenen Sekte. Dem Oberguru gehörte anscheinend das größte Haus. Jedenfalls fand ich dort etliches Zeugs, das darauf schließen lässt.«

»Wo sind die Leute geblieben?«

»Die Gruppe löste sich nach dem Tod ihres Gurus auf.«

»Wie gruselig«, scherzte sie.

»Du brauchst keine Angst zu haben, dass dich nachts jemand weggeschnappt. Ich pass auf dich auf.«

»Wie nett von dir. Aber findest du es nicht unheimlich, dort so ganz allein zu leben?«

»Riona, mein Herz. Ich bin kein Mensch und habe somit auch keine Angst vor irgendwelchen

Schauergeschichten. Die Insel ist perfekt für Meeresjäger. Kein Mensch wird sich trauen, sie zu betreten.«

Ein Schatten trat auf sein Gesicht. Er griff nach der Kette, umklammerte den Anhänger und presste ihn zusammen. Riona befürchtete, das Glas müsste gleich zerplatzen.

»Ich habe die Insel auch für mein Volk ausgesucht. Damals dachte ich, dies wäre der ideale Ort für uns alle. In der Zwischenzeit habe ich die Hoffnung aufgegeben, dass wir wieder zusammenkommen. Sie werden mir Narlas Tod nie verzeihen.«

Riona erkannte an seiner Stimme, wie bedrückt er darüber war. Doch sofort hatte er sich wieder unter Kontrolle.

»Ich sollte nicht mehr daran zurückdenken«, sagte er. »Du bist jetzt bei mir. Du und Kassian, ihr seid jetzt meine Familie.«

Bei dem Gedanken an ihr Baby begann sie zu zittern. Sanft zog er sie zu sich heran.

»Ich habe dir etwas versprochen und ich halte mein Versprechen.«

Später erzählte sie ihm von ihrem Onlineshop. Sie sagte, dass er es war, der sie letztendlich dazu ermuntert hatte. Daraufhin schmunzelte er und wollte wissen, wie es mit dem Shop weitergehen sollte, wenn sie zusammen auf der Insel lebten. Sie meinte, dass sie einen Weg finden würde, die Accessoires weiterhin zu verkaufen, und er bestärkte sie in dem Vorhaben. Später schlief sie in seinen Armen ein.

Am nächsten Morgen wurde Riona von einem Geräusch geweckt. Sie öffnete die Augen und registrierte verblüfft, dass sie im Bett lag. Bevor sie in Argons Armen eingeschlafen war, hatte sie noch auf der Decke vor dem Kamin gelegen.

Im Zimmer raschelte es. Sie richtete sich halb auf und sah zu dem Tisch, auf dem Argon gerade den Inhalt einer Tüte entleerte. Als ob er ihren Blick spürte, wandte er sich zu ihr. Eine Sekunde später saß er auf der Bettkante und berührte sie zärtlich .

»Guten Morgen, mein Schatz. Wie hast du geschlafen?«

Sie streckte die Arme aus und räkelte sich. »Tief und fest nach der Strapaze. Hast du mich ins Bett gelegt?«

»Ja, ich wollte, dass du es bequemer hast.«

Sie unterdrückte ein aufkommendes Gähnen. »Wie spät ist es jetzt?«

»Kurz nach neun.« Mit einer Kopfbewegung deutete er zum Tisch. »Ich war vorhin weg und hab Frühstück gekauft. Handtücher und Kosmetikartikel liegen im Bad.«

»Du hast an alles gedacht«, sagte sie beeindruckt. Sie sah zum Tisch und entdeckte Obst und ein Sandwich in einer Klarsichtschachtel. Aus einem Pappbecher schwebte der verführerische Duft von Kaffee zu ihr. Alles war für eine Person hergerichtet.

»Isst du nichts?«, fragte sie.

»Ich hab schon gegessen. Ich war vorhin schwimmen und hab mir nebenbei ein paar Fische gefangen.«

»Wie ein Hai auf Beutezug«, sagte sie.

»Ja, so in der Art.« Er gab ihr einen Kuss auf die

Stirn. »Lass deinen Kaffee nicht kalt werden.« Damit erhob er sich und ging zum Tisch.

Sie schälte sich aus dem Bett, ging ins Badezimmer und duschte schnell. Dann kam sie zurück und setzte sich Argon gegenüber an den Tisch. Er hatte bereits die Schachtel für sie geöffnet. Das Sandwich war mit Schinken, Ei und Gurke belegt. Daneben lagen ein Apfel und eine Banane. Vor Argon stand eine Flasche mit Wasser.

»Ich hoffe, dir reicht die Auswahl«, sagt er.

»Die ist perfekt«, erwiderte sie und griff zum Sandwich. Sie biss herzhaft hinein. Ganz bewusst tat sie so, als hätte sie großen Appetit. Schließlich hatte er sich die Mühe gemacht, ihr ein Frühstück zu besorgen. Er sollte nicht merken, dass sie eigentlich viel zu nervös war, um zu essen. Vor ihnen lag ein aufreibender Tag. Argon wollte in das Haus zurückgehen und ihr Baby holen. Tief in ihr drin war die Angst, es könnte nicht funktionieren. Sie musste versuchen, auf andere Gedanken zu kommen. Sie griff zum Becher und trank einen Schluck.

»Du trinkst noch immer keinen Kaffee?«, fragte sie.

»Das Lieblingsgetränk der Menschen?«, fragte er scherzend. Dann zuckte er mit den Schultern. »Nun, wahrscheinlich hätte ich es schon aus reiner Neugierde probiert. Aber du hast mir einmal gesagt, du möchtest mir meinen ersten Kaffee kochen. Ich konnte warten.«

Seine Worte rührten Riona, obwohl das Kaffeetrinken an sich keine Bedeutung hatte. Aber er hatte ihre Äußerung nicht vergessen und er hatte immer gehofft, dass es eines Tages soweit sein würde.

Plötzlich klingelte Lillys Handy, das auf dem Tisch lag. Rionas und Argons Blicke trafen sich und trennten sich wieder. Sie nahm es, drückte auf die Tastatur und hielt es sich ans Ohr.

»Hallo? Frau Gendt, sind Sie dran?«, hörte sie Dr. Rutherfords Stimme am anderen Ende der Leitung.

»Ja.« Unwillkürlich begann ihr Herz zu hämmern.

»Sieh an. Meine Nichte hatte also mit ihrer Vermutung Recht.«

»Was wollen Sie?«, fragte Riona.

»Na, was schon. Ihre Milch natürlich. Ihr Baby schreit sich die Kehle aus dem Hals. Kommen Sie unverzüglich her. Oder wollen Sie, dass es verhungert?«

»Was sagen Sie da?« Riona war erschrocken und zugleich verwirrt.

Argon musste alles mit angehört haben, denn er unterdrückte einen Fluch. Auf einmal stand er neben ihr und nahm ihr das Handy aus der Hand. Seine Augen flammten vor Hass, dennoch war seine Stimme ruhig, als er sagte: »Riona wird nirgendwo hingehen.« Ohne einen Kommentar des Arztes abzuwarten, warf er das Handy auf den Tisch und setzte sich wieder.

»Was soll das? Warum hast du das getan?« Riona war fassungslos.

Als wäre nichts passiert, langte er zur Wasserflasche und trank sie in einem Zug leer. Dann sah er zu ihr. »Es war das einzig Richtige.«

»Ist das dein Ernst?« Ihre Augen funkelten vor Erregung. »Ich soll hierbleiben, obwohl mich Kassian braucht?« Jäh erhob sie sich vom Stuhl. »Ich muss sofort zu ihm.«

Ihre hitzigen Äußerungen schienen von Argon abzuprallen. Er war die Ruhe selbst.

»Deine Gedanken sind die eines Menschen. Meine hingegen sind die eines Meeresjägers. Und ich weiß genau, was gleich passiert.«

»Und was bitte schön ist das?« Sie konnte nicht begreifen, dass er so seelenruhig vor ihr saß, als würden sie sich gerade über das schöne Wetter unterhalten. Dazu spielten seine Finger gelassen mit seiner Wasserflasche.

»Er ruft gleich wieder an.«

»Woher willst du das wissen?«

In dem Augenblick klingelte das Handy. Riona riss es an sich.

»Dr. Rutherford?«

»Geben Sie mir Ihren Amphibienfreund«, sagte der Arzt.

Argon stand schon neben ihr und hielt die Hand auf. Damit Riona das Gespräch mitverfolgen konnte, drückte er auf die Lautsprechertaste.

»Was?«, fragte er energisch.

»Sie können unmöglich wollen, dass einer von Ihrer Art draufgeht. Also lassen Sie Riona zu uns und ihre Mutterpflicht erfüllen!«

»Vergessen Sie es! Unsere Art, wie Sie es nennen, ist darauf programmiert, sich für den anderen zu opfern. Das betrifft auch meinen Sohn.«

Voller Entsetzten starrte Riona ihn an. Fünf Sekunden lang herrschte Schweigen am anderen

Ende der Leitung. Offensichtlich hatte sich der Arzt den Verlauf des Gesprächs anders vorgestellt. Dann ertönte wieder seine Stimme: »Was schlagen Sie also vor?«

»Einen Tausch«, erwiderte Argon, ohne zu zögern. »Sie bekommen mich anstelle des Babys. Mein Sohn würde lieber verhungern, als Ihre Nahrung anzunehmen. Und Riona lasse ich nicht in Ihr Haus. Aber mit mir erhalten Sie einen gesunden und starken Amphibienmann. Für Ihre Forschungszwecke bestens geeignet.«

»Ich denke darüber nach!« Damit war das Gespräch beendet.

Argon legte das Handy auf den Tisch. Mit einem zufriedenen Gesichtsausdruck sah er zu Riona. »Alles verläuft perfekt.«

»Wie bitte?« Sie stand vor ihm, eine Hand in seinen linken Arm gekrallt. »So hatten wir das nicht geplant. Du kannst dich ihnen nicht ausliefern.«

»Ich habe dir versprochen, du bekommst heute unseren Sohn. Mein Versprechen halte ich.«

»Aber was geschieht dann mit dir?« Sie schluchzte auf und fuhr fort: »Ich habe in dem Haus schreckliche Dinge gesehen. Die Ärzte experimentieren an Tieren herum. Sie hatten einen von euch in ihrer Gewalt. Er ist tot, Argon, sie haben ihn umgebracht.«

Argon packte sie an den Schultern und sah sie scharf an.

»Bist du dir sicher, dass es ein Amphibienmensch war?«

»Ja, Argon, es war einer von euch.«

Abrupt ließ er sie los und machte einige Schritte in den Raum hinein.

»Verfluchte Bastarde!«

Riona hatte ihn noch nie so wütend gesehen. Er drehte sich zu ihr und seine Augen verengten sich zu kleinen Schlitzen.

»Was haben sie mit ihm gemacht?«, wollte er wissen.

»Ich weiß es nicht, Argon. Sein Körper steckte in einer Säule voll Flüssigkeit. Es war schrecklich, ihn so zu sehen.«

Argon stieß einen Laut aus, der an das Grollen eines Raubtieres erinnerte.

»Sie haben Toran, darum konnten wir ihn nicht finden.«

»Bitte sag mir, was du darüber weißt,« bat sie.

Er fuhr mit einer Hand durch seine Haare, während er wieder vor sich hin fluchte. Dann sagte er: »Toran ist Narlas Bruder. Er verschwand im letzten Sommer auf Maui. Wir suchten überall nach ihm, aber von ihm fehlte jede Spur.«

Sie ging zu ihm und schlang die Arme um ihn. Ihr Gesicht wirkte niedergeschlagen.

»Ich habe Angst um dich, Argon. Du darfst dich nicht den Ärzten ausliefern. Lass uns nach einer anderen Lösung suchen.«

Er strich sanft über ihr Gesicht. »Hab keine Angst um mich, mir passiert nichts. Bitte versteh doch. Ich muss in das Haus gehen, um Kassian zu holen und auch um dort alles zu zerstören. Das bin ich auch Toran schuldig.«

»Aber du hast doch gesagt, dein Volk ist in der Nähe. Kannst du sie nicht bitten, dir zu helfen?«

»Das werde ich ganz bestimmt nicht tun«, sagte er, wobei sich seine Stirn kräuselte. »Sie haben sich von mir getrennt und ich werde jetzt nicht um ihre Hilfe betteln. Sie werden es ohnehin nicht machen.«

»Das weißt du doch gar nicht«, sagte sie. »Du bist nur zu stolz dazu. Aber jetzt ist nicht die Zeit für Heldentaten. Du solltest es wenigstens versuchen.«

Das Handy fing wieder an zu klingeln. Dr. Rutherford war mit dem Tausch einverstanden.

»Wann und wo?«, fragte er.

»In einer Stunde«, sagte Argon. »Wir treffen uns an einem belebten Ort in Venice Beach. Auf dem Ocean Front Walk.«

»Der ist vier Kilometer lang.«

»Gehen Sie zu dem Trainingsgelände für menschliche Muskelprotze«, wies ihn Argon an.

»Sie meinen den Muscle Beach? Wir werden dort sein.«

»Und vergessen Sie Rionas Handtasche und Koffer nicht«, fügte Argon hinzu. Daraufhin steckte er das Handy ein und lächelte Riona aufmunternd zu. »Es wird funktionieren. Vertrau mir.« Aus der anderen Hosentasche zog er einen Stapel Dollarscheine und seine Kreditkarte.

»Falls du etwas für dich oder Kassian brauchst. Nimm dir ein Hotelzimmer. Kassian wird mir sagen, wo ich euch finde. Spätestens in vier Stunden bin ich bei euch.«

Rionas Blick fiel auf das Geld. »Ich kann das nicht annehmen. Es gehört dir.«

Er gab ihr einen Kuss auf die Stirn und steckte

gleichzeitig Geld und Karte in die Brusttasche ihrer Bluse.

»Was mein ist, ist auch dein. Falls es dich beruhigt: Ich habe so viele Bilder verkauft, ich werde deine Ausgaben gar nicht merken.«

»Okay«, sagte sie seufzend. Ihre Augen füllten sich mit Tränen, als sie in sein schönes Gesicht sah. »Ich kann es einfach nicht fassen, dass wir uns schon wieder trennen müssen«, sagte sie.

»Es ist nur für ein paar Stunden. Bald haben wir es geschafft, dann wird uns nie wieder etwas trennen.«

Er griff nochmals in die Hosentasche und fingerte das Kristallherz heraus, das Riona ihm im Sommer schenken wollte. Nach Narlas Enthüllung und dem anschließenden Kampf hatte sie Argon verlassen und das Geschenk im Sand einfach liegen gelassen. Er hatte es gefunden und es an sich genommen.

»Ich trage es immer bei mir. Es war das Einzige, was ich von dir hatte. Es bedeutet mir viel.« Er legte das Herz in ihre rechte Hand. »Nimm du es solange und bewahre es für mich auf, bis ich zurück bin.«

***

Der Ozean Front Walk glich einem Laufsteg für Urlauber, sportsüchtige Einheimische und Straßenkünstler. Er war auf der einen Seite umsäumt von zweistöckigen Häusern. Auf der anderen Seite wiegten sich Palmen im Wind. Gegenüber einer Hauswand, die mit Graffitis besprüht war, lag der eingezäunte Trainingsplatz für Bodybuilder. Vier Männer betätigten sich an den Geräten, stemmten Gewichte in die Höhe und ließen ihre Muskeln spielen. Sie genossen sichtlich die Blicke der Schaulustigen. Eine Gruppe Asiaten war vor dem Platz stehengeblieben. Sie redeten wild durcheinander und nickten ab und zu mit den Köpfen.

Etwas abseits des Trubels wartete Riona mit pochendem Herzen auf Dr. Rutherfords Eintreffen. Gleich würde sie ihr Baby zum ersten Mal sehen, sie konnte es kaum erwarten. In ihrer freudigen Erregung mischte sich aber auch die Angst, nochmals ihren Peinigern zu begegnen. Als ob Argon ihre Nervosität spüren würde, umfasste er ihre Hand. Sie blickte zu ihm auf. Groß und stark wie ein Fels in der Brandung stand er neben ihr. Während seine Augen konstant auf die Promenade gerichtet waren, zeigte sein Gesicht keine Regung. Wie immer hatte er sich unter Kontrolle. Sie wusste, an seiner Seite konnte ihr nichts Schlimmes passieren.

Plötzlich straffte sich sein Körper und sein Händedruck wurde fester. Sie folgte seinem Blick und entdeckte Dr. Rutherford in zügigen Schritten auf sie zukommen. Hinter ihm gingen zwei Männer in schwarzen Anzügen, die anscheinend Argons Überfall im Haus unversehrt überstanden hatten. Der Typ mit der eingedrückten Nase hielt in den Armen ein Lakenbündel. Mehr war nicht zu erkennen. Das Kampfhundegesicht des anderen wirkte besonders bedrohlich, als wollte er gleich die Zähne fletschen und sich in einen Asiaten verbeißen, der ihn versehentlich angerempelt hatte. Seine rechte Hand umschloss fest den Griff von Rionas Koffer.

Dr. Rutherford hatte seinen Arztkittel gegen Jeans und ein khakifarbenes Hemd getauscht. Einen Meter vor ihnen blieb er stehen. Wie auf Knopfdruck stoppten auch seine Begleiter hinter ihm. Der Oberkörper des Arztes verdeckte das Bündel. Somit war nicht zu erkennen, ob sie tatsächlich das Baby mitgebracht hatten. Der Arzt sah flüchtig zu Riona, dann musterte er Argon von den Schuhsohlen bis zu den Haarspitzen.

»Sie sind also der Raufbold, der meine Türen zertrümmert und zwei meiner Männer getötet hat«, sagte er kalt.

Argon ignorierte die Bemerkung. »Wir sollten das hier hinter uns bringen.« Er zog Lillys Handy aus der Hosentasche und reichte es ihm.

Der Arzt nahm es und steckte es ein, ohne seinen Blick von Argon abzuwenden.

»Ich bin ganz Ihrer Meinung«, sagte er. »Reden können wir später, wenn Sie in meinem Haus sind. Es wird eine interessante Unterhaltung werden.« Er richtete die Augen auf Riona und seine Mundwinkel zuckten spöttisch.

»Da verstehe einer die Frauen. Zuerst fliegen Sie um die halbe Welt, um nach Ihrem Liebsten zu suchen. Und jetzt, wo Sie ihn gefunden haben, geben Sie ihn wieder auf.«

»Ich gebe ihn nicht auf. Er kommt zu mir zurück.« Sie hielt seinem Blick stand.

»Das wird sich zeigen.« Erneut zuckten seine Mundwinkel.

Argon zog Riona schützend zu sich heran

und sah den Arzt scharf an. »Halten Sie Riona da raus. Das ist eine Sache zwischen uns beiden.«

Dr. Rutherford wandte den Blick von ihr ab. »Nun gut. Schreiten wir zur Tat.« Er hob seinen rechten Arm und schnipste mit Daumen und Zeigefinger. Hinter ihm setzte sich sein Begleiter mit der gequetschten Nase in Bewegung. In seinen Armen lag ein Baby, eingewickelt in ein Laken. Nur das Köpfchen lugte daraus hervor.

Nicht eine Sekunde länger hielt Riona es auf dem Platz aus. Sie eilte zu dem Mann und nahm das Baby an sich. Endlich, endlich war der Moment gekommen. Nach so vielen Monaten voller Ängste und Sorgen hielt sie ihren Sohn in den Armen. Ihr Herz pochte bis zum Hals hinauf, als sie zum ersten Mal in das niedliche Gesicht sah. Eine Welle der Zärtlichkeit überflutete sie. Kassian war das schönste Baby, das sie je gesehen hatte. Er sah seinem Vater erstaunlich ähnlich, doch die blauen Augen hatte er von ihr. Seine Haut war glatt und zart wie bei einem Engel, nur dass seine Haare nicht blond, sondern tiefschwarz waren. Ganz still lag er an ihrer Brust und sah mit seinen blauen Augen zu ihr hoch.

»Kassian. Mein süßer, süßer Fratz«, flüsterte sie und gab ihm einen Kuss auf den Mund. So sehr war sie mit ihrem Baby beschäftigt, dass sie alles um sich herum vergaß. Als sie den Kopf hob, bemerkte sie, dass die beiden Männer Argon eingekesselt hatten. Mit zangengleichen Griffen hatten sie seine Arme gepackt. Dr. Rutherford gab gerade die Anweisung, ihn abzuführen.

»Argon«, rief sie aus und eilte zu ihm.

Er lächelte ihr aufmunternd zu. »Mach dir keine Sorgen. Denk daran, was ich dir vorhin sagte.«

Sein Blick senkte sich und Vater und Sohn sahen sich an. Argon raunte ihm drei unverständliche Worte zu: »Katr maro kostra.« Das Baby bewegte sich nicht, doch in seinem Blick lag jetzt etwas Seltsames, als ob es verstanden hätte.

Die Männer stießen Argon an und setzten sich mit ihm in Bewegung.

»Ich warte auf dich«, rief Riona ihm nach.

Er drehte sich zu ihr um. »Bitte mach das, was ich dir gesagt habe. Ich liebe dich.«

Mit Tränen in den Augen sah sie ihm nach, bis er ihren Blicken im Gedränge entschwand. Sie konnte nicht ahnen, dass in der nächsten Seitenstraße ein schwarzer Geländewagen mit angelassenem Motor stand. Und sie rechnete auch nicht damit, dass gleich nachdem Argon auf dem Rücksitz saß, Dr. Rutherford ihm eine Betäubungsspritze verabreichte.

Wie gelähmt stand sie am Gehwegrand und starrte noch immer in die Richtung, in der Argon schon längst verschwunden war. Sie sah nicht die Menschen um sich herum und hörte nicht ihr Reden und Lachen. Erst als sich das Baby im Laken ungeduldig bewegte, fiel die Starre von ihr ab. Sie sah zu ihm, lächelte und tupfte mit der Fingerspitze auf sein Näschen. Doch ihre Augen waren umschattet von Sorge um Argon.

»Du wirst sehen, dein Papa kommt zurück. In drei Stunden ist er wieder bei uns«, sagte sie zum Baby, aber eigentlich wollte sie sich damit Mut machen. Ihr Blick fiel auf den Koffer, der einsam auf dem Weg stand, als hätte ihn jemand vergessen. Sie ging hin und hob ihn auf.

»Zuerst suchen wir uns ein Hotel«, erklärte sie dem Baby, obwohl sie nicht wusste, ob es die Worte überhaupt verstand. »Dort bekommst du etwas zu trinken. Mein kleiner Liebling muss doch ganz ausgehungert sein.«

Während sie die Promenade entlang ging, sprach sie weiter auf ihn ein: »Leider hab ich keine Windeln für dich. Aber nachher suchen wir uns ein Geschäft und kaufen alles für dich ein. Ich kaufe auch eine Bürste für deine Haare. Möchtest du einen Nuckel? Alle Babys lieben Nuckel. Ich kaufe dir einen besonders schönen Nuckel in Hellblau.«

Sie ging zum nächstgelegenen Hotel und erkundigte sich nach einem freien Zimmer. Die Angestellte an der Rezeption bot ihr ein Doppelzimmer in der zweiten Etage an. Riona nahm es und bezahlte sofort. Eine Viertelstunde später legte sie ihr Baby aufs Bett und schälte es aus dem Laken.

Kassian war vollkommen nackt, nur eine Windel hatte man ihm umgemacht. Auf dem Rücken liegend strampelte er mit den Beinchen. Seine Haut war nicht verschrumpelt, wie es bei Neugeborenen in den ersten Tagen üblich war, sondern glatt und wunderschön zart. Für sein Alter war er erstaunlich groß, er hätte glatt vier Monate alt sein können. Sie konnte ihn unmöglich so geboren haben. Er musste in den letzten Tagen schnell gewachsen sein. Vielleicht war das normal für Amphibienbabys, dachte sie. Später würde sie Argon danach fragen.

»Ich habe was Schönes zum Anziehen für dich. Das hat dir deine Oma geschenkt.«

Als sie den Koffer öffnete, entdeckte sie zuerst die Handtasche, die auf der Kleidung lag. Es war alles noch drin – der Reisepass, die Geldbörse, das Handy. Sie atmete erleichtert auf. Dann fingerte sie zwischen den Sachen das Samthöschen und das Jäckchen heraus und zog ihr Baby an.

»Ach wie niedlich du aussiehst«, rief sie entzückt. Sie öffnete die Bluse und hob Kassian behutsam hoch. Im Sessel vor dem Fenster sitzend gab sie ihm zu trinken. Während er gierig seinen Hunger stillte, ruhten ihre Augen auf ihm. Auf ihrem Gesicht breite sich ein warmes Lächeln aus.

Anschließend versuchte sie, Hagen zu erreichen. Sein Handy war ausgestellt. Wahrscheinlich saß er noch immer im Flieger. Sie würde es später wieder versuchen. Aus dem Koffer nahm sie das Mützchen und setzte es Kassian auf. Wenig später verließ sie mit ihm das Zimmer. An der Rezeption erkundigte sie sich nach den Einkaufsmöglichkeiten vor Ort.

Die Angestellte sah zum Baby, das eingekuschelt in Rionas Armen friedlich schlief.

»Sie haben ein wunderschönes Baby. Es ist das schönste Baby, das ich jemals gesehen habe«, sagte sie beeindruckt. Sie erklärte Riona den Weg.

Vier Querstraßen weiter fand Riona das gesuchte Geschäft. Auf einer großen Verkaufsfläche wurde alles angeboten, was sich Mütterherzen wünschten: Kinderwagen, Spielzeug, Bekleidung. Sie nahm einen Einkaufswagen mit einer gepolsterten Schale und legte ihr Baby hinein. Es schlief noch immer und bekam von allem nichts mit. Während sie die Gänge abschritt, füllte sie nach und nach den Wagen mit Windeln, Kleidung und einem grauen Tragetuch mit einem blauen Stern in der Mitte. An der Kasse warf die Angestellte einen Blick auf das Baby.

»Was für ein süßes Baby. Ist es ein Junge?«

»Ja, ein Junge«, sagte Riona lächelnd.

»Der Kleine wird mal ein richtiger Herzensbrecher«, fuhr die Kassiererin fort, während sie die einzelnen Artikel scannte.

»Hauptsache, er ist gesund und glücklich«, entgegnete Riona.

»Sie haben ja so Recht. Gesundheit ist das Wichtigste im Leben. Und das Glück fällt uns auch nicht von allein in den Schoß. Man muss es sich erkämpfen.«

Ich habe monatelang darum gekämpft, dachte Riona. Sie zahlte und packte die Sachen in eine Tüte. Dann wickelte sie ihr Baby in das Tragetuch und ging zum Hotel zurück.

Am frühen Nachmittag setzte sie sich auf eine schattige Parkbank abseits der Promenade, damit ihr Baby frische Luft bekam. Es lag in ihrem Schoß. Sie hatte ihm einen Nuckel gekauft und in den Mund gesteckt. Beim ersten Versuch flog der Nuckel ausgespuckt wieder heraus. Danach hatte es funktioniert. Jetzt blickte Kassian mit seinen blauen Augen zu ihr auf, während sich der Nuckel zwischen seinen Lippen auf und ab bewegte.

Endlich konnte sie Hagen erreichen, der gleich nach der Landung das Handy eingeschaltet hatte. Er war überglücklich zu hören, dass sie wieder in Freiheit war und wollte gleich zu ihr kommen. Riona freute sich auf ihn, jedoch war die Freude nur von kurzer Dauer. Sie dachte an Argon. Die ganze Zeit über war er in ihren Gedanken. Was spielte sich jetzt gerade in Dr. Rutherfords Haus ab? Sie spürte die aufkommende Unruhe in ihrem Herz. So sehr sie es auch versuchte, sie konnte die Sorge um ihn nicht unterdrücken. In neunzig Minuten ist er zurück, sprach sie sich Mut zu. Dennoch blieb die innere Anspannung, die sich erst legen würde, wenn er sie wieder in die Arme nahm.

Hagen war da. Mit schnellen Schritten kam er auf sie zu und winkte schon von weitem. Er war mit Jeans und einem grauen T-Shirt bekleidet. Über der rechten Schulter hingen ein Jeansbeutel und eine Lederjacke. Er setzte sich zu ihr und nahm sie sofort in die Arme. Als sie die Nähe ihres besten Freundes spürte, wurde ihr vollends bewusst, wie sehr er ihr gefehlt hatte. Sie war unendlich froh, dass er in Hamburg alles stehen und liegen gelassen hatte, um sie zu suchen.

»Bin ich froh, dass dir nichts passiert ist.« Sein anfänglich erleichterter Gesichtsausdruck wurde ernst. »Aber verdammt noch mal, weißt du eigentlich, welche Sorgen ich mir gemacht habe? Einfach wegzufliegen. Du hättest es mir sagen müssen.« Der Vorwurf in seinen Worten war nicht zu überhören.

»Es tut mir leid«, erwiderte sie kleinlaut. »Ich konnte dir nichts sagen, du hättest mich nicht verstanden. Und wahrscheinlich hättest du mich sogar aufgehalten.«

»Ich wäre sofort nach Hamburg zurückgekommen, um dich von der Wahnsinnsidee abzubringen.

Du warst hochschwanger, noch dazu von einem Typen aus dem Meer. Du bist ein unglaubliches Risiko eingegangen. Stell dir mal vor, du hättest im Flugzeug entbunden.«

Riona versuchte ein schelmisches Lächeln, das ihr nur halbwegs gelang.

»Das wäre doch gar nicht so schlecht gewesen. Ich hätte meinen Kassian als Erste gesehen. Von Anfang an hätte ich gewusst, dass er menschlich ist. Die Ärzte hätten mir nichts mehr vormachen können.«

Hagen warf einen Seitenblick auf das Baby.

»Gott sei Dank ist aus ihm kein … Naja, du weißt schon.«

»Und? Wie findest du ihn?«, fragte sie erwartungsvoll.

»Nun, er ist ganz niedlich.«

»Du magst ihn also nicht.«

»Nein, das ist es nicht«, sagte er kopfschüttelnd. »Ich kann nur nicht so schnell vergessen, dass er es war, der dich in diese Situation gebracht hat. Ohne ihn hätte man dich nicht entführt.«

»Kassian kann doch nichts dafür, dass die Ärzte es auf ihn abgesehen haben«, erwiderte sie stirnrunzelnd. »Er ist doch nur ein unschuldiges Baby.«

Hagen erwiderte nichts. Auf einmal streckten sich ihm zwei Ärmchen entgegen. Unweigerlich erhellte sich Hagens Gesicht und sein rechter Zeigefinger schob sich zwischen die Finger. Blitzartig schloss sich die Faust wie bei einer fleischfressenden Pflanze, deren Beute in die Falle getapst war. Mit einem Ruck wurde der Finger nach hinten geknickt und wieder losgelassen. Hagen stieß einen Schmerzensschrei aus und riss den Arm zurück.

»Verdammt. Er hat mir den Finger verstaucht.« Mit der gesunden Hand begann er, an ihm herum zu massieren.

»Das tut echt weh«, stöhnte er. »So viel dazu, dass dein Baby menschlich ist.«

Riona beugte sich zu Kassian herunter. »Na sag mal, was hast du nur angestellt? Der Onkel ist doch einer von den Guten. Du darfst ihm nicht wehtun.«

Aus dem süßesten Gesicht, das ein Baby überhaupt haben konnte, sahen zwei blaue Augen unschuldig zu ihr auf. Nichts regte sich darin, nur der Nuckel bewegte sich auf und ab.

»Und das hat er jetzt kapiert, was?« Hagen holte ein Taschentuch aus der Hosentasche und umwickelte damit seinen Finger.

»Dein Baby ist echt mit Vorsicht zu genießen. Das merke ich mir für die Zukunft.«

»Ach komm, hab dich doch nicht so.« Sie gab ihm einen versöhnlichen Kuss auf die Wange und sprach weiter: »Kassian muss zu dir erst Vertrauen fassen. Außerdem hat er sich über deine Worte geärgert.«

»Ein Baby kann sich über meine Sätze ärgern. Wirklich toll.« Er winkte ab. »Aber lassen wir das Thema. Erzähl mir lieber, wie du aus dem Haus gekommen bist. Man hat dich bestimmt nicht so einfach gehen lassen.«

»Nein, es war total anders.« Sie begann zu erzählen, erwähnte jede Einzelheit und ließ nichts aus. Nach zehn Minuten hatte er alles erfahren. Im war anzusehen, er war von Argons Handeln ziemlich beeindruckt. Natürlich würde er es niemals zugeben, doch er war es ganz offensichtlich.

»Argon muss gleich zurück sein«, schloss sie den Bericht. »Ich bete darum, dass er es schafft. Ich habe so große Angst um ihn.«

Als sie Hagen mit einem verzweifelten Blick ansah, zog er sie zu sich heran. »Argon ist stark und er weiß, was er tut.«

Dem Baby schien der enge Kontakt zwischen den beiden nicht zu gefallen, denn es strampelte wütend mit den Beinen. Intuitiv zog Hagen seinen Arm zurück. »Jetzt wird der Knirps auch noch eifersüchtig.«

Riona beugte sich zu Kassian runter und während sie leise auf ihn einsprach, streichelte sie sein Köpfchen. Augenblicklich beruhigte er sich.

»Ich würde wahnsinnig gern meine Mutter anrufen«, sagte sie zu Hagen. »Aber vielleicht sollte ich damit noch warten, bis Argon zurück ist und wir L.A. verlassen haben. Was meinst du?«

»Warte noch bis morgen. Auf den einen Tag kommt es auch nicht mehr an.«

»Okay.« Sie verzog das Gesicht. »Es tut mir so leid, dass ich ihr Kummer bereitet habe. Weißt du, wie es ihr geht?«

»Sie denkt, du bist noch immer bei einer Freundin. Gleich nachdem ich deinen Brief gefunden habe, rief ich bei ihr an. Sie war aufgeregt und machte sich Sorgen, weil sie dich auf dem Handy nicht erreichen konnte.«

»Es war ausgestellt«, erklärte sie. Sie sah auf ihre Armbanduhr. »Ich habe ein Zimmer in einem Hotel gebucht. Es befindet sich hier in der Nähe.

Kassian wird Argon dort hinführen. Per Telepathie.«

Erstaunt hob Hagen die Augenbrauen, doch er verkniff sich eine Bemerkung.

»Wir sollten gehen.« Rionas Hände schoben sich sanft unter das Baby, dann legte sie es an ihre Brust und stand auf. Hagen nahm seine Sachen und erhob sich ebenfalls. Seite an Seite gingen sie zum Hotel. Auf dem Zimmer angekommen warteten sie auf Argons Rückkehr.

Minute um Minute verstrichen, ohne dass etwas passierte. Je weiter sich die Zeit auf den Abend zu bewegte, desto weniger sprachen sie miteinander. Seit einer Stunde hätte Argon zurück sein müssen. Mittlerweile herrschte im Zimmer beklemmende Stille. Hagen saß im Sessel und trommelte mit den Füßen auf dem Teppichboden herum. Er beobachtete Riona, wie sie vor dem Fenster stehend die Straße nach Argon absuchte. Bei jedem Geräusch auf dem Korridor fuhr sie herum und sah hoffnungsvoll zur Tür. War das Geräusch verebbt, wandte sie sich wieder zum Fenster. Das Baby lag so still im Bett, als schliefe es. Doch der Schein trog. Es starrte zur Decke, immer auf denselben Punkt.

Riona sah zu Hagen und fuhr sich nervös über die Stirn.

»Bitte hör mit der Zappelei auf«, sagte sie. »Das macht mich noch verrückt.«

Er reagierte sofort. »Was machen wir jetzt?«

»Warum legst du dich nicht hin? Du musst doch von dem Flug ganz kaputt sein. Es reicht, wenn ich warte.«

»Ich soll mich zu Kassian legen?« Er hob abwehrend die Hände. »Vielen Dank auch. Er kriegt es fertig und krallt sich meine Gurgel.«

Riona rollte mit den Augen. »Übertreib doch nicht so. Sieh doch hin, ist er ganz lieb.«

Eine Zeit lang beobachtete er das Baby. »Warum starrt er andauernd zur Decke? Das ist doch nicht normal.«

»Ich weiß nicht«, erwiderte sie. »Eigentlich müsste er schlafen.«

Ein Gedanke schoss ihr durch den Kopf. Sie ging zum Bett und setzte sich auf die Kante. Blitzschnell richteten sich die Babyaugen auf sie. Sie erwiderte den Blick mit einem sanften Lächeln.

»Kassian, sprichst du gerade mit deinem Papa?« Forschend sah sie in das süße Gesicht vor ihr, indem sich nicht einmal mehr der Nuckel regte.

»Verstehst du mich, Liebling? Kannst du mir ein Zeichen geben?«, fragte sie etwas eindringlicher. Als sie erkennen musste, dass es keinen Zweck hatte, gab sie ihm einen Kuss und stand auf.

»Und?«, fragte Hagen.

Sie schüttelte den Kopf. Mit jeder Faser ihres Körpers spürte sie die Angst um Argon. Es musste etwas geschehen sein, womit er nicht gerechnet hatte. Bei dem Gedanken verkrampfte sich ihr Herz. Hilflos sah sie wieder zu Hagen, der jetzt die Lippen aufeinande presste. Sie brauchten keine Worte, um zu wissen, was der andere dachte: Argon würde nicht mehr kommen. Riona ertrug den Gedanken nicht länger.

»Ich halte es hier nicht mehr aus«, stieß sie aus. »Ich fahre zu Dr. Rutherford.«

Ihre Worte rissen Hagen aus dem Sessel. »Das ist nicht dein Ernst. Darauf warten sie doch nur. Sie werden dich kriegen und alles beginnt von vorn.«

Ihr Gesicht verzerrte sich, als würde sie einen Schmerz empfinden. »Was soll ich sonst tun? Soll ich hier rumstehen und warten, bis sie ihn umbringen?« Sie machte zwei Schritte auf ihn zu. »In dem Haus passieren schreckliche Dinge. Wer weiß, was sie mit ihm anstellen. Wenn du eine bessere Idee hast, dann sag es.«

Er wartete, bis die Wucht ihrer Worte abgeklungen war. Dann ging er zu ihr und schloss sie in seine Arme.

»Ich habe keine bessere Idee«, sagte er. »Aber wenn du hier rumschreist, bringt uns das auch nicht weiter. Lass uns in Ruhe darüber nachdenken.«

Sie seufzte schwer. Eine Weile standen sie zusammen, ohne zu sprechen. Auf einmal machte sie sich los und ihr Körper straffte sich.

»Ich weiß, was ich tun muss. Ganz gleich, wie du darauf reagierst, ich mache es.«

»Was hast du vor?«

»Ich werde Argons Vater um Hilfe bitten.«

»Was?« Er glaubte, sich verhört zu haben.

»Es kann funktionieren.« Je mehr sie darüber nachdachte, desto aufgeregter wurde sie. »Die Meeresjäger sind ganz in der Nähe. Ihr Schiff liegt irgendwo draußen vor Los Angeles. Argon hat es mir selbst erzählt.«

Hagen sog scharf die Luft ein und stieß sie wieder aus. »Aber wie willst du mit ihnen Kontakt aufnehmen?« Kaum hatte er es ausgesprochen, drehten sich beide zu Kassian um, als hätten sie den gleichen Gedanken.

»Ich versuche es. Kassian muss sich mit Argons Vater telepathisch in Verbindung setzen und ihm alles erzählen.«

Hagen schwenkte abwägend den Kopf hin und her.

»Nehmen wir mal an, es funktioniert«, sagte er. »Kassian wird es dir kaum sagen können.«

»Ich weiß.« Sie begann, darüber nachzudenken, und sagte dann: »Es gibt nur eine Möglichkeit.«

»Und die wäre?«

»Kassian muss Argons Vater irgendwie klarmachen, dass ich mich mit ihnen treffen möchte. Noch heute Abend. An einem menschenleeren Ort. Sonst werden sie womöglich nicht kommen.«

»Wo soll das sein?«

»Auf den Hollywood Hills, über dem Schriftzug«, sagte sie nach kurzer Überlegung. »Sie sollen kommen, wenn es dunkel wird. Dann ist kein Mensch mehr dort.«

Hagen fasste sich an die Stirn, als ob er sich erst jetzt der Tragweite ihres Handelns voll bewusst wurde. »Das ist viel zu gefährlich. Überleg doch mal, was passiert, wenn du dort mit dem Baby auftauchst. Sie hassen die Menschen. Wahrscheinlich werden sie dich noch nicht einmal ausreden lassen und dich sofort töten.«

Riona ging zum Bett und blieb stehen. Ihr Blick ruhte auf dem Baby.

»Das Risiko muss ich eingehen. Die Amphibienmenschen kennen mich nicht. Aber in Kassian werden sie Argon erkennen und wissen, dass ich die Wahrheit sage.«

»Das kannst du nicht machen«, sagte Hagen entschieden.

»Doch, das kann ich, denn ich liebe Argon. Und ich werde ihn nicht noch einmal aufgeben. Er hat mich gerettet und das werde ich jetzt für ihn tun.«

Hagen musterte sie schweigend. Noch nie zuvor hatte er sie so willensstark gesehen wie in dem Augenblick. Intuitiv wusste er, nichts auf der Welt konnte sie von dem Vorhaben abbringen. Er atmete hörbar durch. »Wie du willst, aber ich komme mit.«

Zwei Sekunden lang wirkte sie erleichtert, dann trat der entschlossene Ausdruck wieder auf ihr Gesicht.

»Danke, Hagen. Unter dem Schriftzug gibt es einen Parkplatz, genauer gesagt eine Aussichtsplattform. Ich war schon einmal dort. Du könntest uns hinbringen. Aber das letzte Stück gehe ich allein mit Kassian rauf.«

Er nickte zustimmend und deutete auf das Baby.

»Zuerst solltest du ihm klarmachen, was er tun muss.«

Als sich Riona auf die Bettkante setzte, richteten sich wieder die Babyaugen auf sie.

»Kassian, ich weiß nicht, ob du mich verstehen kannst«, sagte sie mit zärtlicher Stimme. »Aber ich weiß sonst keinen anderen Weg. Du musst mir helfen. Bitte versuch, mit Karlef zu sprechen. Er ist dein Opa.«

Während sie immer weiter sprach, schaute das Baby sie unverwandt an. Erst als sie endete, wanderte sein Blick wieder zur Decke. Riona hatte keine Ahnung, ob ihr Baby irgendetwas von dem begriffen hatte, was sie von ihm wollte. Seufzend erhob sie sich.

Hagen hatte aus der Entfernung zugesehen. »Fahren wir trotzdem?«

»Natürlich fahren wir.« Sie stemmte die Hände in die Hüften. »Kannst du uns ein Auto mieten?«

»Okay, das krieg ich hin.« Er sah kurz auf seine Armbanduhr. »Wann fahren wir?«

»Spätestens in zwei Stunden.«

»Dann will ich mal.« Er nahm sein Portemonnaie und ging zur Tür hinaus.

Eine Zeitlang beobachtete Riona das Baby, das noch immer reglos zur Decke starrte. Endlich bewegte sich Kassians Köpfchen und er begann, mit den Fingern zu spielen. Kurz entschlossen ging sie ins Badezimmer und ließ Wasser in die Wanne laufen. Das Badeöl, das sie einträufelte, hatte sie extra dafür gekauft. Ein leichter Apfelduft schwebte durch den Raum. Mit einer Hand überprüfte sie die Temperatur des Wassers, dann ging sie ins andere Zimmer zum Bett zurück.

»Mein kleiner Schatz kann endlich einmal baden«, sagte sie im mütterlichen Tonfall, während sie das Baby auszog. »Du wirst sehen, das wird dir gefallen. Danach creme ich deine Haut ein, damit sie schön weich bleibt.« Sie sprach immer weiter. Sie musste sich ablenken, sie wollte nicht an den bevorstehenden Abend denken. Die Sorge um Argon und um das, was später auf sie zukommen mochte, hätten sie nur verrückt gemacht.

Das Wasser war angenehm warm. Auf ihrem

ausgestreckten Arm lag Kassian in der Wanne. Mit der freien Hand schaufelte sie Wasser auf sein Bäuchlein. Ihm schien es zu gefallen, er strampelte mit den Beinen. Plötzlich ertönte aus seinem geöffneten Mund ein drolliges Lachen. Ein Glücksgefühl durchströmte sie, das für den Moment ihre Ängste verdrängte. Später stillte sie ihn. Frisch gewickelt lag er in ihren Armen. Der Zitrusduft seiner Haut war vermischt mit dem frischen Duft von Apfel. »Mein kleines Früchtchen«, flüsterte sie ihm zu.

Hagen betrat das Zimmer und winkte mit dem Autoschlüssel. »Der Wagen steht unten.« Er hob das Kinn etwas an und begann zu schnuppern. »Was riecht hier so gut?«

»Ich habe Kassian gebadet«, erklärte sie. »Du hättest mal sehen sollen, wie er darauf reagierte. Er hat zum ersten Mal gelacht. Total süß.«

Hagen musterte das Baby. »Anscheinend ist dabei seine ganze Energie draufgegangen. So, wie er jetzt reinhaut.«

»Er ist gleich satt«, sagte sie. »Jedenfalls glaube ich nicht, dass noch viel mehr in ihn reinpasst.«

Hagen setzte sich in den Sessel und trommelte mit den Fingern auf der Lehne herum, was Riona bemerkte.

»Du bist nervös,«stellte sie fest.

»Du nicht?«

»Langsam werde ich es.« Sie legte Kassian aufs Kissen und knöpfte die Bluse zu.

»Wenn du soweit bist, sollten wir fahren«, schlug er vor. »Wer weiß, wie wir durch den Verkehr kommen.«

Sie stimmte ihm zu. Eine Viertelstunde später verließen sie das Hotel.

Um diese Tageszeit waren die Straßen mit Autos zugestopft und sie kamen nur langsam voran. Hagen saß am Steuer. Riona hatte sich mit Kassian auf die Rückbank gesetzt. Er lag in ihren Armen und war endlich eingeschlafen. Wahrscheinlich hatte er vorhin kein Wort verstanden und sich auch nicht mit Argons Vater in Verbindung gesetzt. Ihr blieb nichts anderes übrig als zu warten. In Gedanken betete sie, die Amphibienmenschen möchten erscheinen. Es war ihre letzte Hoffnung, Argon zu retten.

Im Dämmerlicht erreichten sie die Hollywood Hills. Hagen parkte den Wagen auf der Plattform und sie stiegen aus. Niemand war zu sehen, sie waren vollkommen allein am Berghang. Von hier aus bot sich ein atemraubender Blick über Los Angeles. Die Laternen, die sich schnurgerade durch die Straßen der Stadt zogen, wirkten wie Lichterketten. Die beleuchteten Fenster glichen Glühwürmchen. In der Ferne war der Pazifische Ozean zu sehen. Irgendwo da draußen musste das Korallenschiff liegen.

Riona wickelte Kassian in das Tragetuch, damit er dicht an ihrer Brust lag. Er wachte davon auf, hob das Köpfchen und sah zu ihr auf. In seinem Blick lag etwas Seltsames, als wollte er ihr etwas zu verstehen geben. Vielleicht will er nicht, dass ich da raufgehe, dachte sie. Unweigerlich beschleunigte sich ihr Herzschlag. Sie versuchte, Ruhe zu bewahren. Wahrscheinlich deutete sie seinen Blick nur falsch. Sie war viel zu nervös, um etwas klar wahrzunehmen. In jeder seiner Bewegungen hätte sie jetzt wohl eine böse Vorahnung entdeckt.

Sie hob den Kopf und sah zu dem hundert Meter langen Bauwerk hinauf, das hoch über ihnen thronte. Die neun Buchstaben waren das Wahrzeichen der Stadt.

»Ich geh jetzt rauf«, sagte sie zu Hagen.

»Soll ich nicht doch mitkommen?«

»Das geht wirklich nicht«, wehrte sie ab. »Sie werden nicht mit mir reden, wenn du dabei bist. Bitte steig ins Auto, damit sie dich nicht sehen.«

»Wenn sie dir etwas antun, dann schrei so laut, wie du kannst. Ich komm sofort hoch.«

»Das bringt nichts, ich bin zu weit weg.« Sie lächelte ihm aufmunternd zu. »Mir passiert schon nichts. Es ist der einzige Weg, Argon zu retten.«

»Es ist der gefährlichste Weg, ihn zu retten. Was ist, wenn das Schlimmste passiert und du nicht mehr zurückkommst?«

»Dann setzt du dich in den nächsten Flieger nach Deutschland.«

Er fuhr sich mit einer Hand übers Gesicht.

»Wenn du in einer Stunde nicht zurück bist, komm ich rauf.«

Sie packte seinen rechten Arm und rüttelte ihn.

»Mach das nicht, Hagen. Bring dich in Sicherheit. Bitte. Ich könnte mir sonst nie verzeihen, dass ich dich da reingezogen habe.«

Er sagte nichts dazu. Er hatte schon längst entschieden, sie nach Ablauf von einer Stunde zu suchen. Riona ließ den Arm sinken und gab Hagen einen Kuss auf die Wange. Es war ihm anzusehen, wie schwer es ihm fiel, sie ins Ungewisse gehen zu lassen.

Der Aufstieg zum Gipfel der Bergkette war steil und beschwerlich. Riona keuchte, als sie endlich oben ankam. Sie drehte sich suchend nach allen Seiten um. Von den Amphibienmenschen war nichts zu sehen. Es dunkelte bereits und es war grausigkalt. Der Wind fauchte und drang in ihre Kleidung. Nach kurzer Zeit begann sie zu frösteln. Schützend legte sie die Arme um Kassian, doch ihm schien die Temperatur nichts auszumachen. Er fing an, heftig zu strampeln, als wollte er sich aus dem Tuch befreien.

»Hör auf zu zappeln, Kassian.« Ihre mahnenden Worte bewirkten nichts, denn er setzte sein Treiben fort. Immer stärker und wilder. Sie konnte ihn kaum noch halten. Abrupt brach er ab – sie wusste, gleich würde etwas passieren.

Da kamen sie. Über vierzig Amphibienmenschen, eingehüllt in schwarze Kutten, die Kapuzen tief in ihre Gesichter gezogen. Aufgereiht zu einer Mauer rückten sie allmählich näher. Riona fiel auf, dass alle überdurchschnittlich groß waren, auch die Frauen, falls es welche unter ihnen gab. Die Kapuzen verbargen ihre Identität. Um sie herum war es still geworden, als würde die Welt den Atem anhalten. Das einzige Geräusch war das Knirschen von Geröll unter ihren Füßen.

Nur wenige Meter vor Riona verharrten sie, und über vierzig Paar Augen starrten sie an. Beim Anblick dieser geballten Macht begann ihr Herz zu trommeln, dennoch wich sie nicht zurück. Die Luft zwischen ihnen war spannungsgeladen wie vor einem Gewitter. Plötzlich sprach jemand. Seine Stimme war tief und kraftvoll wie das Grollen eines Löwen.

»Ein Mensch wagt es, zu uns zu kommen?« Es klang drohend.

Rionas Blick schnellte von einem zum anderen auf der Suche nach dem Sprechenden. In der undurchdringlichen Mauer konnte sie niemanden ausfindig machen. Sie schluckte ihre aufkommende Furcht herunter.

»Ja, ich bin ein Mensch. Aber ich bin auch Argons Freundin, und wegen ihm bin ich hier. Er ist …« Sie kam nicht mehr dazu, den Satz zu vollenden, denn wieder ertönte eine Stimme aus der Mauer:

»Argon gehört nicht mehr zu uns.«

Dieses Mal hatte ein anderer gesprochen. Und wieder war es ihr nicht möglich, ihn aus der Gruppe gespenstisch wirkender Statuen zu erkennen. Sie nahm ihren ganzen Mut zusammen.

»Er ist ein Meeresjäger wie ihr. Er hat eure Bestrafung nicht verdient.« Sie konnte nicht verhindern, dass ihre Stimme leicht zitterte.

»Er hat unser oberstes Gesetz gebrochen«, hörte sie wieder die erste Stimme.

»Das hat er nie gewollt«, rief sie. Ihr Blick glitt rastlos von einem zum anderen. »Ich kann es euch erklären.«

»Deine Erklärung zählt bei uns nicht.«

Endlich hatte sie den Sprecher entdeckt. Er stand in der Mitte zwischen den anderen. Seine Körperhaltung war die eines Herrschers. Das muss Karlef sein, durchfuhr es sie. In einer plötzlichen

Eingebung nahm sie das Baby aus dem Tuch und drehte es zu ihm.

»Das ist Kassian, Argons und mein Sohn. Dein Enkel. Er ist ein Kind der Liebe. Nur aus Liebe zu mir musste Argon gegen Narla kämpfen. Sie wollte mich töten, so wie sie alle anderen Menschen auf Hawaii tötete, und sie war es auch, die ihn angriff. Argon trifft keine Schuld.« Jetzt bemerkte sie, wie Karlef unter der Kapuze heraus unverwandt auf Kassian starrte. Er schien über das Gesagte nachzudenken.

»Wir Meeresjäger haben unsere eigenen Gesetze«, sagte er dann. »Wir töten uns nicht gegenseitig. Du kannst Argons Tat nicht rechtfertigen.«

Sie vergaß die Angst. Ihr ganzes Fühlen und Denken war nur noch auf ein Ziel ausgerichtet. Sie musste Argon retten. Ganz gleich, was danach mit ihr geschehen würde.

»Argon hat nie vorgehabt, jemanden von euch zu töten«, erwiderte sie. »Und für sein Handeln gibt es eine Rechtfertigung: wahre Liebe. Aus Liebe zu mir musste er kämpfen und aus Liebe zu mir ist er jetzt gefangen.« Sie machte zwei Schritte auf die Amphibienmenschen zu und hob ihr Baby hoch, damit ihn alle sehen konnten.

»Kassian ist zu einer Hälfte Mensch, aber zur anderen Hälfte ist er einer von euch. Wollt ihr, dass er ohne seinen Vater aufwächst?« Sie drückte Kassian wieder an sich. Ihr Blick wanderte die Mauer entlang, während sie fortfuhr: »Ihr verurteilt das gegenseitige Töten. Aber wenn ihr Argon nicht helft, seid ihr für seinen Tod mitverantwortlich. Wollt ihr diese Schuld auf euch laden?« Sie sprach so aufgewühlt, wie sie innerlich war. Ihr Atem ging heftig und das Herz schlug ihr bis zum Hals hinauf.

Karlef drehte den Kopf zu den beiden Meeresjägern, die neben ihm standen. Keiner von ihnen sagte etwas. Riona wusste, was das zu bedeuten hatte: Sie verständigten sich untereinander telepathisch. Minutenlang herrschte Totenstille auf der Bergkette. Die Lautlosigkeit beunruhigte Riona. Die Angst schlich sich wieder in ihr Herz. Sie wagte sich nicht zu rühren. Vor ihr standen über vierzig zur Salzsäule erstarrte Amphibienmenschen, die gerade über Tod oder Leben entschieden. Ihr Schicksal lag in ihren Händen. Sollte alles umsonst gewesen sein? Ihr Kampf um das Leben ihres Babys, ihr Kampf um ihre Liebe zu Argon, alles umsonst? So durfte es nicht enden, nicht hier, nicht in dieser kalten Nacht in einem fremden Land.

Kassian schien zu spüren, was gerade in ihr vorging. Er presste sich an ihre Brust, als wollte er sie beschützen. Sie zuckte zusammen, als Bewegung unter den Amphibienmenschen entstand. Sie hoben die Arme und nahmen die Kapuzen ab. Zum ersten Mal konnte Riona ihre Gesichter sehen. Gesichter, die ihr freundlich erschienen. Einige von ihnen lächelten sogar.

Karlef trat aus der Gruppe hervor und kam auf Riona zu. Sein Gang war würdevoll, seine Schritte fest. Nicht der kleinste Stein bewegte sich unter seinen Füßen. Er blieb vor ihr stehen. Kassian drehte das Köpfchen zu ihm und zum ersten Mal sahen sich Großvater und Enkelsohn an. Karlefs Gesicht nahm einen sanften Zug an. Riona wollte den Augen nicht trauen. Die unverhoffte Wendung des Geschehens hatte sie völlig überrascht.

»Hab keine Angst, Riona«, sagte er. »Es wird dir nichts geschehen.«

»Du kennst meinen Namen?«

»Ich weiß alles über dich und Argon. Kassian hat es mir vorhin erzählt. Er bat mich, hierher zu kommen.« Karlefs Stimme war ruhig und warm.

Tränen traten ihr in die Augen, Tränen der Rührung und der Erleichterung. Ihr Baby hatte sie verstanden und alles Mögliche getan, um seinen Vater zu retten.

Karlef nahm seine Kette ab und legte sie Kassian um den Hals. »Willkommen in deiner Familie, mein Enkelsohn.«

Hinter Karlef löste sich die Mauer auf und die Amphibienmenschen kamen zu Riona und umgaben sie. Ihre Gesichter füllten sich mit Leben. Das Eis war gebrochen. Jeder von ihnen wollte Kassian einmal halten. Ihm schien es zu gefallen, von einem Arm in den anderen zu wandern. Sein Lachen stiftete andere an und auf dem Berg ertönte ein vielstimmiges Lachen und Geplauder.

Riona stand etwas hilflos in der Menge. Sie fühlte sich von den schwarzgekleideten Gestalten überrumpelt. Zu ihrem großen Erstaunen verhielten sie sich, als ob sie schon immer zu ihnen gehörte. Es waren herzliche Geschöpfe mit aufrichtigen Gesichtern und unverstelltem Lachen. Nach und nach taute sie auf. Sie sprach mit ihnen und lachte, wenn Kassian irgendwelche Mätzchen veranstaltete. Karlef, der neben Riona stand, wandte jetzt sein Gesicht zu ihr.

»Ich heiße auch dich willkommen, Riona. Du hast uns gelehrt, dass auch Menschen fähig sind zu lieben. Ich danke dir dafür.« Er streckte ihr die Hand entgegen, die sie nur all zu gern nahm. Dann lächelten sich beide zu.

Rionas Gesichtsausdruck wurde wieder ernst. »Es wird immer Menschen geben, die euch nicht akzeptieren. Ihr könnt nicht mit uns zusammen leben, wenn ihr euch nicht verstellt.«

»So ist es. Unsere wahre Identität können und wollen wir nicht verleugnen.« Er legte seine rechte Hand auf seine Brust. »Unter dieser Brust wird immer das Herz eines Meeresjägers schlagen.«

Riona musste daran denken, dass Argon einmal diese Worte gesprochen hatte. Der Gedanke an ihn trübte ihren Blick. Karlef hatte ihren Stimmungswandel bemerkt und schien zu ahnen, was in ihr vorging.

»Wir retten ihn. Noch heute Nacht«, sagte er mit fester Stimme.

»Was habt ihr vor?«

Er drehte sich kurz zu Kassian, der in Minjas Armen lag. Die Babyhändchen patschten immer wieder an ihr Kinn. Wenn sie versucht war, seine Finger zu küssen, zog er sie blitzschnell zurück.

»Dein Sohn wird uns den Weg zu Argon weisen«, sagte Karlef. »Wir werden ihn befreien. Und wir werden alles zerstören, was mit den Experimenten in Zusammenhang steht. Die Ärzte werden es sich zweimal überlegen, ob sie an der Stelle nochmals Forschung betreiben.«

Riona sah ihn mit großen Augen an. »Werdet ihr auch Menschen töten?«

»Nicht, wenn es sich vermeiden lässt. Wir Meeresjäger töten nicht aus Rache.«

Sie nickte als Zeichen, dass sie verstanden hatte. Dann sagte sie: »In dem Haus arbeitet ein Mädchen, Lilly. Sie hat mir geholfen. Ich weiß nicht, ob sie heute Nacht da sein wird. Vielleicht hat sie ja auch frei. Ich hoffe es so sehr für sie. Bitte, tut ihr nichts an.«

»Ihr wird nichts geschehen«, sagte Karlef. »Mach dir darüber keine Gedanken. Wir Meeresjäger sind keine Verbrecher, wie du vielleicht im ersten Moment über uns dachtest. Wir suchten nie euren Kontakt und alles, was wir taten, geschah aus unserem Wunsch heraus, in dieser Welt zu überleben.« Er wandte sich von ihr ab, legte den Kopf in den Nacken und sah kurz zum Himmel. »In einer halben Stunde ist es vollkommen dunkel. Dann brechen wir auf.«

»In einer halben Stunde?« Riona fiel Hagen ein, der noch immer im Auto auf sie wartete. Wer weiß, was er anstellte, wenn sie nicht bald zurückkam. Sie warf Karlef einen verstohlenen Blick zu, der fragend die Brauen hob.

»Hagen, mein bester Freund, wartet dort unten im Auto auf mich«, dabei deutete sie in Richtung Plattform. »Er ist aus Hamburg gekommen, um mir zu helfen.« Sie zögerte kurz. »Ich hab ihm von euch erzählt.«

Karlefs Stirn legte sich in Falten. Ihm schien es nicht zu gefallen, dass ein weiterer Mensch von der Existenz der Meeresjäger wusste.

»Er würde euch nie verraten«, fügte sie schnell hinzu.

»Gut, ich glaube dir.« Seine Augen suchten jemanden aus der Gruppe. Gleich darauf setzte sich eine hünenhafte Gestalt mit gelbgrünen Augen in Bewegung und blieb in respektvollem Abstand vor ihm stehen.

Karlef sagte: »Mangolf, bring Rionas Freund zu uns. Das Auto steht auf dem Parkplatz am Hang.« Der Riese nickte wortlos und stapfte davon. Zu gern hätte Riona in Hagens Gesicht gesehen, wie er auf das unerwartete Auftauchen des Riesen reagieren würde. Sie brauchte nicht lange darauf zu warten, denn Mangolf war gleich wieder zurück. Hagen hatte sich an Mangolfs Rücken geklammert und rutschte jetzt daran herunter. Er schien nervös zu sein. Sein Kopf drehte sich nach beiden Seiten und seine Augen bewegten sich unruhig hin und her.

»Bist du okay?«, fragte Riona.

Er wandte sich zu ihr und aus seiner Kehle entrang sich ein Stoß tausendfacher Erleichterung. Mit schnellen Schritten kam er auf sie zu und nahm sie in die Arme. Sie schob ihn sanft von sich fort.

»Ist mit dir alles in Ordnung?«, wiederholte sie die Frage.

»Ob mit mir alles in Ordnung ist? Die Frage ist, ob du es bist.« Sein Blick wanderte über ihr Gesicht, das von innen heraus zu strahlen schien.

»Mir geht es gut, Hagen. Es ist so wahnsinnig viel passiert. Ich kann es noch gar nicht fassen.«

»Du hast es geschafft«, mutmaßte er und sie bestätigte es mit einem Kopfnicken. »Sie werden Argon helfen. Aber womit ich überhaupt nicht gerechnet habe: Sie haben Kassian in ihre Familie aufgenommen.«

Minja stand in der Nähe der beiden und hatte die ganze Zeit über Hagen nicht aus den Augen gelassen. Jetzt kam sie zu ihnen. Kassian streckte die Ärmchen zu Riona aus. Sie nahm ihn und gab ihm einen Kuss auf die Stirn. Dann nahm sie den Anhänger in die Hand, der auf seinem Bäuchlein baumelte.

»Sieh mal, Hagen. Karlef hat ihm diese Kette geschenkt als Zeichen seiner Zugehörigkeit. Jeder Meeresjäger trägt solch eine Kette – und nun auch mein Kassian. Ich bin so stolz auf ihn. Er war total lieb und machte alles mit.«

Hagens Blick wechselte vom Anhänger zum Baby. »Na sieh mal an, du Hosenscheißer. Du kannst zu Fremden nett sein und nicht nur ihre Finger verbiegen.«

»Wie geht es deinem Finger?«

»Das wird schon wieder«, erwiderte er leichthin und begann zu grinsen. »Mein Gott, hat mich Goliath erschreckt, als er plötzlich vor mir auftauchte. Ich dachte schon, er wollte mir an den Kragen.« Er machte eine Pause, als er sah, wie Riona in sich hineinlachte. Lässig sprach er weiter: »Der Typ ist ganz verträglich. Du hättest mal sehen sollen, wie er mit mir den Berg hochsprang, wie ein Riesenkänguru. Das war echt cool.«

Obwohl er leise gesprochen hatte, musste Minja es verstanden haben. Ihre Walnussaugen fixierten ihn und ihre Mundwinkel zuckten amüsiert.

Der Wind hatte an Kraft zugelegt und fuhr durch ihre Kleidung. Den Amphibienmenschen schien das nichts auszumachen, doch Riona und Hagen begannen bereits nach kurzer Zeit zu frösteln. Karlef gab Mangolf ein Zeichen. Der Titan verstand sofort und verschwand mit einem kräftigen Sprung ins Dunkle hinein. Wenig später war er wieder zur Stelle. Seine Hände, die eher Pranken glichen, umfassten Äste und Palmenwedel. Er warf alles auf einen Haufen und steckte ihn dann mit einem Feuerzeug an.

Die Amphibienmenschen kamen und bildeten einen Kreis um den Stapel. Einige streckten die Hände zum Feuer aus. Ab und zu sprach jemand mit seinem Nachbarn. Das flackernde Licht der Flammen spiegelte sich in ihren Augen und warf einen goldigen Schatten auf ihre Gesichter. Zwischen den Amphibienmenschen standen Riona und Hagen. Ihre Blicke machten die Runde. Hochgewachsen, ganz in Schwarz und mit funkelnden Gesichtern wirkten die Meeresjäger auf sie geheimnisvoll, aber auch wunderschön. Erst jetzt bemerkte Riona, dass sich Hagen und Minja über das Feuer hinweg in die Augen sahen. Sie konnte die knisternde Spannung zwischen ihnen förmlich spüren. Karlef stand neben Riona und sah zu ihr.

»Ist dir schon wärmer?«, wollte er wissen.

Sie drehte sich zu ihm. »Ja. Vielen Dank für das Feuer.« Sie warf einen kurzen Blick auf Kassian, der auf Mangolfs Schultern hockte und wie ein Hähnchen krähte.

»Wann brechen wir auf?«, wollte sie wissen.

»In wenigen Minuten ist es soweit.« Karlef musterte Riona eingehend. Es war offensichtlich, dass sie ihm gefiel.

»Du hast von deiner Heimat bis hierher einen steinigen Weg zurückgelegt«, sagte er.

»Ich würde ihn jeder Zeit wieder gehen.«

»Du bist eine starke junge Frau.«

»So hab ich mich nie gesehen.«

»Vielleicht hat dich die Liebe zu Argon stark gemacht.«

Sie lächelte. »Ja, das hat sie. Argon ist die Liebe meines Lebens.« Ihr Lächeln erstarb. »Ich habe große Angst um ihn. Hoffentlich kommen wir nicht zu spät.«

Schlagartig verdunkelte sich Karlefs Gesicht. »Das wird sich zeigen. Hoffen wir das Beste.« Sein auf Riona gerichteter Blick wurde fester. »Ganz gleich was heute Nacht geschieht, du sollst eines wissen, Riona. Kassian und du, ihr gehört jetzt zu meiner Familie – wenn du es auch möchtest.«

Sie war von seiner Äußerung tief gerührt. Niemals hätte sie damit gerechnet, dass Argons Vater eines Tages diese Worte finden würde. Sie umfasste seine Hand und drückte sie.

***

Argon lag mit geschlossenen Augen auf dem Operationstisch in dem Raum, in dem sich Riona vor wenigen Tagen versteckt hatte. Arme und Beine waren mit Stahlschienen am Tisch gefesselt. In unregelmäßigen Abständen hob und senkte sich sein nackter Oberkörper, als ob ihm das Atmen schwerfiel. An seinem Kopf klebte eine Vielzahl von Elektroden, sie waren mit einem Computer verbunden. Neben dem Operationstisch stand Dr. Norten und während er die empfangenen Signale auf einem Monitor auswertete, summte er ein Lied. Ab und zu unterbrach er seinen Singsang, um einen Blick auf Argon zu werfen. Mit einem zufriedenen Gesichtsausdruck setzte er das Treiben fort.

Draußen begann es bereits zu dunkeln, als Argon endlich aus dem komaähnlichen Schlaf erwachte und die Lider hob. Er erinnerte sich an die letzten Minuten vor der Betäubung. Sofort wusste er, wo er sich gerade befand. Er versuchte aufzustehen, aber irgendetwas hinderte ihn daran. Er hob den Kopf und sein Blick überflog die Metallkonstruktionen an Händen und Beinen. Er bündelte seine ganze Kraft in seine Arme und versuchte, sich von den Fesseln zu befreien – er schaffte es nicht.

Die Geräusche machten Dr. Norten auf ihn aufmerksam. Der Arzt drehte sich um und quittierte Argons Bemühungen mit einem arroganten Lächeln.

»Es ist zwecklos. Noch nicht einmal Sie werden es schaffen, sich davon zu lösen.«

Die Tür öffnete sich und Dr. Rutherford betrat den Raum. Er ging zum Operationstisch und blieb am unteren Ende stehen. Inzwischen hatte Argon von seinem Befreiungsversuch abgelassen. Seine Augen richteten sich auf Dr. Rutherford und ihre Blicke begegneten sich.

»Willkommen in meiner Klinik«, sagte der Arzt. Er deutete auf die Stahlschienen und fuhr fort: »Sie werden verstehen, dass wir Ihnen während des Schlafens Fesseln anlegten. Wir kennen Ihre Kräfte.«

Argon erwiderte nichts, aber zwei Sekunden lang flackerten seine Augen hasserfüllt.

Dr. Rutherford setzte sich neben Argon auf die Kante der Liege. »Ich versprach Ihnen, wir würden später miteinander plaudern. Und die meisten meiner Versprechen halte ich.«

»Ich verzichte darauf«, erwiderte Argon kalt.

»Das sollten Sie nicht. Es dürfte Sie interessieren, wieso mir die Existenz der Amphibienmenschen bekannt ist.«

»Das weiß ich längst. Sie entdeckten uns auf Hawaii.«

»Nein«, sagte der Arzt, »ich wurde schon vorher auf Sie aufmerksam. Zu einer Zeit, als die Welt für Sie noch in Ordnung war.«

Argon horchte auf und sein Körper spannte sich. Eine vage Vermutung stieg in ihm auf – zu ungeheuerlich, um ihr mehr Raum zu lassen. Unbewusst ballte er die Hände zu Fäusten.

Dr. Rutherford lächelte wissend. »Sie ahnen es bereits, nicht wahr? Und Sie haben mit Ihrer Vermutung Recht. Ich war an jenem denkwürdigen Tag dabei, als das Schiff vor Ihrer Insel eintraf.«

Er setzte sich etwas bequemer hin und verschränkte die Arme vor der Brust. »Nun, ich werde Ihnen alles der Reihe nach erzählen.« Er wartete auf keinen Gegenkommentar von Argon, sondern sprach gleich weiter: »Vor etwa einem Jahr machte ich auf Mauritius Urlaub. Nur Mr. Albino, der Mann, den Sie die Treppe runterkatapultiert haben, war bei mir. An einem Tag mietete ich ein Schiff mit einer Gruppe Einheimischer als Mannschaft für eine Dreitagestour durch den Indischen Ozean. Es kam zu einem heftigen Sturm, darüber hinaus fiel auch noch das GPS aus. Nach zwei Tagen wusste keiner mehr, wo wir uns gerade befanden. Weit vor uns lag eine Insel, die niemand kannte und die wir dann ansteuerten. Die Insel war klein, felsig und schien unbewohnt zu sein. Wir entschlossen uns, sie zu erkunden. Ein Boot wurde heruntergelassen und alle außer dem Steuermann gingen an Land. Ein Teil der Mannschaft hatte Gewehre, die wir vorsichtshalber mitnahmen. Die Insel war traumhaft schön, ein regelrechtes Kleinod im Ozean. Eine Weile marschierten wir den Strand entlang, der sich vor einem mächtigen Felsen erstreckte. Dann sahen wir in der Ferne eine Gruppe merkwürdiger Wesen. Einige von uns hielten ihre Gewehre im Anschlag, während wir weitergingen. Dem Körperbau nach schienen diese Wesen auf dem ersten Blick Menschen zu sein – und doch waren es keine. Ihre Fischhaut schillerte silbrig in der Sonne. Dann begriffen wir: Wir hatten eine für uns bislang unbekannte Spezies entdeckt. Eine Frau saß auf einem umgestürzten Baumstamm und kämmte anmutig ihre langen Haare. Vor ihr spielten Kinder. Andere Frauen unterhielten sich oder badeten. Als sie unsere Anwesenheit bemerkten, erstarrten alle und sahen zu uns rüber.«

Dr. Rutherford brach ab, als Argon einen erneuten Versuch startete, sich von den Stahlschienen zu befreien. »Geben Sie es auf, Sie schaffen es nicht,« sagte er. »Aber bleiben wir bei meiner Geschichte. Die Frau rief uns etwas in einer unbekannten Sprache zu. Wir machten ein paar Schritte auf sie zu. Plötzlich reihten sich die Kinder wie zum Schutz vor ihr auf. Sie hoben die Arme und zeigten uns die Handflächen. Die anderen Frauen kamen dazu und taten es den Kindern gleich. Vielleicht war es eine Art Begrüßung, wir wussten es nicht. Meine Begleiter waren inzwischen nervös geworden und sprachen von Zauberwesen, die ihnen Böses antun wollten. In dem Moment, als sie die erhobenen Hände sahen, geriet einer aus unserer Mannschaft in Panik und begann zu schießen. Die anderen taten es ihm nach. Ich sah, wie Kinder und Frauen zu Boden fielen. Meine Begleiter schossen wild um sich. Alles ging furchtbar schnell. Dann sah ich, wie auf dem Felsen fremde Männer erschienen und auf uns zustürmten. Sofort wurde mir klar, dass ich auf der Stelle fliehen musste. Zusammen mit dem Albino lief ich zurück zum Boot. Zwischendurch drehte ich mich um und sah, dass niemand mehr von meinen Männern am Leben war. Dem Steuermann tischte ich ein Schauermärchen auf. Einige Tage später trafen wir wieder auf Mauritius ein. Ich wies Mr. Albino an, den Steuermann zu liquidieren, denn ich brauchte keine weiteren Mitwisser. Zurück in Los Angeles dachte ich über das Erlebte nach. Schon längst hatte ich mir das Ziel gesetzt, die Fähigkeiten der Menschen zu intensivieren. Ich hatte bereits mit meiner Forschung begonnen. Mir wurde klar, mit diesen Wesen könnte ich meinem Ziel näherkommen. Ich stellte eine Schiffsexpedition zusammen, und einen Monat später durchfuhr ich nochmals den Indischen Ozean. Wir fanden die Insel, doch von den

Fischmenschen fehlte jede Spur. Sie waren geflohen, aber irgendwo mussten sie doch stecken. Mir blieb nichts weiter übrig, als zurückzufahren und zu warten – auf etwas Ungewöhnliches, das sich vielleicht auf einer anderen Insel zutragen würde. Und so kam es auch. Ich hörte von den unerklärlichen Badeunfällen auf Hawaii. Also schickte ich Mr. Albino nach Maui, um die Lage zu erkunden. Es gelang ihm, einen von ihnen zu betäuben und in meine Klinik zu bringen. Zusammen mit meinen beiden Kollegen erforschte ich seinen Körper. Wir hatten einen ganz besonderen Fund gemacht. Vor uns lag ein Wesen, das die Fähigkeiten von Meerestieren mit denen von Menschen in einem Körper vereinte – der vollkommenste aller Menschen, der Amphibienmensch.«

Dr. Rutherford erhob sich und betrachtete Argons Gesicht, das wie zu Stein erstarrt war.

Argon hielt dem Blick des Arztes stand. Nur mit innerer Kraftanstrengung war es ihm möglich, sich unter Kontrolle zu bringen. Zu hören, wie sich alles damals abgespielt hatte, was das Grausamste, das er bisher erlebt hatte. Aber kein Muskel zuckte in seinem Gesicht, nur seine Augen glänzten von Hass.

Dr. Rutherford sagte: »Sie sollten mein Handeln nicht falsch bewerten. Ich bin Wissenschaftler und als solcher zählt für mich nur der Verstand. Wie heißt es doch so schön? Das Ziel rechtfertigt die Mittel. Ich verfolge ein außergewöhnliches Ziel. Es ist mein persönliches Geschenk an die Menschheit.«

»Ihr Geschenk«, wiederholte Argon kalt. »Haben Sie die Menschen gefragt, ob sie vollkommen sein möchten?«

Der Arzt wehrte mit einer Handbewegung ab. »Ich brauche niemanden zu fragen. Jeder möchte es sein. Glauben Sie es oder lassen Sie es sein. So oder so wird sich nichts an der Tatsache ändern, dass Sie mir dabei helfen werden.«

Argon sah ihn fest an. »Das werde ich nicht. Egal, was sie mit mir vorhaben.«

»Nun«, sagte der Arzt, »ich glaube nicht, dass Sie zukünftig in der Lage sein werden, Entscheidungen zu treffen.« Er sah auf seine Armbanduhr, dann wieder zu Argon. »Es wird Zeit, Sie über Ihr weiteres Schicksal aufzuklären. Dr. Norten wird Sie gleich für eine Operation vorbereiten und sie vorher nochmals frisch machen. Wir wollen vermeiden, dass Ihre Haut austrocknet. In einer Stunde komme ich wieder, um Ihnen den Schädel zu öffnen. Keine Angst, Sie werden nichts spüren. Ich entferne alle Teile Ihres Hirns, die Gefühle produzieren können. An ihre Stelle implantiere ich einen Chip, der mit unserem Computer vernetzt ist.«

Seine Mundwinkel verzogen sich zu einem eisigen Lächeln. »Der Name Riona wird Ihnen in drei Stunden nichts mehr bedeuten.« Er drehte sich um und ging.

Argons Augen hatten sich voller Entsetzen geweitet, als er hören musste, was der Arzt mit ihm vorhatte. Riona, Kassian – die Namen hallten ihm durch den Kopf. Soweit durfte es nicht kommen, durchfuhr es ihn. Erneut versuchte er, sich von den Fesseln zu befreien. Dr. Norten sah es und schüttelte unwillig den Kopf.

»Sie geben wohl nie auf, was?« Er zog einen Tisch heran, auf dem das Operationsbesteck lag. Mit einem Blick überflog er alles und seine Stirn runzelte sich. »Lilly, dieses dumme Ding, ist zu nichts zu gebrauchen«, murmelte er vor sich hin. Er sah zu Argon. »Ich gehe kurz weg. Machen Sie bis dahin keine Dummheiten.«

Argon hörte, wie sich der Arzt mit schnellen Schritten aus dem Raum entfernte. Gleich darauf rastete die Türklinke ins Schloss.

Argon schloss die Augen und lag wie regungslos auf der Trage. Nur sein Brustkorb hob und senkte sich in ruhiger Abfolge, während er tief ein und aus atmete. Sekunde um Sekunde verstrich, ohne dass etwas passierte. Plötzlich riss er die Augen auf und stieß einen Schrei aus, der an das Brüllen eines Stieres erinnerte. Sein Körper bäumte sich auf und mit einer Wucht, die den OP-Tisch erschütterte, sprengte er die Stahlschienen an Armen und Beinen. Er riss sich die Elektroden vom Kopf und schleuderte sie weit von sich fort. Mit einem Satz stand er auf dem Boden und richtete sich zur vollen Größe auf. Die Arme waren leicht abgespreizt, jeder Muskel seines Körpers war gespannt – ein Krieger, der bereit war für die letzte Schlacht.

Sein Blick fiel auf die Säule. Sein Mund verzog sich schmerzerfüllt, als er darin seinen toten Freund erkannte. Er ging darauf zu und zertrümmerte die Säule mit einem Faustschlag. Die Flüssigkeit schoss heraus, ergoss sich über ihn und klatschte dann auf den Boden. Argon fing den leblosen Körper seines Freundes auf und trug ihn zum Ausgang.

Plötzlich öffnete sich die Tür und Dr. Norten betrat den Raum. In den Händen hielt er ein Tablett, auf dem ein chirurgischer Bohrer lag. Abrupt blieb er stehen. Auch Argon blieb stehen. Zwei Sekunden lang maßen sich die Gegner mit ihren Blicken. Der Arzt griff zum Bohrer und warf das Tablett zur Seite. Ohne den Blick von Argon abzuwenden, schaltete er das Gerät an und hielt es wie eine Pistole auf ihn gerichtet. Ein monotones Summen durchdrang die Stille des Raumes. Argons Blick schwenkte vom Arzt zum Bohrer und wieder zurück. Das Instrument beeindruckte ihn nicht im Geringsten. Behutsam legte er seinen toten Freund auf den Boden. Dann kam er auf den Arzt zu. Mit einem Sprung schoss er in die Höhe und verabreichte ihm einen Fußtritt in den Brustkorb. Dr. Norten flog gegen den Türpfosten und fiel dort zu Boden. Keuchend rappelt er sich wieder auf. Der Bohrer war ihm aus der Hand geglitten und lag zu seinen Füßen. Angst verzerrte sein Gesicht. Er drehte sich um und wollte aus dem Raum fliehen. Doch Argons Finger krallten sich bereits in sein Genick. Mit einem kräftigen Schwung schleuderte er den Arzt in den Raum hinein. Dr. Norten segelte über den Tisch, auf dem noch immer die Gefäße mit den deformierten Tierkörpern standen. Einige von ihnen kippten um, andere fielen zu Boden und zerbrachen. Die Glasröhre mit dem toten Chihuahua-Mischwesen ging zu Bruch. Der Rattenkörper lag auf dem Rücken, die Beine waren in die Höhe gestreckt. Die Konservierungsflüssigkeit rann aus dem Fell und bildete unter dem Kadaver eine Pfütze. Mit einem Satz stand Argon neben dem Tisch. Er holte mit einem Arm aus und fegte die restlichen Gefäße runter. Der Fußboden war mit Glassplittern übersät, zwischen denen entstellte Tierkörper lagen.

Dr. Norten war bis zum hinteren Ende des Raumes vor dem OP-Tisch geflogen und sackte dort zu Boden. Halb benommen richtete er sich auf. Ein Gefäß landete vor ihm und zerbarst dort. Der Inhalt ergoss sich zu seinen Füßen und breitete sich als Rinnsal immer weiter aus. Ein beißender Geruch nach Alkohol schwirrte durch die Luft. Unwillkürlich wollte Dr. Norten nach hinten ausweichen, doch die Liege hinderte ihn daran.

Argon hatte das Handeln des Arztes genau verfolgt. Er ging auf ihn zu und zog aus der Hosentasche das Feuerzeug heraus, das er in der letzten Nacht vor dem Kamin eingesteckt hatte. Mit offener Flamme warf er es in die Flüssigkeit. Es entzündete sich sofort und breitete sich rasend schnell im Halbkreis um den Arzt aus. Der Arzt stieß einen Schrei aus und machte eine Bewegung, als wollte er durch die Feuersbrunst laufen. Aber die Furcht, davon erfasst zu werden, hinderte ihn daran.

»Springen Sie, wenn Sie kein Feigling sind«, sagte Argon. »An Ihrer Stelle würde ich es machen.« Damit ging er zu seinem toten Freund, hob ihn auf und verließ den Raum. Wenig später erreichte er die Eingangshalle.

Der Bodyguard mit dem Bulldoggengesicht erschien oben auf der Treppe. Es war an seinem Gesichtsausdruck zu erkennen, dass er von dem

Vorfall noch nichts mitbekommen hatte. In dem Moment, als er Argon sah, richtete er auch schon den Revolver auf ihn.

»Bleiben Sie stehen!«, rief er aus.

Plötzlich ertönte ein Donnerschlag, die Haustür flog aus den Angeln und krachte auf den Boden. Karlef betrat die Halle, ihm folgten die anderen Meeresjäger. Der Bodyguard drehte sich auf den Absätzen um und lief den Gang entlang. Er rief nach Dr. Rutherford. Sein Gebrüll vermischte sich in der Halle mit dem Geschrei, das Dr. Norten im OP-Raum veranstaltete.

Argon blieb stehen und Vater und Sohn sahen sich an.

Argon war erstaunt und irritiert zugleich. »Du bist hier. Ich habe dich nicht gerufen.«

»Aber dein Sohn rief nach mir.«

»Du weißt von ihm?« Argon musste schlucken.

»Ich weiß alles. Wir sind gekommen, um dir zu helfen.« Karlefs Augen richteten sich kurz auf den toten Meeresjäger.

»Du hast Toran geholt. Gut gemacht, mein Sohn.« Er deutete auf die Haustür. »Geh jetzt. Draußen wartet jemand auf dich.«

Argon wollte etwas erwidern, doch er kam nicht mehr dazu. Seine Artgenossen hatten ihn schon umringt. Sie nickten ihm zu, einige klopften ihm anerkennend auf die Schultern. Ihre Gesichter waren ernst und wirkten angespannt. Nur Minja strahlte ihn an und raunte im zu: »Dein Kassian ist wirklich süß.«

Aus der oberen Etage war Gepolter zu hören. Wie auf Kommando sahen alle zur Treppe. Karlefs kraftvolle Stimme tönte durch die Halle: »Die Älteren kommen mit mir nach oben. Die Jüngeren durchkämmen die beiden unteren Gänge. Zerstört alle Forschungseinrichtungen, aber lasst die Menschen am Leben. Fordert sie auf, das Haus unverzüglich zu verlassen.«

Argon sah zu Minja. »Pass auf dich auf.«

»Mach ich doch immer«, erwiderte sie.

Die Gruppe zerteilte sich, während Argon das Haus verließ. Inzwischen war die Nacht hereingebrochen. Die beleuchteten Fenster des Hauses warfen ein mattes Licht auf den Platz um das Rondell. In dem Schein entdeckte Argon Riona, die Kassian im Arm hielt. Ihr angespanntes Gesicht glättete sich, als sie ihn sah. Er trug seinen toten Freund zum Rasen und legte ihn sanft ins Gras. Sekundenlang weilte sein Blick auf ihn, dann erhob er sich. Riona kam zu ihm.

»Du lebst«, sagte sie glücklich und erleichtert zugleich.

»Ja, mir geht es gut.« Er nahm sie in die Arme und küsste ihre Lippen.

»Es war sehr mutig von dir, zu meinem Vater zu gehen. Er hätte dich töten können.«

»Das war mir nicht wichtig. Ich liebe dich mehr als mein Leben.«

Wieder küsste er sie. Sie schienen Hagens Anwesenheit auf dem Vorplatz vergessen zu haben. Er ging zu ihnen und machte mit einem Räuspern auf sich aufmerksam.

Riona löste sich von Argon und drehte sich zu Hagen. »Jetzt lernt ihr euch endlich kennen«, sagte sie freudig.

Die beiden Männer musterten sich kurz. Argon streckte Hagen seine Hand entgegen. »Danke, dass du Riona geholfen hast.«

Hagen nahm die dargebotene Hand bewusst lässig. »Dafür nicht, das war selbstverständlich.«

Argon legte den Arm um Rionas Taille, während seine Augen noch immer auf Hagen ruhten. »Morgen brechen wir auf zu unserer Insel. Wir würden uns freuen, wenn du uns dort besuchst.«

»Ja, vielleicht mach ich das mal«, erwiderte Hagen.

Riona schubste ihn mit dem Ellenbogen freundschaftlich in die Seite. »Hey, natürlich machst du das. Spätestens in den Semesterferien.«

Das Gespräch brach ab, als sich im Haus etwas tat. Ein Schuss war gefallen, es folgte ein zweiter. Jemand brüllte, als würde man ihn abschlachten. Der Lärm verlagerte sich in die obere Etage. Eine Fensterscheibe zersplitterte. Im selben Moment stürzte ein Mann heraus und landete mit dem Rücken auf dem Pflaster. Es war der Bodyguard mit der gequetschten Nase. Wieder war Krawall zu hören, der jetzt aus jeder Ritze des Hauses zu kommen schien. Der Krach schwoll an und wurde ohrenbetäubend. Und Laute waren zu hören – unmenschliche Laute, die an das Gebrüll von Raubtieren erinnerten. Hinter den Fensterscheiben flackerte Feuer auf wie grellfarbene Wimpel im Wind.

Plötzlich wankte Minja aus dem Haus. Eine Hand lag auf ihrer linken Schulter. Unter ihren Fingern sickerte Blut hervor. Mit einem Sprung war Argon bei ihr.

»Wie schwer bist du verletzt?«, fragte er besorgt.

Sie krümmte sich nach vorn und stöhnte. Riona und Hagen standen jetzt neben Argon.

»Lasst mich mal sehen«, sagte Hagen. Er merkte, wie sich die beiden Meeresjäger fragend ansahen, und fügte hinzu: »Ich bin Arzt. Das heißt, wenn ich nicht die Klausuren vermassele.«

»Okay«, erwiderte Argon und trat zur Seite.

»Wie dumm diese Menschen doch sind«, sage Minja. »Wir riefen ihn zu, sie können das Haus verlassen. Wir werden ihnen nichts tun. Aber sie hörten nicht auf uns und fingen sofort an zu schießen. Wir hatten keine andere Wahl, als uns zu verteidigen.«

»Hast du ein Mädchen gesehen?«, fragte Riona besorgt.

»Nein, es sind nur Männer im Haus.«

Riona war erleichtert. Vorsichtig umfasste Hagen Minjas verletzten Arm. Ihr Kleid war am Schulterblatt zerrissen und mit Blut getränkt.

»So kann ich nichts sehen. Du musst das Kleid ausziehen.«

»Das geht auch anders«, wand Argon ein. Mit einer Leichtigkeit, als ob er ein Stück Papier zerteilte, riss er den Ärmel des Kleides ab.

»So geht's natürlich auch«, murmelte Hagen vor sich hin. Er setzte eine fachmännische Miene auf und begutachtete die Wunde. Auf Minjas Schulterblatt hing die Menschenhaut in einem breiten Streifen herunter, als hätte sie jemand abgeschält. Darunter war die Fischhaut zu sehen, die unter all dem Blut ihren Schimmer verloren hatte. Trotz allem fand Hagen die Haut einmalig schön. Voller Bewunderung hafteten seine Augen darauf.

»Was erkennst du?«, fragte Argon ungeduldig.

»Es sieht schlimmer aus, als es ist«, erwiderte Hagen.

»Und was heißt das?«

»Es ist nur ein Streifschuss. Die Kugel hat den Knochen zum Glück nicht verletzt. Ich muss die Wunde auswaschen und desinfizieren, bevor ich sie verbinden kann.« Er warf einen prüfenden Blick auf Minja. »Wurdest du schon mal gegen Wundstarrkrampf geimpft?«

»Was?«, kam es gleichzeitig von Minjas und Argons Lippen.

Hagen wehrte ab. »In deinem speziellen Fall ist das wohl nicht notwendig.«

»Verbinde mich einfach«, sagte Minja. »Den Rest erledigen wir auf dem Schiff.«

»Wie du willst«, sagte Hagen. Er sah sich um. »Wo ist der Ärmel?« Als er Argons fragenden Blick merkte, fügte er hinzu: »Oder hat zufälligerweise einer von euch Verbandszeug eingesteckt?«

»Wirklich komisch«, sagte Argon und reichte ihm das Gewünschte.

Notdürftig wand Hagen das Stoffstück um Minjas Arm und machte zum Schluss einen Knoten.

»Danke.« Trotz der Schmerzen bemühte sie sich um ein Lächeln. »Dafür werde ich dir …«

Mitten im Satz brach sie ab und drehte sich zum Haus. Ein Meeresjäger nach dem anderen trat heraus. Rein äußerlich waren an ihnen keine Spuren eines Kampfes zu erkennen. Ruhigen Schrittes und mit unbewegten Gesichtern kamen sie zu ihnen. Riona war erleichtert, als sie Karlef sah. Hochaufgerichtet und mit erhabenen Bewegungen folgte er den anderen. Er wirkte dabei wie ein König, der einen Sieg errungen hatte.

Plötzlich erschien Dr. Rutherford auf der Türschwelle, torkelnd wie ein Betrunkener. Mit einer Hand bedeckte er eine Wunde am Hals. Das Blut quoll unter seinen Fingern hervor und beschmutzte den Kragen seines Kittels. In der anderen Hand hielt er einen Revolver. Es kostete ihn sichtlich Anstrengung, seinen Arm zu heben. Seine Hand zitterte, als er den Revolver auf Karlefs Rücken richtete. Er schoss dreimal in schneller Folge, dann fiel er nach vorn. Lang ausgestreckt lag er auf dem Boden, mit dem Gesicht im Staub.

Karlef blieb stehen, als würde er über etwas stutzen. Seine Augen waren starr auf das Rondell gerichtet. Er machte einen schweren Schritt und blieb wieder stehen. Auf einmal wirkte er sehr müde und kraftlos. Er sackte auf die Knie, doch sein Oberkörper war noch immer stolz aufgerichtet. Auf sein Gesicht trat ein Ausdruck, als würde er über etwas nachdenken. Dann fiel er zur Seite. Argon und die anderen Meeresjäger eilten zu ihm. Für Riona war alles im Zeitlupentempo abgelaufen. Als sie Dr. Rutherford gesehen hatte, hatte sie Karlefs Namen gerufen, um ihn zu warnen. Aber es war zu spät.

»N-e-i-n …« Der Wind trug ihren langgezogenen Schrei über den Rasen, über das Rondell, über den Berghang.

Die Meeresjäger bildeten einen Kreis um Karlef. Zwei von ihnen machten Riona Platz. Sie schlängelte sich zwischen ihnen durch und stellte sich neben Argon. Er hockte auf dem Boden neben seinem Vater. Regungslos lag der Mächtigste aller Amphibienmenschen auf den Pflastersteinen. Seine Augen waren geschlossen. Aus seinem Brustkorb erhob sich ein raues Pfeifen. Auch jetzt noch, wie er mit dem Tod rang, wirkte alles an ihm würdevoll.

»Karlef«, flüsterte Riona. Sie kniete sich neben ihn und nahm seine Hand.

Karlefs Lider bewegten sich, dann hoben sie sich. Sein Blick ruhte auf Riona.

»Du wirst wieder gesund, Karlef«, sagte sie. »Wir bringen dich zum Arzt.« Tränen rannen über ihr Gesicht.

»Für mich ist es zu spät.« Seine Stimme klang brüchig.

»Nein, Vater«, sagte Argon mit halb erstickter Stimme. »Du kannst uns nicht verlassen. Ich habe für uns ein neues Zuhause gefunden. Alles, wonach du dich gesehnt hast, wird sich jetzt erfüllen.«

Karlef begann zu husten, Blut quoll aus seinem Mund. »Ich danke dir dafür, mein Sohn. Deine Mutter wäre stolz auf dich.«

Er legte eine Pause ein, um Atem zu schöpfen. Mit kaum vernehmbarer Stimme fuhr er fort: »Für mich wird es Zeit, zu deiner Mutter zu gehen. In der immerwährenden Nacht von Blue World werde ich sie wiedersehen.«

Er sah zu Riona. Es bereitete ihm sichtlich Anstrengung, zu lächeln.

»Ich bin froh, dass Argon dich gefunden hat.

Werdet miteinander glücklich, meine Kinder. Ich wünsche euch …« Seine Stimme erstarb und seine Augen schlossen sich für immer.

***

Noch in derselben Nacht kehrte Argon mit den anderen Meeresjägern aufs Schiff zurück. In einer feierlichen Zeremonie wurde Karlef neben dem Sarg seiner Frau aufgebahrt. Auch Argons Freund Toran fand hier seine vorletzte Ruhestätte.

Riona übernachtete mit Kassian und Hagen im Hotel. Am nächsten Morgen brachte sie Hagen zum Flughafen. In zwei Stunden ging sein Flug nach Hamburg. Vor der Passkontrolle nahmen sie voneinander Abschied.

Hagen sagte: »Du willst wirklich nicht mit nach Haus kommen?«

»Mein Zuhause ist dort, wo auch Argon ist«, sagte sie. »Bitte versteh doch.«

»Ich weiß, und ich verstehe dich auch. Aber ob deine Mutter dafür Verständnis hat?«

»Ich ruf sie nachher an. Ich sage ihr so viel, wie sie wissen muss. Ich besuche sie. Aber zuerst möchte ich mein neues Zuhause kennenlernen.«

»Das waren zwei aufreibende Tage«, sage Hagen grinsend. »Zuerst bin ich auf Goliaths Rücken die Hollywood Hills hochgesprungen, dann hab ich den Arm einer Amphibienfrau gerettet und zum Schluss haben wir ein komplettes Haus abgefackelt. Genug Stoff für eine Geschichte, ich sollte es veröffentlichen.«

»Eine Geschichte mit einem Happy End, das hat

man nicht immer«, erwiderte sie schmunzelnd.

»Du hast es verdient. Du hast viel riskiert und du hast letztendlich gewonnen.«

»Ich habe auf Hawaii meine Liebe gefunden, aber ich musste hart darum kämpfen.« Gedankenverloren blickte sie an ihm vorbei. »Ich habe in die Abgründe menschlicher Seelen gesehen. Ich hatte Angst – schreckliche Angst.« Sie fuhr sich mit der Hand über das Gesicht, um die Erinnerung daran zu verscheuchen. Sie sah wieder zu Hagen. »Aber ich bereue nichts und ich würde alles wieder so machen. Denn ich habe mehr bekommen, als ich es jemals erwartet hätte: Argon und Kassian. Sie bedeuten mir alles.«

Hagen sah zu dem Baby, das zufrieden im Tragetuch lag und sein Köpfchen an Rionas Brust schmiegte. »Hast du gehört, Kleiner? Das war eine versteckte Liebeserklärung an dich. Pass gut auf deine Mutter auf.«

Kassian drehte sich zu ihm und streckte ihm ein Ärmchen entgegen. Hagen zögerte kurz, dann nahm er das dargebotene Händchen und drückte es leicht.

»Sieh doch, er mag dich«, rief Riona freudestrahlend aus.

»Das wurde auch langsam Zeit«, sagte Hagen. »Wir werden auf Dauer noch richtig gute Kumpels.«

»Dann kommst du uns im Sommer besuchen?«

»Na klar. Ich muss doch sehen, wohin es dich verschlägt.«

»Argon erzählte mir von der Insel. Sie muss wunderschön sein. Nach zwei Wochen willst du nicht wieder von uns weg.« Sie neigte den Kopf zur Seite und sah ihn schelmisch an. »Ich glaube, kenne jemanden, der sich darüber noch mehr freuen würde.«

»Minja?« Hagens Augen begannen zu leuchten. »Sie ist toll.«

»Sie ist einzigartig«, sagte Riona, »und auf so was stehst du doch.«

Die Lautsprecheranlage ertönte und eine Frauenstimme gab eine Flugauskunft bekannt. Hagen schulterte das Gepäck.

»Ich muss los, sonst verpass ich noch den Flug. Du weißt doch, wie lange die Kontrollen dauern.«

»Komm gut nach Haus.« Sie gab ihm einen Kuss auf die Wange.

»Ich ruf dich an, wenn ich zurück bin«, erwiderte er.

»Das wird nicht funktionieren«, sagte sie. »Argon bringt mich nachher aufs Schiff. Unten im Ozean hab ich keine Funkverbindung. Ich melde mich in den nächsten Tagen bei dir.«

Er stimmte zu und stupste Kassians Nasenspitze mit dem Finger.

»Bis bald Kumpel. Und immer schön wachsen.« Er drehte sich um und ging zur Passkontrolle. Bevor er in einen Gang einbog, winkte er Riona ein letztes Mal zu.

Als er ihren Blicken entschwunden war, nahm sie das Gepäck, ging aus der Halle und setzte sich auf die nächste freie Bank. Aus der Tasche fingerte sie das Handy heraus und wählte die Nummer ihrer Mutter. Eine volle Stunde lang sprachen sie miteinander. Riona erzählte ihr, dass sie wieder mit

Argon zusammen war und einen Sohn geboren hatte. Heute noch würde sie mit Argon auf seine Insel reisen. In ein paar Wochen käme sie dann nach Hamburg. Ihre Mutter sollte sich keine Sorgen um sie machen, denn sie wäre unbeschreiblich glücklich. Anschließend ging sie zum Taxistand. Argon hatte vorgeschlagen, sie sollte zum Ortsausgang von Malibu fahren und dort am Strand auf ihn warten. Er würde kommen und sie holen.

Gegen Mittag traf sie auf der Küstenstraße ein, die sich scheinbar unendlich am Ozean entlang schlängelte. Ein Wind war aufgekommen und trieb die Wolken zusammen. Zwischen ihnen lugte immer mal wieder die Sonne hervor.

Riona saß auf dem Rücksitz und sah aus dem Fenster. Eine Grundstücksmauer wechselte die andere ab. Hier wohnten die Menschen, die es im Leben zu etwas gebracht hatten und nicht mochten, dass man ihren Wohlstand sah. Ab und zu erhaschte sie einen Blick auf die Brandungswellen des Pazifiks. Aufgetürmt mit weißen Schaumkämmen glichen sie fliehenden Einhörnern, deren Mähnen bannergleich im Wind wehten. Hinter der letzten Grundstücksmauer ließ sie den Fahrer halten, zahlte und stieg aus. Mit Kassian im Tragetuch und dem Koffer in der Hand machte sie sich auf zum Strand.

Kein Mensch war zu sehen, aber Argon war schon da. Lässig hockte er auf der Kante eines Motorbootes, während der Wind mit seinen Haaren spielte. Als er Riona sah, erhob er sich und kam zu ihr. Er küsste sie und Kassian, dann nahm er ihr den Koffer ab.

»Ich habe Hagen zum Flughafen gebracht«, sagte sie.

»Bist du traurig, dass er fort ist?«

»Ja, ein wenig. Er ist mein bester Freund. Aber er kommt uns bald besuchen.« Sie gingen zum Boot und Argon stellte das Gepäck hinein.

»Woher hast du das Boot?«, fragte sie.

»Ich hab es jemandem abgekauft.«

Sie betrachtete ihn mit einem skeptischen Blick.

»Kannst du damit überhaupt fahren?«

»So schwer wird es nicht sein«, erwiderte er unbekümmert und erklärte: »Der vorige Besitzer hat es mir innerhalb von fünf Minuten erklärt.«

»Fünf Minuten, wie beruhigend«, sagte sie.

Seine Mundwinkel zuckten amüsiert. »Ich hoffe, du bist seetüchtig.«

Demonstrativ schürzte sie die Lippen. »Ich komme aus Hamburg, ich bin sozusagen ein Fischkopf.«

»Ein was?«, fragte er, noch immer belustigt.

»Das sagt man in Deutschland zu Leuten aus dem Norden. Aber es ist nicht wichtig.«

Argon half ihr mit Kassian ins Boot, ehe er selbst vor dem Steuer Platz nahm. Dann startete er den Motor und fuhr mit gedrosselter Geschwindigkeit in die unendliche Weite des Ozeans hinaus. Rechts und links spritzte das Wasser auf. Riona musterte Argon von der Seite. Vollkommen entspannt saß er neben ihr, als hätte er schon immer ein Boot gesteuert. Das Sonnenlicht fiel auf sein schönes Gesicht und ließ seine schwarzen Haare glänzen wie die Schwingen eines Raben. Jetzt wandte er den Kopf und sah zu seinem Sohn.

Irgendetwas schien ihn zu erheitern, stellte Riona fest.

»Was ist?«, forschte sie nach.

»Kannst du Kassian aus seinem Gefängnis befreien? Er kann nichts sehen.«

Sie sah auf ihr Baby hinunter. Ihre Arme hielten ihn fest umschlungen, mit den Händen presste sie ihn förmlich an die Brust. Sie lockerte den Griff.

»Hat er dir das in seinen Gedanken zugeflüstert?«, wollte sie wissen.

»Ja«, sagte Argon schmunzelnd, »und zwar auf kuronisch.«

»Aber wenn ich ihn aus dem Tuch nehme, dann fällt er mir noch aus dem Boot«, erwiderte sie.

»Kassian kommt nach mir, er kann schwimmen«, sagte Argon leichthin.

»Auf deine Verantwortung.« Sie hob Kassian aus dem Tuch und setzte ihn auf den Schoß.

Neugierig drehte er das Köpfchen in beide Richtungen und begann zu strampeln. Riona hielt ihn fest und passte auf, dass er nicht herunterfallen konnte. Plötzlich gab Argon Gas. Mit einer halsbrecherischen Geschwindigkeit schoss das Boot über das Wasser, als würden sie darüber fliegen. Kassian quiekte auf und klatschte in die Hände. Argon lachte, er brodelte förmlich vor Energie.

Riona wurde es bei der Raserei etwas flau im Magen, sie ließ es sich aber nicht anmerken.

»Alle Männer sind gleich, egal ob Mensch oder Meeresjäger«, sagte sie. »Haben sie ein motorisiertes Spielzeug unter den Fingern, rasten sie aus.«

Nach einer halben Stunde drosselte Argon die Geschwindigkeit und stellte gleich darauf den

Motor ab. Lautlos schaukelte das Boot mitten auf dem Ozean. Hier draußen hatte der Wind nachgelassen und die Wellen an Kraft verloren. Am Himmel war keine Wolke zu sehen. Die Sonnenstrahlen streichelten die Wasseroberfläche und brachten sie zum Leuchten. Um Riona herum erstreckte sich eine glitzernde blaue Wasserwüste. Ein leichter Fischgeruch lag in der Luft. Argon sah zu ihr.

»Willkommen auf Blue Word.« Er tat, als ob er ihr etwas zuwerfen würde. »Fang das Licht!«

Instinktiv streckte sie einen Arm danach aus. Auf halber Strecke ließ sie ihn sinken und lachte.

»Woher weißt du, dass wir hier richtig sind?«, fragte sie.

»Mein Volk hat mich hierher geführt. Sie sind gleich da.«

Kaum hatte er es ausgesprochen, da tauchte vor ihnen das Schiff auf. Völlig lautlos stieg es aus dem Ozean wie durch Zauberhand emporgehoben. Eine Korallenwand streckte sich zum Himmel – mächtig in den Ausmaßen, überirdisch schön in der Erscheinung. Im Sonnenlicht warf es einen Schatten weit über das Boot hinaus.

Voller Bewunderung betrachtete Riona das Schiff. Es übertraf bei Weitem die Vorstellung, die sie sich davon gemacht hatte. Auf dem Deck erschienen zwei Meeresjäger und winkten ihnen zu. Riona musste den Kopf in den Nacken legen, um sie sehen zu können. Mit einer leichten Berührung holte Argon sie aus ihrer Verzauberung heraus.

»Falls du eine Leiter suchst, die gibt es bei uns nicht.«

»Und wie kommen wir dort rauf?«

Seine Mundwinkel zuckten schalkhaft. »Wir springen hoch. Das heißt, ich nehme euch beide mit.«

»Und das Boot?«

Auch in seinen Augen lag jetzt ein belustigtes Zwinkern.

»Vielleicht schaukelt es ja wieder zu seinem früheren Besitzer zurück«, sagte er.

Riona wickelte Kassian in das Tragetuch und stand auf. »Ich bin dann soweit. Auf geht's.«

Argon erhob sich und schlang die Arme um ihre Taille. Wie ein Pfeil schoss er zusammen mit Riona und dem Baby aus dem Boot hinauf zum Schiff. Wenig später standen sie neben den beiden Meeresjägern. Sie begrüßten sich und gingen zu einer kreisrunden Öffnung am Boden, die in den Bauch des Schiffes führte. Die beiden anderen Meeresjäger sprangen hintereinander in die Tiefe.

Riona machte einen Schritt auf die Öffnung zu, streckte den Kopf vor und lugte hinein. Ein violettes Licht stieg zu ihr auf, das von weit unten zu kommen schien.

»Mein Gott, ist das tief,« sagte sie.

»Willst du es dir noch einmal überlegen?«

Sie zog den Kopf zurück und drehte sich zu Argon. Als sie sah, wie prächtig er sich zu amüsieren schien, verzog sie das Gesicht.

»Ich bin nicht um die halbe Welt geflogen, um jetzt vor einem Loch zu scheitern. Also nimm mich schon – und hinab mit uns in den Schlund des Ozeans.«

Er lachte einmal auf und schlang wieder seine

Arme um sie. Sie glitten in das Schiffsinnere hinunter. Über ihren Köpfen schloss sich die Öffnung, wie von einer geheimen Kraft angetrieben.

Sie gelangten in einen Gang, der sich über die gesamte Länge des Schiffes erstreckte. Das Licht, das Riona eben von oben gesehen hatte, kam von Fackeln, die an den violetten Korallenwänden befestigt waren. Behutsam wurde sie von Argon auf den Boden gestellt. Dann sagte er: »Gib mir Kassian, ich kann ihn tragen.«

Das Baby schien das zu verstehen, denn sofort streckte es die Ärmchen zu ihm aus. Argon hob ihn aus dem Tragetuch. Dann nahm er Riona an die Hand und führte sie durch den Gang.

»Mein Volk hat die Fackeln für dich aufgestellt, denn wir brauchen kein Licht«, erklärte er.

»Wie aufmerksam von ihnen.« Neugierig musterte sie das Schiffsinnere. Zu beiden Seiten des Ganges gingen kreisrunde Öffnungen ab, die in die einzelnen Zimmer führten. Vor einer Öffnung stoppte Argon.

»Das hier ist mein Zimmer.«

Sie löste die Hand von ihm und betrat den Raum. In der Mitte blieb sie stehen und ihr Blick schweifte über die kunstvoll bemalten Wände. Argons Haus auf Hawaii trat in ihre Erinnerung, dessen Wohnzimmer sie damals genauso in Erstaunen versetzt hatte. Ihr Blick fiel auf das Bett. Es schien neu zu sein und irgendwie passte es auch nicht zu der anderen Ausstattung.

»Das Bett ist für dich und Kassian. Ich habe es heute früh besorgt. Während unserer Reise sollt ihr euch wohlfühlen.«

»Und wo schläfst du?«

»Zusammen mit den anderen in der Kristallgrotte«, erwiderte er. »Unsere Schlafplätze sind auf unsere Bedürfnisse abgestimmt. Während der Nacht erfrischen sie unsere Körper.«

Einen Moment lang betrachtete sie die gegenüberliegende Wand, über deren gesamte Breite eine Insel mit weißem Strand und Palmen zu sehen war.

»Es ist traumhaft schön«, sagte sie, ohne den Blick von dem Bild zu wenden. »Du hast deinen Traum von einer eigenen Insel gemalt.«

»Ich hab es gleich zu Beginn der Reise gemalt. Damals träumte ich nur von meiner Insel. Aber Träume werden nur wahr, wenn man sich dafür einsetzt.«

»Das hast du, Argon. Und jetzt fahren wir nach Haus.« Sie schmiegte den Kopf an seine Schulter.

»Das Leben auf der Insel wäre nichts ohne dich und unseren Sohn.« Er strich ihr zärtlich übers Haar.

Eine Weile standen sie eng zusammen, dann sagte er: »Gleich beginnt das Ritual. Wir sollten zu den anderen gehen.«

»Was für ein Ritual?« Sie sah ihn forschend an.

»Mein Vater war das Oberhaupt unseres Volkes. Jetzt, wo er nicht mehr lebt, muss der Ältestenrat ein neues Oberhaupt wählen. Das ist unser Brauch.«

»Und ich darf dabei sein?«

»Natürlich. Du und Kassian gehört jetzt zu unserer Familie.« Er umfasste ihre Hand. »Komm, die anderen warten schon auf uns.«

Als sie den Gang durchquerten, spürte Riona

ihren erhöhten Herzschlag. Sie war aufgeregt, aber sie versuchte, ruhig und gelassen zu wirken. Gleich würde sie die anderen Meeresjäger wiedersehen und an etwas teilnehmen, das bislang außerhalb ihres Vorstellungsvermögens lag. Für sie war es, als würde sie in eine Fantasiewelt eintauchen – dennoch war es real.

Wenig später betraten sie den Kuppelsaal. Rionas Augen wanderten rasch hin und her. Die Wände des Gewölbes glänzten im Schein der Fackeln. Der Ozean hinter dem Bullauge schimmerte wie flüssiges Kristall. An den wuchtigen Tischen, die zu einem Hufeisen gestellt waren, saßen die Meeresjäger. Alle waren in Schwarz gekleidet, was die mystische Situation noch verstärkte. Als sie die Köpfe zu den Ankömmlingen hoben, spiegelte sich in den Pupillen das Licht der Fackeln.

Argon führte Riona zum unteren Ende des Tisches, an dem die Jüngsten saßen. Vor dem freien Stuhl neben Minja blieb er stehen.

»Bis heute saß ich hier. Ab sofort ist das dein Platz.«

»Und wo sitzt du?«

»Das wirst du gleich sehen« Er überreichte ihr Kassian und entfernte sich.

Riona setzte sich und nahm Kassian auf den Schoss. Verstohlen sah sie in die Runde und erwiderte höflich den Gruß der anderen.

Minja drehte sich zu ihr und deutete auf das Baby. »Darf ich ihn nehmen?«

»Ja, natürlich«, erwiderte Riona sofort und gab ihn ihr. Wie ein Äffchen hockte Kassian auf Minjas

Schoss und zupfte an ihrem Ärmel herum. Riona warf einen Blick auf Minjas Schulter.

»Was macht deine Verletzung?«

»Es ist fast verheilt.« Als sie Rionas Erleichterung sah, die ihre Worte ausgelöst hatten, lächelte sie und fügte hinzu: »Wir müssen jetzt leise sein, denn gleich beginnt das Ritual.«

Riona hob den Kopf und ihre Augen suchten Argon. Er stand in der Saalmitte. Sein Blick war auf einen Tisch gerichtet, hinter dem vier Meeresjäger in würdevoller Haltung saßen. Riona vermutete, dass sie den Ältestenrat bildeten. Der Platz zwischen ihnen war frei. Wahrscheinlich saß dort einmal Karlef. Der Grauhaarige erhob sich und damit verstummten alle Gespräche.

Mit gespannter Aufmerksamkeit beobachtete Riona, wie der Grauhaarige zum Sprechen ansetzte. Seine kraftvolle Stimme hallte durch den Raum.

»Es war von jeher Brauch, dass der Erfahrenste und Weiseste aller Meeresjäger zum Oberhaupt unseres Volkes gewählt wurde. Bisher fiel unsere Wahl auf einen der Ältesten, der sich diese Ehre im Laufe seines Lebens durch seine Taten verdient hatte. Karlef war dieser Meeresjäger. Er traf die kluge Entscheidung, ein Schiff zu bauen und unsere Heimat zu verlassen. Er wollte eine Insel für uns finden, auf der wir friedlich und ungestört leben können.«

Der Grauhaarige streckte kurz seinen rechten Arm zu den anderen aus und sprach weiter: »Ihr alle habt euch entschlossen, den Brauch zu ändern. Zukünftig wird einer der Jüngsten das Oberhaupt unseres Volkes sein: Argon, Karlefs Sohn.«

Unvermittelt stockte Riona der Atem. Sie konnte kaum glauben, was sie da hörte. Aber sie kam nicht dazu, weiter darüber nachzudenken, denn wieder scholl die Stimme des Grauhaarigen durch den Raum. »Argon wird das zu Ende bringen, was sein Vater begann. Er hat uns eingeladen, mit ihm zu kommen, um auf seiner Insel zu leben. Allein Argon haben wir es zu verdanken, dass wir unsere Einstellung zu den Menschen änderten. Wir haben gelernt, sie zu unterscheiden. Diejenigen werden wir mit Achtung gegenübertreten, die sie auch uns in gleicher Weise zukommen lassen.«

Riona sah, wie der Grauhaarige eine türkisfarbene Korallenkrone vom Tisch nahm und sie für alle sichtbar in die Höhe hielt. Das flackernde Licht der Fackeln huschte kreuz und quer über die Krone. Die mit weißen Perlen geschmückten Zacken wirkten wie Meeresschaum. Argon ging zum Tisch des Ältestenrats und blieb stehen. Mit wachsender Spannung beobachtete Riona, wie der Grauhaarige die Krone über Argons Kopf hielt und in einer unbekannten Sprache etwas sagte.

Das muss kuronisch sein, dachte sie. Um sie herum murmelten die anderen Meeresjäger dieselben Worte. Die Stimmung im Raum wurde magisch. Riona wurde ganz feierlich zumute. Sie wünschte sich, diese Worte jetzt mitsprechen zu können. Das Gemurmel verebbte und Riona sah, wie der Grauhaarige die Krone auf den Tisch legte. Argon drehte sich um. Aufmerksam studierte sie sein Gesicht. Es wirkte auf sie willensstark und entschlossen. Aus den Augenwinkeln heraus sah sie kurz zu ihren Tischnachbarn, die ihre Blicke erwartungsvoll auf Argon gerichtet hatten. Er machte zwei Schritte in den Raum hinein und hob zum Sprechen an:

»Ich danke euch für euer Vertrauen. Ich verspreche euch und meinem Vater, dessen Geist jetzt in der immerwährenden Nacht von Blue World ruht, dass ich seine Arbeit beenden werde. Schon bald werden wir auf der Insel eine neue Heimat finden. Eine Insel, die uns allen gehört. Um meinen Vater zu ehren, soll sie seinen Namen tragen: Karlef.«

Im Raum war zustimmendes Gemurmel zu hören. »Ja, so soll es sein«, rief einer aus.

Argon sah von einem zum anderen und fuhr fort: »Vor mehr als zwei Jahren fügten uns die Menschen großes Leid zu, und wir mussten aus unserer Heimat fliehen. Den Schmerz der Vergangenheit tragen wir noch immer in uns und wir zeigen ihn mit unserer Kleidung. Wir werden die Toten niemals vergessen, aber wir haben die Chance auf ein neues Leben. Lasst uns damit auf der Insel Karlef beginnen. Darum möchte ich, dass wir dort das Schwarz ablegen. Fröhliche Farben sollen unser zukünftiges Bild prägen.«

Er machte eine Pause, um zu sehen, welche Wirkung das Gesagte auf die Anwesenden hatte.

»Ich bin dafür«, sagte Minja.

»Ja, wir sollten die Vergangenheit ruhen lassen«, sagte ein anderer. Einige Meeresjäger verhielten sich zurückhaltend, doch die meisten stimmten Argon zu.

Er sprach weiter: »Wir bleiben das, was wir sind: Meeresjäger.«

Argon stoppte seine Rede, als jetzt Applaus

aufbrandete. Nachdem wieder Ruhe einkehrte, fuhr er fort: »Schon immer fühlen wir uns mit der Natur verbunden. Aber die Natur verfolgt ihre eigenen Gesetze. Wir können nicht zum Ozean sagen: mehr Wasser. Und wir können nicht zum Wind sagen: weniger Wind. Doch wenn wir auf der Insel Karlef im Einklang mit allem leben, was uns die Natur schenkt, dann bleibt uns Blue World stets treu.« Er streckte seinen rechten Arm in die Höhe und ballte seine Hand zur Faust.

»Lasst uns aufbrechen. Auf nach Karlef.«

Alle Meeresjäger erhoben sich von den Plätzen und riefen: »Auf nach Karlef!« Überall im Raum wurde es unruhig. Stühle wurden geschoben, Gespräche setzten ein, einige Meeresjäger umarmten sich.

Auch Riona war aufgestanden. Argons Worte hatten sie ergriffen. Voller Bewunderung sah sie zu ihm. Einige Meeresjäger waren schon bei ihm, klopften ihm auf die Schulter oder schüttelten ihm die Hand. Minja stand neben Riona.

»Was für eine tolle Rede. Du kannst stolz auf ihn sein.«

»Ja, das bin ich.« Riona bemerkte, wie sich Argon von den anderen verabschiedete und zu ihr kam. Als er neben ihr stand, gab sie ihm einen Kuss.

»Herzlichen Glückwunsch.«

»Danke, ich hoffe, ich werde niemanden von euch enttäuschen.«

»Nein, das wirst du nicht«, sagte sie voller Überzeugung.

Auch Minja, die neben ihnen stand, gratulierte

ihm jetzt. Argon nahm ihr Kassian ab und setzte ihn auf seine Schultern. Ein drolliges Babylachen tönte durch den Saal. Einige Meeresjäger drehten die Köpfe und begannen zu lachen, andere winkten dem Baby zu. Die Stimmung im Saal wurde fröhlich und ausgelassen. Riona schmiegte sich an Argon.

»Fahren wir jetzt nach Haus?«

»Ja, aber vorher hab ich noch eine Überraschung für dich.«

»Was hast du vor?«, fragte sie neugierig.

Sein Blick ruhte auf ihrem Gesicht. Dann lächelte er. »Damals auf Hawaii hast du dir etwas gewünscht. Und diesen Wunsch erfülle ich dir.«

***

Über der Insel Maui lag ein strahlend blauer Himmel und es war angenehm warm. Ein leichter Wind streifte über die Felder und trug den Duft der Blumen zu den Menschen.

Riona und Argon standen auf einer Felsklippe. Ihre Augen waren auf den Ozean gerichtet. Der kleine Kassian saß sicher in den Armen seines Vaters. Das stete Auf und Ab der Wellen amüsierte ihn. Er lachte, wenn sie hoch aufspritzten, als wollten sie nach der Sonne greifen. Dann wirkten sie wie Flammen aus Glas.

Riona strich sich eine Haarsträhne aus dem Gesicht. Letzten Sommer hatte sie schon einmal hier gestanden. Damals hatte ihr Argon erzählt, dass man von hier aus das Treiben der Buckelwale beobachten konnte. Sie hatte ihm gesagt, wie gern sie das zusammen mit ihm sehen würde. Er hatte ihren Wunsch nicht vergessen und jetzt waren sie zurückgekommen. Ihr Blick schweifte auf der Suche nach den Tieren über das Wasser.

»Seht, da kommen sie«, rief sie fröhlich und wies mit ausgestrecktem Arm auf die Tiere.

Argons Augen blitzten auf. Vier sanfte Riesen durchbrachen das Gewässer, deren Flossen immer wieder die Wasseroberfläche aufpeitschten. Gleich würden sie an der Klippe vorüberziehen.

»Sie sind von weit her gekommen, aus Alaska«, erklärte Argon seinem Sohn. »Hinter ihnen liegt ein anstrengender Weg.«

»Trotzdem haben sie es geschafft«, fügte Riona hinzu.

»Weil sie ein Ziel vor Augen hatten und sich davon nicht abbringen ließen«, ergänzte er. Als er zu Riona sah, waren seine Augen erfüllt von seiner unendlichen Liebe für sie.

»So wie wir. Nicht wahr, mein Herz?«

»Ja, so wie wir«, erwiderte sie. Lächelnd schmiegte sie sich an ihn. Es waren ihre letzten Minuten auf Maui. Gleich würden sie zur Insel Karlef aufbrechen.

Eine gemeinsame Zukunft lag vor ihnen.

Abenteuerlich und schön – wie ein Zauber.